KB062116

파테이 마토스

암과 함께한
어느 철학자의
치유 일기

파테이 마토스

백승영 지음

2부 회복의 시작

 3부 건강에 대한 감사

4부 삶, 그 좋은 것

'몸과 마음은 하나이며, 그것들이 이루어내는 총체가 바로 나다.' 일상의 체험도 그렇게 말하고, 동서양 현자들의 지혜도 그렇게 말한다. 나도 동의했었다. 그런데 내 머릿속에서만 그랬었나 보다. '총체로서의 내 모든 것을 사랑해야 한다.' 일상의 체험도 그렇게 말하고, 동서양 현자들의 지혜도 그렇게 말한다. 나도 동의했었다. 그런데 내 머릿속에서만 그랬었나 보다. 내 몸을 아끼주고 사랑해주지 않았던 것이다. 그러니 '나에 대한 총체적 사랑이 있어야 비로소 이웃도 세상도 사랑할 수 있다'던 나의 말은 진정한 실천으로 이어지지 않았다. 철학이 곧 삶의 실천인 한에서 나는 철학도 제대로 하지 못한 모양새가 되어버렸다. 암이라는 결코 반갑지 않은 손님. 이 낯선 방문을 받고서야 나는 반성의 시간을 갖게 되었다. 몸도 마음도 아프게 해서 미안했고, 이제라도 잘 보살피고 사랑해줄 것을 약속했다. 그리고 그 약속을 지키려 노력하고 있다.

이 작은 에세이는 2010년 12월 15일 암의 느닷없는 방문을 받은 후부터 감내해야 했던 치료 과정, 그리고 그 시간 동안 경험한 고통과 기쁨의 기록이면서, 나 자신이 의사가 되어 나라는 특별 환자를 돌보았던 체험의 기록이자, 그 생생한 체험 속에서 선물처럼 내게 찾아온 짧은 단상들에 대한 기록이기도 하다. 죽음에 강제로 맞닥뜨리고, 화학약품의 공격에 맥없이 당하면서, 긍정의 힘을 믿고 싶었지만 억지 긍정이 되기 일쑤였던 삼 년여의 시간. 그 시간은 내게 좀 더 나은 철학을 하기를, 좀 더 나은 사람이 되기를 바랐던 것이 아닐까?

질병과 고통에 대처하는 방식에 대해서는 홍수를 이룰 정도로 많은 책들이 있다. 실질적 도움도 도움이려니와 마음 깊은 상처에까지 치유력을 발휘하는 놀라운 글들도 많다. 나 또한 투병을 하면서 그것들의 도움을 받았다. 이런 상황에서 굳이 내 글 하나를 추가해야 할까? 망설임의 시간은 길었다. 하지만 심장이 결국 결단을 내렸다. 뜻하지 않게 병과 조우한 환우들에게는 그것을 그저 극복해야만 하는 단순한 인생의 복병이 아니라, 우리 삶을 더 충만한 빛으로 조망해줄 기회로 여길 수 있게 돕고 싶다고. 암의 방문을 받지 않은 대부분의 사람들에게 는 이런 삶의 기간도 있다는 것을 알려주고, 고통받는 이웃에 대한 사려 깊은 이해와 사랑을 요청하고 싶다고. 또한 특정한 의학적 질병이 아니더라도 삶의 고단함 때문에 지쳐 있고 힘 들어하는 우리네 인생 동지에게도 힘을 보태고 싶다고 말이다.

이런 마음에서, 발병부터 직접 치료가 끝날 때까지의 치료 과정과 그것이 초래한 내 삶의 변화를 있는 그대로 적어보았 다. 거기에 삼 년이라는 결코 짧지 않은 치료 기간 동안, 이런 저런 계기로 내게 떠올랐던 '삶의 건강성에 대한 단상들'도 모 아보았다.

이 글이 비록 고난을 해소해주는 묘약은 아닐지라도, 고단한 몸과 마음이 조금이라도 덜 힘들고 덜 지치게, 마음과 몸의 총 체적 건강을 위한 작은 약제 역할을 한다면 더 이상 바랄 것이 없다. 내게 사랑이라는 산삼을 계속 보내주신 분들께 이 자리 를 빌려 감사의 인사를 전한다.

1부

병을 알면서 나를 묻다

내가 보기에, 불운을 당해보지 않은 사람만큼 불행한 사람은 없는 것 같소. 그런 사람은 자신을 시험해볼 기회를 갖지 못했기 때문이오. 그에게는 원하는 대로, 아니 원하기도 전에 만사가 형통할는지는 몰라도 신들은 그에게 호감을 갖지 않소. 신들에게 그는 운명을 극복할 자격이 없는 자로 보이니 말이오. 운명은 마치 "왜 내가 저런 자를 상대해야 하지? 저자는 당장 무기를 내려버릴 텐데 말이야. 저런 자에게는 내 힘을 다 쓸 필요도 없어. 저자는 내가 조금만 위협해도 뒤로 물러설 거야. 내 험상궂은 표정을 견디지 못할 테니까. 나와 싸울 수 있는 다른 사람을 찾아봐야지. 패할 준비가 되어 있는 사람과 싸운다는 것은 창피한 일이니까"라고 말하고 싶은 듯하오. 가장 비겁한 자는 회피하니까 말이오.

(……)

배가 난파당하여 자신의 전 재산이 침몰한다는 말을 들었을 때, 우리 학파의 창시자인 제논은 "운명이 나더러 덜 방해받으며 철학에 몰두하라고 명령하는구나"라고 말했다네.

——세네카

암이라는 손님이 찾아오다

*그분(제우스)께서는 인간을 지혜로 이끄시매,
고난을 통하여 지혜를 얻게 하셨으니 그분께서 세우신 이 법칙 언제나 유효하도다.*
—아이스킬로스

유방암이라는 최종 진단을 받은 지 사흘째. 아직도 불현듯
찾아온 이 손님을 어떻게 받아들여야 할지 갈피를 잡지 못하
고 있다. 마음을 정리하고 다잡는 데는 제법이라고 자신했건
만……아, 그것은 나의 자만이었다. 불혹과 지천명의 중간 지
점을 살짝 넘긴 나이에 이르기까지 이런저런 고난이 많았다.
살다 보면 누구나 접하는 어려움도 있었고, 유독 내게만 가혹
하게 느껴졌던, 내 운명이 마련해놓은 것처럼 여겨지던 것들도
있었다. 하늘을 올려다보며 울기도 많이 울었다. 하지만 심장
을 바늘로 찌르는 듯한 격한 통증을 느끼던 어려운 순간들에
도 내 머릿속 합리화 기제는 매우 기특했다. 여기엔 '파테이 마

토스pathei mathos'(고난을 통해 지혜를 얻는다)라는 그리스의 경구를 늘 되뇌던 습관 아닌 습관도 한몫했을 것이다. 언제부턴가 이 글귀는 내 좌우명 비슷한 것이 되어, 강의를 하다가도 불쑥불쑥 튀어나올 정도로 늘 내 안에 살아 있었다. 내 강의를 수강한 학생들이 남긴 후기에도 '삶의 고통을 직시하고, 그것을 이겨내는 파테이 마토스의 놀라운 힘'에 대한 후일담이 종종 등장하곤 했다. '파테이 마토스'는 나를 실망시킨 적이 없었다. 내게 다가온 어려움의 정도에 상응하는 무언가를 나는 늘 선물처럼 받았던 것 같다. 그것은 사람들을 이해하는 마음에서, 자연을 대하는 태도에서, 그리고 삶을 바라보는 시각 등을 통해서 표출되었다. 그리고 나는 다시 웃을 수 있었다. 그 웃음은 분명 이전과는 다른 빛을 띠었으리라 믿는다.

그런데 이번엔 다르다. 이 달갑지 않은 손님은 나를 이상한 상태로 끌고 간다. 요즘 아이들 말로 '멘붕' 상태. 한 번도 경험해보지 못한 괴이한 상태다. 충격이 너무나 컸기 때문일까? 아니면 암이라는 말 자체가 주는 공포 때문일까? 암이 죽음의 냄새를 풍기기 때문일까? '내가 왜?'라는 의구심 때문일까? 그 정체도 확실하지 않았다. 아마 그 모든 것이 한데 얽히고설켜 있으리라. 그러고는 육중한 무게로 나를 짓눌렀다. '파테이 마토스'를 외칠 내 내면의 목소리는 그것에 완전히 질식당한 듯 무기력해졌다.

그래도 넋을 완전히 놓지는 않았던 모양이다. 진단을 받고 집으로 돌아오는 길, 멍한 상태에서 기특하게도 주변 정리를 해야 한다는 생각이 튀어나왔다. 나로 인해 누군가가 곤란을 겪어서는 안 되는 일 아닌가? 다음 날 오전에 있을 외부 강의에 먼저 생각이 미쳤다. 일반인을 대상으로 하는 강의로 이제 겨우 삼 주 강의를 했고, 일곱 번의 강의가 이듬해 2월까지 남아 있는 상태다. 나머지 강의를 어찌해야 하나? 그리고 내가 마무리해야 하는 일들이 또 뭐가 있더라? 집에 돌아오자마자 하나하나 적어나가기 시작했다. 그러다 보니 내가 벌여놓은 일들이 제법 많다는 것에 놀란다.

다음 날, 뜬눈으로 밤을 보낸 흔적을 얼굴에 남기고 외출 준비를 하는 나를 남편은 망연자실 바라만 보고 있었다. 강의에 늦지 않게 휘적휘적 집을 나섰다. 내 몸에 암세포가 자라는 것을 알게 되었다고 강의 약속을 일방적으로 깰 수는 없다. 약속은 곧 책임이다. 독일 철학자 니체는 '약속할 수 있는 것'을 '특권'이라고까지 말하지 않았던가. 약속은 누구나 할 수 있는 것이 아니다. 자신이 한 약속을 지키겠다는, 그 약속에 책임을 지겠다는 의지를 가진 사람만이 비로소 특권으로 가질 수 있는 것이다. 약속이라는 특권을 행사했다는 것은 곧 그것에 책임을 지겠다는 것이니, 내 약속은 지켜져야 한다. 불가피한 상황이 아닌 이상은 말이다. 하지만 이미 수술 날이 다음 주로 잡혀버렸기에, 더 이상의 강의는 현실적으로 불가능하다. 강의를 대신 맡아줄 누군가를 빨리 구해야 했다.

지하철을 기다리면서 노 선생에게 전화로 나머지 강의를 부탁했다. 마침 강의 주제가 '일반인을 위한 비판적 사고'라 논리학 분야 전문가인 그에게도 큰 부담이 되지 않을 것 같았고, 수강생들에게도 보탬이 되면 되었지 결코 실은 아닐 것이라는 생각이 들었다. 최대한 담담하게 상황을 설명했다.

"무조건 하겠습니다. 그러니 아무것도 생각하지 마시고 건강만 회복하십시오, 선배님……." 그는 목소리의 떨림을 숨기지 못한 채 든든한 답변을 들려주었다. 평소에 '선배님' '아우님' 하면서 격의 없이 지내는 관계라서만은 아니다. 그의 마음 씀씀이가 더없이 넓은 까닭이다. 자신의 일정도 분명 있을 텐데 단 일 초의 망설임도 없이 그러겠다고 한다. 그 고마운 마음 덕분에 마음의 짐 하나를 내려놓는다.

집중력을 잃지 않으려 애쓰면서 어찌어찌 강의를 마친 후, 주최 측과 수강하는 분들께 미안한 마음을 담아 양해를 구했다. 수강자 한 분이 "저도 오 년 되었어요. 별 문제 없을 거예요. 잘 이겨내시기만 하면 돼요"라며 내 손을 힘있게 잡아주셨다. 암 진단 후 처음으로 만난 암 투병 경험자에게서 처음으로 듣는 진심 어린 격려였다. 하지만 그 격려조차 마음에 제대로 담지 못했다. 그만큼 혼란스러웠다. 다시 집으로 돌아오는 길, 차가운 겨울 바람을 맞으며 얼마나 걸었는지 모른다. 집에 돌아오니 남편이 그야말로 사색이 되어 있었다. 나와 연락이 되지 않았던 탓이다. 휴대폰이 울려대었겠지만 나는 그 소리조차 듣지 못했던 것이다.

다시 책상에 앉아 해야 할 일의 정리를 이어갔다. 학교는 마침 종강을 한 터라 큰 문제는 없지만, 다음 학기에 예정되어 있는 강의들은 얼른 취소를 해야 했다. 학교 측도 빨리 다른 사람을 구해야 하기 때문이다. 몇 번의 통화를 한 끝에 강의 취소 절차가 완료되었다. 그러고 나니 출판사에 보내놓은 원고에 생각이 미친다. 지난 여름방학 때 무언가에 홀린 듯 써 내려갔던 원고. 여느 해보다 유난히 더운 여름이었음에도 더위를 느끼지도 못할 정도로 푹 빠져 지냈던, 애정이 가는 글이었다. '곧 저자 교정 단계에 들어가게 될 텐데 어쩌나. 혹여 수술 중에 내게 문제가 생긴다면? 수술 후에라도 내 몸이 정상이 아니어서 교정을 할 수 없다면?' 걱정이 앞섰다. 그렇다고 원고를 돌려달라 하는 것은 내키지 않았다. 니체 철학의 중심에 내재되어 있는 실천적 힘이 그 글에서 느껴지기를 바라면서 '니체, 건강한 삶을 위한 긍정의 철학을 기획하다'라는 제목을 붙였었다. 누군가가 그 글에서 삶에 대한 이해와 용기를 얻는다면, 이십오 년여의 시간 동안 철학이라는 학문에 전념했던 내게는 크나큰 기쁨이 될 것이었다. 게다가 지금 상황에서 그것은 내 마지막 글이 될 수도 있었다. 출간하고 싶었다. 문제는 교정이었다. 관행상 세 차례 정도 교정을 보아야 하고, 그러려면 몇 달이 걸린다. 이런저런 생각 끝에 담당 편집자에게 상황을 설명하고 의견을 구했다. 회의 후 연락을 주겠다는 답변이 돌아왔다.

그리고 또 무엇이 있었지? 이듬해 8월까지 지원되는 한국연구재단의 과제는 문제 될 것이 없었다. 연구 결과물 두 편은 논문의 형태로 이미 게재되었고, 한 편은 곧 게재될 것이었기 때문이다. 공적인 과제나 남들과 공동으로 진행하는 일에 우선순위를 두는 내 습관의 덕을 본 것이다. 시간의 압박으로 인한 스트레스를 받고 싶지 않아서 생긴 습관인데, 그 덕에 비교적 많은 일을 하면서도 느긋함과 여유를 잃지 않고 있다. 사실 이번 연구의 결과물로 논문을 몇 편 더 완성하고 싶었다. 공식적인 규정은 세 편을 제출하는 것이지만, 학적 성취감을 맛보게 하는 매우 흥미로운 주제라 추가로 논문 몇 편을 동시에 진행하고 있었다. 하지만 어쩌랴, 더는 욕심을 부릴 수 없는 상황이니 애로 사항이 생기지 않은 것을 그나마 다행으로 받아들인다.

하나 둘 주변 정리를 하다 보니 멍한 상태가 점차 가셔갔다. 해결해야 할 현실적인 일들을 처리하니 정신이 돌아오는 모양이었다. 하지만 여전히 꿈을 꾸고 있는 듯한 느낌이 가시지 않았고 누군가에게 닥친 일을 내가 옆에서 도와주고 있는 것 같은 느낌도 여전했다. 몇 차례의 강연 일정을 비롯한 이런저런 일들을 다 처리한 후, 마지막으로 컴퓨터를 켰다. 몸 상태가 완전히 절망적인 것은 아니었지만 '혹시……' 하는 생각을 떨칠 수 없었다. 엄마와 남편 앞으로 고마움과 죄스러운 마음을 담은 글을 작성해 바탕 화면에 저장했다. '내게 무슨 일이 생기면'이라는 파일명으로.

그래도, pathei mathos!

누군가에게 일어날 수 있는 일은 누구에게나 일어날 수 있다.
―세네카

이런저런 주변 정리를 하다 보니 흩어졌던 생각들이 조금씩 자리가 잡히며 구체화된다. 그러자 나를 기습했던 무거운 중압감의 정체가 조금은 드러난다. 충격과 공포 그리고 의문과 분노. 그것은 '내가 왜?', '이제 죽음 앞에 한 발짝 다가선 걸까?', '과연 살 수 있을까?', '산다면 얼마나?' 등등의 질문으로 꼬리를 물며 표출되었다. 그중에서 '내가 왜?'라는 의문은 '죽을 수도 있다'는 생각보다도 더 나를 정신적 실족의 위험에 빠뜨릴 뻔했다. 그 의문이 '내가 무엇을 잘못해서?'의 형태로 돌출되었기 때문이다.

한 마디도 하지 않고 눈길도 주지 않은 채 전화와 컴퓨터 앞만 지키고 있는 나를 바라보기만 하던 남편도 어느새 방에 틀어박혀 버렸다. 나중에 정신이 들어서야 안 일이지만 그는 인터넷으로 유방암 관련 자료를 찾고 있었다. 무엇을 어떻게 해야 할지 판단이 안 서는 것은 남편도 마찬가지였을 것이다. 그저 아내에게 들이닥친 병의 정체를 최대한 빨리 확인하는 것이 나를 돕고 자신을 돕는 일이라는 생각만 들었던 것 같다. 남편이 있는 공간의 문을 발칵 열어젖히며, "왜? 도대체 내가 왜? 내가 뭘 잘못해서? 정말 해도 해도 너무한다. 이젠 병까지 주는 거야?"라고 고함을 질러버렸다. 그건 남편에게 퍼붓는 외침이 아니었다. 하늘을 향한 분노였다. 정말 알고 싶었다. 도대체 왜, 내가 뭘 잘못했기에 이런 중병을 벌로 받는단 말인가?

암의 방문 앞에서 터진 물음. '왜? 내가 무엇을 잘못해서?' 내가 이런 물음을 던지다니……. 이 얼마나 불합리한 물음이란 말인가? 이 질문에는 도덕적 판단이 스며들어 있다. 착한 사람은 상을 받고 악한 사람은 벌을 받는다는, 아니 그래야 한다고 믿는 판단 말이다. 그런 권선징악적 도덕 판단을 질병에 적용해, 아무 잘못 없는 내게 왜 이토록 큰 병을 내렸느냐고 반문한 것이나. 권선징악이라는 말은 요즘 같은 시대에 비웃음을 사기 쉽다. 현실은 그 반대처럼 보이기 때문이다. 남의 등을 쳐서라도 자기만 배부르게 살면 된다는 생각이 만연해 있고, 그런 사람들이 실제로 경제력과 권력을 획득하여 '행복(?)'하게 사는 경우가 허다하다. 하지만 현실이 그러하기에 더욱 악이 벌을 받는다는 믿음이 필요할지 모른다. 이런 모습은 비단 21세기를 사는 우리의 문제만은 아닌 모양이다. 18세기 독일에 살았던 칸트가《실천이성비판》에서 자유 외에도 영혼의 불멸과 신의 존재를 '실천이성의 요청'으로 이야기한 배경에도 이런 문제가 있었다. 도덕적 실천과 행복한 삶의 일치가 현실에서 입증은 되지 않더라도 언젠가는 그렇게 되리라고 보증은 되어야 사람들이 계속 도덕적으로 살려고 할 것이기 때문이다. 나 역시 권선징악의 현실성에는 의심이 가지만, 그래야 한다는 당위에는 전적으로 동의한다. 하지만 그런 유의 도덕 판단을 병과 연계시키는 것은 있을 수 없는 일이다. 병은 병일 뿐이다.

누구라도 병에 걸린다. 병은 유전 성향이나 체질, 성격의 예민함과 내성, 면역력, 그리고 여러 가지 환경적 요소 등과 연관된다. 도덕성과는 완전히 무관하다. 그렇기에 병의 원인과 결과에 도덕적 잣대나 판단을 적용해서는 안 된다. 그런데도 우리는 "그렇게 살더니 결국 벌을 받네"라며 병이 찾아온 사람을 비난하곤 한다. 또는 "그렇게 살았는데도 병에 걸리다니, 하늘도 무심하시지"라며 안타까워하기도 한다. 우리의 일상을 구속하고 있는 도덕적 사유의 엄청난 위력이다. 그런 식의 대응이나 판단을 불합리하다고 일축해온 나였지만, 이번엔 그 덫에 걸리고야 말았다. 그래서 부끄럽게도 "해도 해도 너무한다. 내가 뭘 잘못했기에 이젠 병까지 주는 거야?"라고, 뿌리 깊은 도덕적 판단이 스며든 질문을 던져버린 것이다. 나도 어쩔 수 없는 모양이다. 세뇌의 힘이다.

세뇌의 힘에 사로잡혀 있을 때 곰곰이 생각해보았다. 혹시라도 남에게 피해를 입힌 적이 있었는지, 나의 도덕성에 문제가 있었는지. 아무리 생각해도 그럴 만한 것들이 떠오르지 않았다. 적어도 고의로 그랬던 적은 없다. 뜻하지 않게 상처를 준 경우가 있을지는 몰라도 결코 의도한 것은 아니었다. 그래서인지 내가 분쟁의 씨앗을 제공한 기억도 없다. 그것은 철학을 업으로 삼고 살아온 사람으로서 나 자신과 약속한 것이기도 했다. 비록 내 현실은 내세울 만큼 대단하지는 않아도 최소한 철학하는 사람으로서의 품위만큼은 지키며 살고 싶었다.

내가 생각하는 품위는 '생각과 말과 실천의 일치'에서 나온다. 나는 우리 모두가 '공동존재'이며, 공동존재로 살아가야 한다고 생각한다. 그것도 진정한 의미의 공동존재여야 한다고 철석같이 믿는다. 나의 삶은 타인의 삶과 이미 긴밀하게 연계되어 있고, 나의 삶의 성숙은 타인의 삶의 성숙과 함께 갈 수밖에 없다는 것. 그래서 '너 죽고 나 살자'나 '네가 죽어야 내가 산다' 따위가 아니라, '네가 살아야 나도 산다'가 삶의 거대경제의 원칙이라는 것. 나와 타인은 늘 상대의 삶의 상승을 도와주는 협력자이자 벗의 역할을 한다는 것. 그래서 나를 대하듯 타

단테 가브리엘 로세티, 〈베아타 베아트릭스〉(1864~1870)

병은 병일 뿐이다. 도덕성과는 무관하다. 누구에게라도 찾아올 수 있는 손님이 이번엔 내게 온 것이다. 더 일찍 올 수도 있었지만 지금, 더 늦게 올 수도 있었지만 지금 찾아온 것이다. 그뿐이다.

인을 대하고, 늘 타인을 나와 함께 고려해야 한다는 것······. 이런 것들을 내 삶의 원칙으로 삼았다. 니체라는 철학자의 사유에서 이런 생각을 발견했을 때, 나는 진정 기뻤다. 내 옆의 누군가를 단순한 타인이 아니라 내 벗이라고 생각하기에, 위해를 가하려는 마음 같은 것은 내게는 낯설다. 그런 삶의 원칙을 그대로 실천하면서 사는 것. 나는 이런 언행일치가 철학자로서 지켜야만 하는 최소한의 품위라고 여겼다. 실제로 내 삶은 그런 품위 지키기의 연속이었다. 그러다 보니 일상생활에서는 허당스럽기 일쑤였고 이용당한 적도 많았으며 그로 인한 불이익과 피해도 고스란히 내 몫이었다. 그런 일들이 내 삶의 고단함에 일조를 했어도, 나는 그렇게 살고 싶었다. 내가 무슨 현자여서도, 도덕군자 흉내를 내고 싶어서도 아니다. 다만 결코 길지 않은 인생, 최소한 철학하는 사람의 품위만큼은 지키고 싶었다. 그뿐이다.

'내가 무엇을 잘못해서?'라는 도덕적 질문을 해대면서 이렇게 내 삶을 되돌아볼 기회는 얻었다. 그렇다고 도덕적 질문을 병증과 연관시킨 부끄러움이 가신 것은 아니다. 다시 한 번, 이번엔 잊지 않을 정도로 강하게 되뇐다. '병은 그냥 병일 뿐이다. 아픈 사람은 그냥 아픈 것일 뿐이다. 도덕성과는 무관하다.' 잊지 말아야 할 사항이다. 품위를 손상시키는 고함을 뒤로하면서 정신적 실족의 위험에서 가까스로 빠져나왔다. 그러자 불현듯 법정 스님의 말씀이 떠오른다. 생로병사는 자연의 이치인데 그것에서 나만 예외를 두려고 하는 것 자체가 오만이라는 말씀이(법정, 《일기일회》). 세상에 태어난 이상 누구나 언젠가는 크든 작든 병을 앓는다. 주변에서 암에 걸린 분들을 보기도 했고, 특히 유방암은 여성암 중 발병률 1위라는 기사나 통계 자료를 본 적도 있지만, 나는 내가 그중 한 사람이 되리라고는 생각도 하지 못했다. 나만은 예외일 거라 믿고, 나만큼은 예외이기를 기대했다. 이런 근거 없는 믿음과 기대야말로 곧 오만이었던 것이다. '누구에게라도 찾아올 수 있는 손님이 이번엔 내게 온 것이다. 더 일찍 올 수도 있었지만 지금, 더 늦게 올 수도 있었지만 지금 찾아온 것이다. 그뿐이다.' 법정 스님의 지혜가 정신적 실족을 간신히 면한 나를 좀 더 평온한 상태로 올려놓는다. 평정심을 되찾으니 장하게도 파테이 마토스가 다시 꿈틀댄다. 그래, 이 고난에도 의미가 있겠지. 이 고난에 나를 좀 더 성장시킬 무언가가 있겠지. 이 고난이 나를 조금은 더 나은 철학자로, 조금은 더 나은 사람으로 만들어줄 수 있겠지……. 다시 파테이 마토스 찬가를 부른다.

나를 사랑했어야 했다

깨어난 자, 깨달은 자는 말한다.
"나는 전적으로 신체일 뿐, 그 밖의 아무것도 아니며,
영혼이란 것도 신체 속에 있는 그 어떤 것에 붙인 말에 불과하다"고.
— 니체

11월 초, 한 대학 병원에서 매년 그랬듯이 건강검진을 받았다. 이 주 후에 나온 결과지에는 유방외과에서 재진을 받으라는 전문의의 소견이 적혀 있었다. 그것을 보면서도 나는 크게 놀라지 않았다. 검진 때마다 매번 단골 메뉴로 등장했던 유방 석회화와 관련된 것이겠거니 했다. 하지만 마음 한편에서 스멀스멀 올라오는 불안감을 완전히 떨쳐낼 수는 없었다. 1학기가 끝나갈 무렵, 귀신이 장난을 치는 것이 아니라면 이럴 수는 없다고 느낄 정도로 가슴 쓰린 일이 세 차례나 잇따랐고, 그 후 조금 길게 앓았기 때문이다. 서둘러 진료 예약을 하고, 기본 검사와 초음파 검사, 조직 검사를 했다. 그리고 사 주라는 시간이

흘렀다. 마음속 불안감은 점점 커갔지만 누구에게도 내색하고 싶지 않았다. '별일 아닐 거야'라며 나를 다독거리고, 별일 아니기를 바라면서 하루하루를 긴장감 속에서 보냈다. 최종 결과가 나온 12월 15일. 진눈깨비가 내리던 날. 병원 가는 그 길이 유독 멀게 느껴졌다. "수술하셔야겠습니다. 성탄절 전에 하실까요? 아니면 지나고 하시겠어요?" "다시 한 번 봐주세요. 정말 암입니까?" 충격에 잠시 멍해진 나를 대신해서 남편과 의사가 수술 날짜를 잡았다. 12월 23일. 아무 생각도 나지 않았다.

나는 튼튼 체력은 아니었다. 그렇다고 병치레를 크게 한 적은 없다. 그동안 병원에서 받아온 치료라고는 성격이 예민하고 잘 먹지 않는 탓에 위경련으로 이삼일 입원한 것, 체력이 소진되고 빈혈이 심해져 포도당 수액과 영양 수액을 맞은 것, 원형탈모 증세로 조금은 길게 치료받은 것, 목부터 어깨를 거쳐 견갑골까지 이르는 만성 통증으로 물리치료를 계속 받고 있는 것 정도가 전부였다. 시력 감퇴도 노안도 관절 이상도 아직은 오지 않았고 흰머리도 없다. 다소 마르긴 했지만 그것은 어릴 적부터의 내 모습이었다. 감기가 유행하면 감기에 걸렸고, 남들보다 조금 오래 그리고 조금 심하게 치르는 정도였다. 운동 대신 과로를 당연시하며 기계처럼 내 몸을 계속 돌려댔으니 어깨와 목, 등의 통증은 어찌 보면 당연한 것이었다. 심장에도 격한 통증이 간헐적으로 느껴졌지만 그것은 유학을 마치고 돌아온 후 십여 년간 이어진 고단했던 삶 때문이라고, 심리적인 것이라고 여겼다.

일 년에 한 번 정기검진을 빠뜨리지 않은 건 늘 과로를 해야만 했던 내게 심리적인 안정을 주려는 나만의 조치였다. '이렇게 쉬는 날도 없이 일만 하다가는 문제가 생길지도 모른다'는 일말의 불안감이 있었기 때문이다. 검사 결과는 늘 같았다. 유방 석회화, 체단백 부족과 체지방 부족, 저체중과 약간의 영양실조 외에는 늘 정상이었고, 나는 다음 해 정기검진 때까지 다시 내 몸을 마구 부려먹었다.

특히 어느 날 내게 들이닥친 가난으로부터 빨리 벗어나는 것이 지상 과제가 되면서 나는 정말이지 일에 파묻혀 살아야 했다. 그러면서 어느새 중증 일중독자가 되어 있었다. 현실로부터 도망치고 싶은 마음이, 현실을 잊고 싶은 마음이 그렇게 만든 것이기도 했다. 철학을 공부하는 사람이 할 수 있는 것이라면 무엇이든 닥치는 대로 했던 것 같다. 휴식이 허용되지도, 허용할 수도 없었던 탓에 가끔씩 몸져눕기도 했지만, 늘 털고 일어나 씩씩하게 돌아다녔다. "내 아내는 바쁘지 않으면 아프다"라는 걱정 가득한 남편의 말도 귀담아듣지 않았다. 나는 내 몸을 보살피지도 사랑해주지도 않았다. 그러니 몸이 마지막 비명을 질러댄 것이다. '아…… 내 탓이다.'

크로스체크를 해보고 싶다는 생각이 들었다. 중병일 경우 크

로스체크가 필요하다는 이야기가 기억이 났고, 내게 내려진 진
단을 믿고 싶지 않은 마음이 더해졌기 때문이다. 영등포에 있
는 전문 병원에 찾아가 사정을 설명하고 진찰을 의뢰했다. 내
마음을 이해하는 듯한 눈길로 진단 결과를 다시 확인해준 의
사는 병원 순례를 그만두고 빨리 수술받기를 권했다. 한 자락
희망도 사라지는 순간이었다. "수술…… 받아야겠네……." 억
장이 무너진다는 것이 무엇인지 알 것 같았다. 눈물이 또다시
쏟아졌다. 빼도 박도 못하고 수술해야 하는 현실을 이제는 인
정해야 했다.

하지만 12월 23일로 예정된 전全 절제 수술은 마음을 계속
짓눌렀다. 이 수술은 병이 생긴 가슴을 완전히 도려내는 것이
라고 했다. 무서웠다. 가슴 한쪽이 없어진다는 사실 때문만은
아니다. 왼쪽과 오른쪽의 균형이 맞지 않으면 허리에 문제가
생기기에, 미용상의 이유뿐만 아니라 건강상의 이유 때문에도
복원 수술을 같이 해야 한다고 했다. 또 한 번의 수술이 불가피
하다는 사실은 공포로 다가왔다. 다른 수술 방법이 정말 없는
지 알아보아야겠다는 생각이 들었다. 여기저기 전화를 돌리고
자료를 들춰보았다. 오로지 가능성 하나만을 믿으며, 예정되었
던 수술을 취소하고 다른 종합병원을 찾았다. 진료 기록을 모
두 가지고 갔는데도 진료 절차는 처음부터 다시 진행되었다.
혈액 검사를 포함한 기본 검사에 MRI, 초음파, 두 차례에 걸친

조직 검사까지……. 그리고 최종 진단이 내려졌다. '왼쪽 가슴에 2.7센티미터 종양과 1센티미터 이하의 비정형 세포가 있으니 가로 세로 5센티미터씩 부분 절제를 한다.' "됐다!" 나는 승리자나 된 듯 소리를 질렀다. 수술 중에 종양 조직 검사를 해서 다른 것이 보이면 이차 수술을 해야 하고 그때는 완전 절제가 불가피하다는 이야기를 들었지만, 전 절제와 복원 수술의 공포에서 일단은 벗어났다는 것이 큰 위안으로 다가왔다. 참으로 간사한 나다. 수술을 불가피한 현실로 받아들이기로 하면서 눈물, 콧물을 쏟아낸 지 며칠이나 되었다고, 수술 방법이 바라는 대로 되었다고 '됐다!'라며 좋단다. 하지만 뭐 어떤가, 최선이 아니라면 차선으로라도 만족해하는 것이 사람인 것을……. 전 절제에서 부분 절제로 수술 방법이 바뀐 것은 진단 내용이 조금 달라졌기 때문이다. 이전 병원의 진료 기록에는 왼쪽 가슴에 2.7, 0.5, 0.6센티미터짜리 세 개의 암 종양이 있는 것으로 적혀 있었다. 크로스체크의 필요성을 절감하는 순간이었다.

최종적으로 "됐다!"를 외치게 될 때까지, 삼 주의 시간이 또 소요되었다. 암 환자는 진단 과정에서 이미 지쳐버린다고 하던가? 이전 병원부터 시작해서 총 두 달에 걸쳐 시차를 두고 하나 둘 검사가 시행되었고, 검사 결과를 확인하러 갈 때마다 늘 '혹시, 아닐 수도 있다'는 기대를 품었다. 하지만 그 기대는 매번 무참히 뭉개졌고, 그때마다 절망의 구렁텅이에 점점 더 빠져드는 느낌이 동반되었다. 불안감도 점점 커져만 갔다. 그것과 비례해서 자책도 커져갔다. 조직 검사의 통증에 시달리는 가슴에 손을 대고 '미안하다, 아프게 해서 미안하다. 내 탓이다'를 수없이 읊조렸다.

조직 검사는 뜨개질용 대바늘처럼 생긴 차가운 금속 바늘을 가슴에 직접 꽂아 넣어 그 끝에 달린 집게로 속 세포를 살짝 뜯어내는 검사다. 이 조직 검사를 총 세 번 했다. 대학 병원에서 한 번, 병원을 옮기고 나서 한 번, 그리고 조직 검사 결과와 MRI 검사가 일치하지 않는다고 해서 또 한 번. 검사 때마다 양쪽 가슴 여덟 군데에 그 무서운 철 바늘을 집어넣고 휘저었으니, 다 합쳐서 스물네 번 내 가슴이 상처를 입은 것이다. 부분 마취를 하기에 별로 어렵지 않은 검사라고 하는 사람도 있지만, 내게는 그렇지 않았다. 부분 마취를 했어도 통증은 날카로웠다. 목과 어깨와 견갑골에 잠을 이루지 못할 정도로 심한 통증을 달고 살았기에 웬만한 통증쯤은 그러려니 하는 나였지만, 생살을 뚫고 들어와 세포를 뜯어내는 고통을 참아내기란 쉽지 않았다. 그래도 참아야 했다. 약간의 신음을 흘리긴 했어도 그냥 견뎠다.

한번은 검사용 바늘이 가슴의 왼쪽으로 들어왔다가 반대편으로 푹 하고 삐져나와 버리는 아찔한 순간도 있었다. 검사를 하던 의료진도 놀라서 헉 소리를 냈고, 내게서도 비명이 터졌다. 검사실 밖 복도에서 기다리던 남편이 그대로 주저앉아 버릴 정도로 큰 비명이었다고 한다. "나는 독립운동은 절대 못했을 것 같아. 고문은 분명 이것보다 훨씬 더 아플 텐데, 고문 받다가 있는 것 없는 것 모조리 다 털어놨을걸……"이라는 말이 절로 나왔다. 아팠다. 무지 아팠다. 가슴은 온통 퍼런 멍으로 뒤덮고 쿡쿡 쑤시는 통증엔 진통제도 별 효력이 없었다. 검사의 후유증은 오래 지속되었다. 검사 바늘이 떠오를 때마다 몸서리가 쳐졌다. 가슴 여기저기를 덮었던 피멍이 없어진 것은 수술을 받고 나서도 한참이 지난 후였다. 가슴 여기저기가 찢겨졌다가 아물어가는 흔적은 더 오래 남아 있었다. 첨단 의술의 시대라면서 통증 없는 조직 검사는 여전히 요원한 것인가? 대상이 분명치 않은 화를 내버렸다.

내 탓이다. 내 몸이 이런 고통을 당하는 것은 내 탓이다. '다시는 아프게 하지 않을게. 앞으로는 잘 돌볼 테니, 조금만 참아주라. 보내주는 신호와 징후에 귀를 기울이고 잘 살필게. 조금만 참아주라…….' 내 몸이 내 말을 알아들어 주었으면 좋겠다. 당연히 알아들었을 것이다. 몸과 마음은 하나이니 말이다.

병을 알면서 나에 대해 묻기 시작하다

"나는 누구인가"라는 물음은
"나는 어디에 안과 밖의 경계를 설정할 것인가"라는 의미다.
하지만 그 경계선은 변경되며, 결국엔 경계선을 그을 곳이 사라지게 된다.
— 켄 윌버

'나는 누구인가, 내 삶은 어떤 모습인가, 내 삶에서 본질적인 것은 무엇인가, 나는 무엇을 하며 살고 있는가…….' 살아가면서 늘 묻고 또 물어야 한다고 생각했던 질문이다. 강의실에서도 학생들에게 같은 말을 하곤 했다. 그런데 이것도 머리로만 그렇게 생각했었다는 사실을 깨닫게 된 것은 죽음을 가깝게 느끼게 되면서였다. '12월 23일? 그날은 내 생일인데, 내 삶이 시작된 날에 나는 죽을 수도 있겠구나.' 처음 수술 날짜를 들었을 때, 현대 의학의 힘을 믿으면서도 가장 먼저 떠오른 것은 '죽음'이었다. 이어서 내 사십오 년의 삶이 파노라마처럼 흘렀다. 죽음에 직면해서야 나는 삶을 돌아보게 된 것이다.

철학자들은 죽음을 생물학적 종결점으로만 여기지 말고, 오히려 죽음이라는 사건이 '삶'에 대해 가지는 의미를 찾아볼 것을 권유한다. 하이데거Martin Heidegger라는 독일 철학자가《존재와 시간》에서 '죽음으로의 선구'라는 말을 통해 '죽음을 선취'해보라고 하는 것도 그런 맥락이다. 내가 바로 다음 순간에 죽을 수도 있다고 가정하는 일종의 사고실험을 해보라는 것이다. 그러면 일상에서 그냥 스쳐 지나갔거나 간과했던 가장 중요한 것, 즉 삶의 본래성에 대한 의식, 의미 있는 삶에 대한 의식, 자신의 본래적 모습에 대한 의식 등이 솟아오른다고 한다. 그렇게 되면 죽음은 더 이상 공포의 대상이 아니라, 오히려 현재 삶을 되돌아보게 하고 의미 있게 만들어주는 긍정적인 기능을 하게 된다.

그런데 죽음을 선취하라는 하이데거의 권유를 실천하기는 쉽지 않다. 하이데거 자신도 어려웠을지 모른다. 우리는 대부분 일상사에 매몰되어 살아가기 때문이다. 내일의 할 '일'은 무엇인지, 오늘 할 '일' 중에 부족한 부분은 없었는지는 물어보지만, 오늘과 내일의 그 '일'이라는 것들이 진정 내가 바라는 것이며 의미 있는 것인지, 그것을 하면서 내가 행복한지, 내 행복이라는 것이 진짜 행복인지 아니면 남들의 기준에 입각한 행복인지는 묻지 않는다. 내가 의미 있고 가치 있는 삶을 살고 있는가라는 질문 자체가 망각된다. 나도 마찬가지였다. 하이데거

철학을 학부 시절부터 일찌감치 접했고, 그 철학을 지금도 강의하면서도 말이다. 그러니 머리로만 철학하는 사람이었던 셈이다. 니체는 머리로만 하는 철학은 철학이 아니라고 했으니, 그의 견해대로라면 나는 철학도 제대로 하지 못하고 있었던 것이다. 암 진단을 받고서야 비로소 철학자의 길에 한 걸음 다가선 셈이다. 그러니 병은 내게 잠시 멈추어 서서 나 자신을 되돌아볼 수 있게 만들어준 고마운 존재이기도 하다. 물론 하이데거가 권유하듯 '자발적으로' 죽음을 선취하지 못하고, 강제로 그것 앞에 내몰렸지만 말이다. 어쩌랴, 어리석은 내게는 그런 강제가 필요했나 보다.

강제로 내몰리기는 했어도 이런 기회가 또 어디 있을까. 얼른 잡아본다. '나는 누구인가? 내 삶에서 본질적인 것은 무엇인가?' 묻고 또 묻는다. 하지만 그에 대한 대답은 어렵다. 이 질문을 처음으로 진지하게 던졌을 때도 어려웠고, 지금도 여전히 어렵다. 확실한 답을 내릴 수가 없다. 번뜩이는 지혜도 심금을 울리는 통찰도 나오지 않는다. 아니, 확실한 답이 없는, 확실한 답 자체가 없음을 알려주는 질문일지도 모른다는 생각마저 든다. 그래도 물음에 답하려는 시도는 해야 한다.

'나는 누구인가?'라는 질문 앞에서 우리는 자신을 구성하는 여러 속성과 조건들을 떠올린다. 내 경우에는 철학 박사, 엄마의 넷째 딸, 남편의 아내, 열한 명 조카의 이모, 학자, 강사 등

조르주 드 라 투르, 〈등불 앞의 막달라 마리아〉(1630~1635)

하이데거는 '죽음을 선취'해보라고, 내가 바로 다음 순간에 죽을 수도 있다고 가정하는 일종의 사고실험을 해보라고 권한다. 그러면 죽음은 더 이상 공포의 대상이 아니라, 현재 삶을 되돌아보게 하고 의미 있게 만들어주는 긍정적인 기능을 하게 된다.

등에 내적 성향과 성격, 취미 활동 등이 해당된다. 이 모든 것이 한데 어우러진 총체가 바로 나다. 그것들을 하나하나 차례로 배제해버려도 남는 '그 무엇'으로서의 '나'는 없다. '나'는 나를 구성하는 모든 것들의 '관계적' 총체다. 그게 바로 나 자신이다. 그러니 나를 나로 만들어주는 여러 계기들 가운데 버려도 되는 것은 아무것도 없다. 모든 계기가 다 소중하다. 그래서 나는 딸로서, 아내로서, 학자로서, 선생으로서 최선을 다하려 한다.

여기서 본질적인 것과 비본질적인 것을 묻는 것은 어떤 의미가 있는가? 내가 그것들에 의미를 부여하고 그것들이 내 삶을 구성하고 조형해가는 한에서 모든 것이 다 본질적이다. 불가에서 이런 이야기를 듣는다면 다 '허상'이라고 정정해줄지도 모른다. 물론 내가 가지고 있는 나에 대한 상은 모두 내가 만들어낸 내 관념에 불과할 수 있다. 하지만 내 관념이라 한들 뭐가 달라질까? 그것이 나라는, 어느 누구도 아닌 바로 나 자신과 내 삶을 조형해가고 창조해가는 나라는 창조자의 산물인 것을. 내가 만들어낸 나의 작품인 것을. 나는 나라는 작품을 만들어가는, 삶이라는 작품을 만들어가는 창조력의 소유자, 곧 삶의 예술가다. 그리고 삶의 계기 하나하나가 모두 모여 나라는 예술 작품을 형성해준다. 그러니 그 계기들 모두가 내게는 본질적이다.

그렇다고 그것들에 매달릴 이유는 없다. 나를 구성해주는 여러 요소들은 모두 동등한 나의 일부지만, 그것들은 버릴 수 있는 것들이다. '버려도 좋은 것'이 아니라 '버릴 수 있는' 것들이다. 달리 말하면 내려놓을 수 있는 것들이다. 내가 그렇게 하기로 마음먹으면 그만이다. 철학 박사로 살기를 그만두고 싶다면 그만두면 그만이고, 이런저런 인연의 끈도 끊을 수 있다. 물론 초인적 노력이 필요하겠지만 말이다. 나를 구성하고 있는 그 모든 것은 소중하지만, 언제든 버리고 내려놓을 수 있는 것이다. 언제든 내려놓을 수 있다는 것. 내 의지대로 그렇게 할 수 있다는 것. 이것이 바로 나로부터의 진정한 자유 아닌가?

반면 집착의 감정은 다르다. 집착은 건강하지 않은 허상을 만들어낸다. 집착은 특정한 무언가에 대한 심리적 의존 감정이다. 그것이 없으면 안 될 것 같은 느낌, 그것이 있어야 비로소 자신의 존재감을 느낄 수 있는 상태가 바로 집착의 상태다. 흥미로운 것은 이런 집착은 반드시 무언가의 희생을 필요로 한다는 점이다. 돈에 집착하는 사람은 소중한 인간관계를 망가뜨린다. 사랑에 집착하는 사람은 자기 자신을 잃어버리기 쉽다. 더구나 집착은 자신의 여러 속성과 관계들 중에서 특정한 것만을 본질적인 것으로 여기게 한다. 자기 자신에게서 본질적인 것과 비본질적인 것을 구분하고, 버려도 좋은 것과 버려서는 안 되는 것을 구분한다. 그러면 하나 둘 버리기 시작해도 결코 버릴 수 없는, 끝까지 함께하고 싶어 하는 무언가가 남는다. 이 경우에는 결코 자신으로부터의 진정한 자유를 얻을 수 없다. 여전히 무언가에 종속되고 종속된 채로 살아간다.

내가 누구인지를 묻고, 내 삶에서 본질적인 것이 무엇인지를 묻는 것은 이렇게 내 존재와 내 삶을 구성하는 모든 것이 소중함을, 하지만 그 모든 것은 내려놓을 수 있는 것임을 깨닫게 하며 그런 한에서 나 자신으로부터 자유를 얻게 해주는 질문일 수 있다. 자유로운 느낌만큼 행복한 감정이 또 있을까? 그러니 자주 물어보자. 나는 누구이며, 나의 삶은 어떤지. 그리고 그 어떤 것에도 집착하지 말자. 집착하면 행복하지 않다. 자유롭지 않기 때문이다.

죽음을 삶을 완성하는 계기로
볼 수는 없는가?

인간이 영원히 산다는 것은 모든 순간, 모든 기쁨, 모든 인간적 만남이
무의미한 것으로 퇴색한다는 것을 의미한다.
영원한 삶 속에서는 어떤 것도 귀중하지 않다.
따라서 여기서 역설적인 상황이 생긴다.
삶의 종말에 대한 불안이 없다면, 의미로 충만한 현존재도 있을 수 없다.
— 로베르트 슈페만

'개똥밭에 굴러도 이승이 낫다.' 삶과 죽음에 대한 우리의 평
가다. 삶과 죽음 가운데 선택하라면 단연 삶이다. 이성적으로
선택했을 때만 그런 것이 아니라 우리의 본능이 삶을 원한다.
하지만 죽음과 삶은 동전의 양면이다. 삶이 있다면 죽음도 있
어야 한다. 태어나면 죽는 것이 생명체의 본질이다. 그래도 죽
는 것은 싫다. '죽어도 싫다.' 내 병에 대해 알게 되었을 때 나도
그랬다. 죽고 싶지 않았다. 어떻게든 살고 싶었다. 도대체 죽음
이 무엇이기에 우리는 이토록 죽음을 두려워하는 것일까?

죽음의 본질에 대해서 확실한 인식을 갖고 있는 사람은 아마
도 없을 것이다. 살아 있을 때에는 죽음을 체험할 수 없고, 죽

으면 죽음에 대한 인식 자체가 불가능하기 때문이다. 우리가 확실하게 말할 수 있는 것은 '우리가 죽는다는 것이 절대적으로 확실하다'는 것뿐이다. 미래에 일어날 일들 중에서 유일하게 확실한 것이 바로 죽음이다. 죽음은 또 누구에게나 중차대한 사건이다. '누구나 예외 없이 죽고, 죽음은 자연적인 사건이기에 그것을 특별히 문제 삼을 필요가 없다'는 큰소리도 죽음과 직접 대면하기 전까지만 유효하다. 죽음을 하찮게 여기던 사람도 죽음의 순간에는 대부분 태도가 달라진다.

죽음의 이런 확실성과 공통성과 중대사라는 측면에도 불구하고 죽음은 우리의 친구가 아니다. 축제의 대상도 아니다. 그렇다면 무엇이 인간과 죽음의 관계를 갈라놓는 것일까? 죽음이 야기하는 공포가 그 주범이다. 죽음은 우리의 개체성과 정체성의 상실이나 소멸을 야기한다. 우리의 본능적인 욕망은 계속 살아가려는 것인데, 죽음은 일생을 포함한 우리의 모든 것을, 우리 자신을 끝장내는 것이라고 여겨진다. 그래서 우리는 스페인의 철학자 우나무노처럼 "나는 죽기 싫다. 죽기 싫을 뿐만 아니라 죽는 것을 원하기조차 싫다. 나는 영원히, 영원히 언제까지나 살고 싶다. 나는 이 나로서 살고 싶다. 지금 이 상태의 그리고 여기 이 시간에 나를 자각하고 있는 볼품없는 나인 채로 살고 싶다"(우나무노, 《삶의 비극적 의미》)라고 절규하게 된다.

개체성과 정체성 소멸에 대한 이러한 공포는 죽음에 대한 두 가지 대처 방식을 가능하게 한다. 죽음을 우연적 사건으로 만들어버리거나, 개체의 불멸을 믿음으로써 죽음의 공포를 이겨내는 것이다. 첫 번째 대처 방식은 죽음의 확실성과 예외 없음을 애써 부정하고 싶은 우리의 태도에서 기인한다. 우리는 언제 죽을지 불확실하다는 이유로 죽음과의 대면을 최대한 연기하고 싶어 한다. 죽음에 애써 무심한 체하고 눈감고 싶어 하며 생각조차 하지 않으려 한다. 이런 태도를 가진 사람은 죽음을 급작스럽게 찾아오는 우연적 사건으로, 아무런 예고 없이 불쑥 찾아오는 불청객이나 도둑처럼 여긴다. 그러다 죽음에 실제로 맞닥뜨리면 그것의 힘에 무방비 상태로 노출되어버린다. 그러니 당황하고 곤혹스럽다. '다르게 살았어야 했는데'라는 후회도 밀려오지만, 이제는 어찌해볼 방법이 없다. 죽음을 자신의 문제로 인식하고 준비를 해야 했으나 그렇지 못했기 때문이다.

죽음에 대한 또 다른 대처 방식은 불멸성을 믿음으로써 개체의 무화에 대한 공포를 이겨내는 것이다. 이 방식은 죽음이라는 사건을 인정하지만, 이 사건에 의한 개체성의 상실만큼은 인정하고 싶지 않은 우리의 마음 상태를 표현해준다. 이런 식으로 대처하는 사람은 앞의 경우와는 달리 죽음의 확실성과 예외 없음을 회피하지는 않는다. 하지만 자신의 단적인 변화를 거부하고 자신의 영속을 결사적으로 바란다. 영원이 곧 안전이고 변화는 그렇지 않다고 완고하게 믿고 싶어 한다. 따라서 여기서의 죽음은 끝으로 간주되지 않는다. 죽음 이후의 삶에 대한 비전, 삶 이후에 또 다른 삶이 실재한다는 생생하고도 강력한 희망이 제시된다. 그러니 죽음이 실제로 찾아와도 비교적 의연할 수 있다. 종교라는 우리의 영적 전통은 그 대표적인 예다.(백승영,《니체, 디오니소스적 긍정의 철학》)

그런데 죽음을 우연적 사건으로 만들어버리거나 개체성의 불멸을 믿는 이 두 가지 방식이 전부일까? 죽음과 관계 맺는 다른 방식은 없는 것일까? 죽음을 삶과 대립적인 관계로만 보지 않고, 삶을 위해 활용할 수 있는 방식은 없는 것일까? 철학자 가운데 이런 방식을 제시한 대표적인 이가 하이데거다. 앞서 말한 바 있는, 죽음으로 미리 달려가 보는 '죽음의 선구' 혹은 '죽음의 선취'는 삶을 위한 죽음의 의미를 밝히고 있다. 하이데거는 죽음을 미리 앞당겨 생각해봄으로써 죽음이 우리 삶의 변화를 가능하게 한다고 보았다.

우리가 누구인가? 지구상에 존재하는 모든 생명체 중에서 유일하게 죽음에 대해 생각하면서 죽을 수 있는 존재가 아닌가? 그런 우리에게 죽음은 생물학적으로는 이 생애 삶의 끝을 의미하지만, 바로 그 '끝'이라는 성격 때문에 우리 삶을 위해 가장 중요한 기능을 할 수 있다. 다음 순간에 죽을 수도 있다는 생각이 이제까지의 삶을 반성하는 계기가 되고, 삶의 변화를 위한 적극적인 기제 역할을 할 수 있기 때문이다. 과연 자신이 잘 살아왔는지, 무엇을 추구하면서 살았는지, 무엇이 잘못된 것인지에 대한 반성을 통해 앞으로 어떻게 살아야 하는지를 적극적으로 모색하고 그렇게 살기로 실존적 결단을 내리는 기제 말이다. 죽음을 이렇게 바라보고 죽음과 이런 관계를 맺는 것은 현명한 일이다. 이럴 때 죽음은 우리의 친구이자 진정한 축제의 대상이 된다. 더 이상 공포의 대상이 아니다. 그러면 죽음이 내게 행사하는 힘도 사라진다. 죽음에 대한 진정한 자유가 획득되고, 죽음을 삶을 완성하는 계기로 삼을 수 있게 된다. 죽음 앞에서 자신의 삶 전체를 되짚어보는 톨스토이 소설의 등장인물, 이반 일리치의 담담한 고백처럼 '이제야 죽음이 끝났다'고 말할 수 있게 된다.(톨스토이, 《이반 일리치의 죽음》)

나 자신이 의사가 되기로 하다

건강이 가장 값진 재산이라는 것을 잘 아는 사람,
자신의 판단으로 자신의 질병을 치료할 수 있는 사람은 현명하다.
— 히포크라테스

　　병과 동거를 시작하면서 나는 나 자신이 내 주치의가 되기로 결심했다. 그리고 그것을 위해 두 가지 일을 시작했다. 하나는 내 병의 정체를 파악하는 것이었고, 다른 하나는 내 몸의 상태를 최대한 좋게 만드는 것이었다. 이 두 가지를 과제로 설정해 놓고 내가 할 수 있는 것은 다 한 것 같다. 공부하고 논문 쓰고 하던 버릇과 기술이 이번에도 한껏 발휘되었다. '나 자신이 의사 되기'는 진정 건강으로 향하는 첫걸음이었다.

　　그런데 '나 자신이 의사 되기'는 결코 쉬운 일은 아니었다. 우선 내 병의 정체를 알고, 그것이 내 몸에 미치는 영향을 잘 살피고, 현대 의학의 치료 과정에 나를 내맡기는 대신 스스로가

능동적인 치료 주체가 되어야 한다. 현대 의학의 발전 정도는 감탄을 자아낼 정도다. 내가 진단받은 유방암만 하더라도 여러 형태로 유형을 나누고, 각각의 유형을 다시 음성과 양성으로 구분하면서 치밀하게 진단한다. 진단에 따라 치료 방법도 조금씩 다르다. 게다가 우리나라의 유방암 치료율은 세계 최고 수준이라고 한다. 생존율도 높다. 그렇다고 해서 병원과 의료진에게 모든 것을 맡기고 치료 '대상'으로 남아 있기에는 무언가가 목에 걸린 듯 편치가 않았다.

정상적인 성인의 몸이라면 모두 206개의 뼈와 60조 개의 세포 등으로 구성되어 있지만, 몸 안에서 일어나는 신진대사와 운동과 생체리듬은 사람마다 다르다. 그래서 같은 병이라도, 병의 '유형type'에 따라 나누는 것에 더해 각기 다른 개인의 '경우case'를 고려하는 세심하고 차별화된 주의가 필요하다. 이것은 의료진이 완전히 짊어질 수 있는 문제가 아니다. 자기 몸의 특수성을 제일 잘 알고 또 제일 잘 알아야 하는 환자 자신의 몫이다. 그래서 환자 자신이 능동적인 치료 주체가 되어야 한다. 자신의 몸이 무엇에 예민한지, 특정 자극과 약물에 어떻게 반응하고 어떻게 대응하는지 등을 세심히 관찰하고 주의를 기울여야 한다. 물론 진단의 내용은 무엇이고, 처치는 어떻게 이루어지는지를 정확하게 이해하는 것은 기본이다. 여기에 관련 자료와 사례를 분석하고 그것들의 도움을 받는 것도 필요하다.

그러려면 공부를 해야 한다. 병에 대한 공부도 해야 하고, 자기 자신에 대한 공부도 해야 한다.

"엄마는 모르는 게 없습니다. 가족 중 누군가가 아프면." 어느 보험회사의 텔레비전 광고 문구를 보며 크게 공감했었다. 가족을 위해 헌신하는 엄마의 모습도 뭉클했고, 병에 대해 박사가 될 정도에 이른다는 내용도 마음에 와 닿았다. 그런데 환자 자신이 의식이 없는 것이 아니라면, 그 엄마 역할을 스스로 해야 한다. 자신에게 찾아온 손님에 대해 박사가 될 정도로 알려고 해야 한다. 물론 어려운 일이다. 의학 사전을 찾아가며 익숙하지 않은 전문용어들을 이해해야 하고, 도서관 서고 구석구석과 인터넷 공간 여기저기를 돌아다니며 국내외의 관련 논문과 치료 사례에 대한 보고서를 찾아야 하고, 거기다 외국어로 작성된 관련 글까지 보아야 하는 경우도 있기 때문이다. '암입니다'라는 강한 일격을 받은 환자의 혼란스러운 마음은 그런 일을 하려는 의지를 꺾어버리기 쉽다. 치료 중에도 마찬가지다. 여러 가지 치료가 진행되면 환자는 그야말로 초주검 상태가 된다. 그런 상황에서 쉽지 않은 공부를 하려면 초인적인 노력이 동반되어야 한다. 어렵다. 누구에게나 어렵다. 하지만 해야 한다. 하지 않으면 안 된다.

부부가 다 공부를 업으로 삼고 있기에 남편과 나는 다행히도 자료를 찾고 분석하고 대안을 찾는 일에 어느 정도는 능숙하다. 암 진단을 받고 멍해진 상태로 집에 돌아온 날, 우리 두 사람은 각자 컴퓨터를 켜놓고 밤을 새웠다. 그렇게 시작된 암 공부는 삼 년이 지난 지금까지도 계속되고 있다. 처음에는 우리나라 병원과 의료진에 대해 알아보고, 독일과 호주와 일본과 미국 그리고 캐나다 등의 암 치료 현황을 찾아보았다. 양방과 한방의 협진은 물론이고, 보조 치료로 사용되는 비타민 C 요법과 온열요법과 산소요법, 거기에 먹거리에 관한 정보에다 민간요법까지 아우르는 광범위한 공부였다.

치료가 진행되면서는 내가 받는 치료의 효과와 부작용과 개선 방안에 대한 맞춤형 공부로 전환되었다. 우리 부부는 어느새 유방암에 대해서는 일가견이 있는 사람이 되어 있었다. 물론 언감생심 전문가를 자처할 수도 없고 그리고 싶지도 않다. 하지만 적어도 우리가 읽을 수 있는 형태로 된 거의 모든 자료를 살폈고, 유방암 치료에 대해서 한 마디 거들 수 있는 정도는 된 것 같다. "수능을 다시 봐서 의학 공부를 시작해볼까? 이왕 시작한 김에 제대로 과정을 밟아서 유방암 전문의가 되어버려?"라고 농담을 할 정도로 우리는 제법 많은 공부를 했으며 아직도 하고 있다. 누군가가 했다는 예언 같은 농담을 나중에 전해들은 적이 있다. "그 선생님은 아마 암 투병도 공부하듯이 하실걸."

나는 이런 공부가 많은 도움이 되었다고 생각한다. 그 공부는 내게 암에 대한 두려움을 없애주었다. '이겨낼 수 있는 병'이라는 '나 자신의 판단'이 내려졌다. 그러자 다시 작은 웃음이나마 찾아들었고 어느 정도 여유도 찾을 수 있었다. 그리고 이러한 공부는 후에 항암 치료 방법을 선택할 때에도 큰 역할을 했다. 주치의는 내게 '주치의로서 권하는 최선의 치료'인 항암 화학요법을 권유했다. 환자에게 가장 필요하고도 좋은 치료를 선택해야 하는 히포크라테스의 후예로서 내린 결론이었다. 주치의를 신뢰했지만 나는 그의 권유와는 달리 항암 표적요법을 선택했다. 두 가지 이유 때문이었다. 우리가 공부한 바로는 내 경우엔 항암 화학과 항암 표적 사이에 의미 있는 차이가 없다는 결론이 나왔다. 여러 경우의 수를 고려하고 통계 자료를 살피면서 계산을 해보니, 전자와 후자가 보증하는 생존율의 차이는 의료진이 제시했던 것보다 낮은 0.3퍼센트에 불과했다.

이런 수치상의 분석도 중요했지만, 우리의 결정에는 내 몸에 대한 고려가 더 크게 작용했다. 내 몸은 무척 민감하고 예민한 편이라 아주 적은 양의 약품에도 놀라울 정도로 금방 반응한다. 그래서 흔히 하는 말로 '약발이 잘 받는다'. 그만큼 부작용도 잘 일어난다. 음식물에도 마찬가지여서 내게 좋은 음식이나 나쁜 음식을 내 몸은 금방 구별하고 미량의 화학 첨가물에도 유별나게 반응한다. 절대 미각이나 절대 감각이어서가 아니다. 몸이 그냥 그렇게 반응을 하는 것이다. 몸에 맞지 않는 음식은 냄새부터 싫다. 소화가 진행되면 손에 미세한 떨림이 시작된다. 머리가 멍해지면서 마치 머릿속에 쥐가 난 것 같은 현상이 일어난다. 뱃속이 편할 리 없고, 결국엔 심한 두통이 온다. 그래서 '유난을 떤다'는 말을 들을 정도로 나는 음식에 까다롭다. 화학제인 약이나 주사에는 내 몸은 훨씬 더 심한 까탈을 부린다. 그래서 웬만해서는 약도 잘 먹지 않는다.

　나도 이런 내가 싫지만 내 몸이 그런 것을 어쩌겠는가, 맞추어 사는 수밖에. 이렇게 유독 까탈스러운 몸인지라 항암 화학을 견뎌낼 수 없으리라는 것은 자명한 사실이었다. 가족들도 표적요법을 택한 우리의 결정을 지지했다. (항암 화학 치료 대신 항암 표적을 선택했음에도 내 몸은 그야말로 난리가 났다. 부작용을 최소화했다는 그 치료도 나를 그로기 상태로 만들기에 충분했다. 그래도 그나마 다행이었다. 주변에서 화학 치료를 받는 환우들의 모습은 우리의 선택이 현명했음을 입증해주었다.)

　'나 스스로 의사 되기'는 치료 방법을 선택하는 데서 끝나지 않았다. 외적 치료만큼이나 중요한, 아니 어떻게 보면 더 중요한 '자신의 컨디션을 좋게 만드는 일'에도 전문가가 되어야 하기 때문이다. 먹거리와 운동 그리고 여러 가지 보조 치료가 신중하게 선택되었다. 서양 의술의 선생인 히포크라테스도, 우리 의술의 선생인 허준도 말했다고 한다. '음식이 치료할 수 없는 것은 약으로도 치료할 수 없다'고. 무엇을 먹는지는 그만큼 중요하다. 암 환자에게는 더욱 그렇다. 그래서 차가버섯, 상황버섯, 케일, 브로콜리, 사과, 당근, 흑마늘, 생강, 강황, 해독 주스, 검정색과 보라색 야채와 과일, 통곡류와 콩류 등등 암 환자에게 좋다는 음식이 넘쳐난다. 하지만 그것들이 다 내게 맞는 것은 아니라는 생각이 들었다. 내 몸에 맞는 것과 그렇지 않은 것들을 분류하고 화학물질이 들어 있지 않은 신선한 재료들을 구입하는 일은 신중한 선택의 시작이었다.

거기에 영양소 파괴를 최소화하고 내 뱃속이 편할 만한 조리법을 알아보고, 아침 점심 저녁의 식단을 치료 과정에 적합한 맞춤형 식단으로 구성하는 것도 필요했다. 방사선 치료를 집중적으로 받을 때에는 방사선 치료에 수반하는 어지럼증을 개선하는 데 도움이 되는 고단백 고열량 식단을 구성했고, 허셉틴 항암 표적이 진행될 때에는 피의 해독과 면역력 증강에 중점을 두어 식단을 꾸렸다. 눈에 이상이 오면 간과 눈 건강에 도움이 될 만한 식단을, 피부 트러블이 심해지면 염증을 완화하는 해독 기능이 있는 식품을 섭취했다. 신선한 제철 과일 중에서도 사과나 참다래같이 내 몸이 좋아하는 것 위주로 선택했다.

사람들이 권하는, 무엇 무엇이 좋더라 하는 말도 그대로 받아들이지 않았다. 그래서 소위 효소 식품이라고 불리며 요 몇 년 사이 대한민국을 강타한, 실상은 발효 식품인 것들도 멀리했다. 암 환자들 사이에서도 그것의 인기는 대단했다. 최소한

한 가지 이상은 직접 만들어 먹는다고 했다. 그런데 아무리 생각해도 설탕과 재료를 일 대 일로 섞어 만든다는 그것이 '효소'라는 것이 이해가 되지 않았다. 효소가 아니라 설탕 발효액일 거라는 생각이 사라지지 않았다. 관련 자료들을 찾아보았다. 방송이나 대중서들은 그것들이 대단한 효능이 있다고 목소리를 높였지만 효소와 발효에 관한 전문 문건들은 그 말들이 과대 선전이요 포장이라는 내 판단을 지지해주었다. 그래서 나는 그런 것들을 일절 만들지도 먹지도 않았다.

그 대신 내게 맞고, 내 몸이 좋아하고, 내가 겪고 있는 제 증상을 완화해주고 개선하는 음식을 골랐다. 그것이 내겐 보약이었다. 그런데 이런 맞춤형 보약은 누군가가 대신 처방해줄 수 없다. 내 몸에 대해서 나만큼 잘 아는 사람은 없기 때문이다. 내가 의사가 되어 처방한 보약을 나는 삼 년간 복용했고, 그 보약은 나를 건강하게 만들어주었다.

먹거리 외에 보조 치료와 운동 선택도 중요했다. 나는 몸이 차가운 편이라 체온을 상승시키는 방법을 제일 먼저 강구했다. '체온 일 도의 기적'이라는 말도 있듯이, 암세포가 열에 약하다는 것은 의학계의 정설이다. 그래서 생강과 강황과 마늘로 약차를 만들어 음용했고, 온열기를 구입해 하루 두 번 체온을 올리려고 노력했다. 등산도 시작했다. 내가 살고 있는 아파트 입구만 나서면 바로 산이 시작되었고, 그 산이 그리 험하지 않아

어렵지 않았다. 매일 이른 아침 한 시간에서 두 시간가량 산속을 헤집고 다녔다. 여기에 기 치료가 더해졌다. 기 치료에 대해서는 논란이 있을 수 있지만, 내 컨디션을 끌어올리는 데는 큰 도움이 되었다. 이렇게 살다 보니 오히려 평소보다 몸 상태가 더 좋아진 느낌도 들었다. '푹 자고 잘 먹고 운동하고 공부는 나 자신과 암에 대한 것 외에는 아무것도 하지 않기'라는 원칙을 지키는 생활이었으니 당연히 그랬을 것이다. 그런 좋은 상태로 수술을 받았다. 몸이 좋아지고 있으니 수술도 당연히 잘될 것 같다는 예감이 들었다. 실제로도 그랬다. 이렇게 효과를 본 '나 자신이 의사 되기' 원칙은 건강을 웬만큼 회복한 지금도 현재 진행형이다.

우리는 자기 자신에 대해 잘 모른다고 말한다. 마음도 모르겠고, 몸도 모른다고들 한다. 참으로 아이러니한 상황이다. 수십 년간 자신의 몸에 마음과 혼을 담아 살아왔는데 자기 자신을 모른다니. 그것은 자기 관찰이 부족한 탓이 아닐까? 그리고 이 부족한 자기 관찰은 우리의 삶의 습관에서 생겨난 것 아닐까? 바쁘고 바쁜 삶, 늘 무언가를 하면서 쫓기듯 살아야만 하는 우리네 삶의 습관 말이다. 그래서 자신의 몸과 마음에 귀를 기울일 여유가 없어지고, 시간이 지나면서 그것이 굳어져버린 것 아닐까? 어쩌면 '그냥' 살아도 별 문제가 없어서인지도 모른다. 그 어떤 이유에서든 우리는 그냥 살고 있다. 그냥 살아도 된다. 문제가 생기지 않는 한 말이다. 그렇다 보니 내가 나를 잘 모를 수밖에 없다. 이 타성적 삶에서 벗어나야 하지 않을까? 스스로 나 자신의 의사가 되어 나를 관찰하고 보살폈던 경험자로서 말하고 싶다. 이제 자신에 대해 알려고 해보자. 몸과 마음이 보내는 신호에도 주의를 기울여보자. 그래야 자신이라는 특별 환자를 치유하는 특별한 의사가 될 수 있다. 그러면 건강해진다. 몸도 그렇고 마음도 그렇다. 물론 문제가 생기기 전에 예방도 할 수 있다. 그게 더 좋은 일이다.

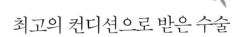

최고의 컨디션으로 받은 수술

상처에 의해 정신이 성장하고 새 힘이 솟는다.
— 겔리우스

옮긴 병원에서 1월 24일에 최종 진단을 받고, 2월 11일로 수술 날짜가 다시 잡혔다. 큰 대회를 앞둔 운동선수에게는 컨디션을 최고로 끌어올리는 일이 중요하다. 수술을 앞에 두고 나도 그런 자세로 하루하루 더 좋은 상태를 만들기 위해 최선을 다했다. 나라는 특별 환자의 주치의로서 말이다. 그러고는 '이 정도면 됐겠지'라며 의기양양하게 입원 수속을 마쳤다. 불안감이 완전히 가신 것은 아니었어도, 그 사이 부쩍 좋아진 몸 상태가 그것을 잠재워주었다. 그런데 수술 전날 밤 레지던트의 한 마디에 불안감이 다시 깨어났다. "일단 부분 절제가 원칙이지만 만일의 상황이 전개되면 전 절제를 합니다." 이 '만일의 상황' 때문에 이식 수술도 예약되어 있었다. 암 종양 제거가 끝나자마자 성형외과 의료진의 시술이 이어질 것이었다. 전 절제를 할 경우 동시 복원 수술이 효율적이라는 의사의 권유도 있었고, 우리의 판단도 그랬다. 하지만 성형외과 전문의와의 면담은 나를 무척 두렵게 했다. 배의 살점과 근육을 이용해서 유방을 복원하는 대수술이며, 최대 열 시간 정도 걸릴 것이라고 했다. 내 경우 배에 살점이 부족해 엉덩이 살을 이용해야 해서 매우 불편할 것이라고도 했다. 수술 후의 모습이 상상이 되었다. 뒷부분과 앞부분을 동시에 수술하는 것이니 똑바로 눕기도 어려울 것이었다. 생각조차 하고 싶지 않은 만일의 상황이었다. 그 만일의 상황에 대해 수술 직전 다시 경고를 받은 것이다. 먹구름이 내 '의기양양'을 몰아내기 시작했다.

수술 날, 지난밤에 생긴 불안감 때문인지 이리저리 뒤척이다 이른 새벽 그냥 일어나버렸다. 옆에서 쪽잠을 자던 남편도 얼른 따라 일어난다. 더 자라고 해도 막무가내다. 함께 병원에 마련되어 있는 기도실을 찾았다. 마음에 있는 모든 찌꺼기를 털어내고 신들의 가호를 빌고 싶었다. 오전 열한 시, 내 차례가 되었다. 건장한 남성 간호조무사들이 양옆에서 침상을 끌어주는데, 복도 천장의 형광등 불빛이 마치 마지막 통로를 비추는 빛처럼 느껴졌다. 그 차갑고도 섬뜩한 빛을 차마 보지 못한 채 별일 없게 해달라고 연신 기도를 했던 것 같다. 수술 대기실 문이 닫히면서 옆에서 따라오던 엄마와 남편의 모습도 시야에서 사라졌다. "금방 다녀올게"라며 씩씩한 척은 혼자 다 했는데 갑자기 외로움과 공포가 몰려왔다. '내가 다시 이곳으로 돌아올 수 있을까?' 이런 생각이 밀려오는 순간, 내 침상이 수술실로 이끌려 갔다. "마취하겠습니다"라는 말이 들렸다. 속으로 '엄마……'를 부른 기억이 난다. 그러고는 "일어나세요, 백승영 씨 일어나세요"라는 소리가 들렸다. 이미 수술은 지나갔다. '엄마, 나 살았나 봐……'라는 생각이 드는 동시에 손이 엉덩이 쪽으로 향했다. 그대로였다. 부분 절제로 수술이 끝난 것이었다. '만일의 상황'은 없었다. 안도의 숨을 내쉬었다.

그 순간 갑작스레 엄청난 통증이 몰려왔다. 회복실로 옮겨졌다. 깊고도 날카로운 신음 소리가 곳곳에서 들려오고 간호사들이 부지런히 침상 사이를 누비며 진통제를 투여해주고 있었다. 나 역시 연거푸 진통제를 맞아야 했다. 한 시간 정도 지나, 복도로 이어지는 문이 열렸다. 엄마와 남편의 초조한 얼굴이 보였다. 미소를 지으려 했지만, 이내 얼굴을 찡그릴 수밖에 없었다. 진통제를 두 대나 맞았어도 아팠다. 많이 아팠다. 드라마나 영화의 주인공처럼 미소를 머금은 멋진 재회는 현실에서는 가능하지 않았다.

일주일간의 입원 생활. 수술의 흔적은 왼쪽 가슴과 옆구리, 두 곳에 남았다. 가슴에 난 자국은 종양 부위를 부분 절제한 흔

호안 브룰, 〈꿈〉(1905)

수술 날, 지난밤에 생긴 불안감 때문인지 이리저리 뒤척이다 이른 새벽
그냥 일어나버렸다. 남편과 함께 병원에 마련되어 있는 기도실을 찾았
다. 마음에 있는 모든 찌꺼기를 털어내고 신들의 가호를 빌고 싶었다.

적이었고, 옆구리 아래쪽 자국은 림프 절제 흔적이었다. 수술 도중에 전이 여부를 확인하기 위해 림프절 두 개를 떼어내서 조직 검사를 했다고 한다. 림프 절제 후 흘러나오는 림프액을 배출시켜야 하기 때문에 배액통을 차고 있어야 했다. 그 통에 연결된 플라스틱 관이 절제 부위에 삽입되어 있었는데, 그 위치가 문제였던 것 같다. 무언가 날카로운 도구로 후비는 듯한 통증이 움직일 때마다 느껴졌다. 어떻게든 해달라는 내게 참아달라는 부탁과 함께 냉팩이 돌아왔다. 그런 상태로 팔운동을 해야 했다. 림프 절제 부위에 냉팩을 대고 링거를 꽂은 오른손으로 힘껏 누른 채 왼팔을 이리저리 움직여주었다. 그때마다 이를 악물어야 할 정도로 아팠지만, 참아야 했다. 운동을 해주지 않으면 림프부종이라는 무서운 결과가 올 수 있기 때문이었다.

이런저런 통증으로 힘들긴 했지만 회복은 놀라울 만큼 빨랐다. 언제 수술을 받았냐는 듯 혈색도 좋았고 몸도 가벼웠다. 이게 다 내가 의사 역할을 잘해서 그런 거라고 밝은 얼굴로 자랑 아닌 자랑을 해댔다. 당연히 마음도 평온했다. 같은 처지에 있는 암 동지들과 소통하기 시작하면서 나는 더욱 활기를 띠었다. 환자복만 걸쳤을 뿐 환자 같지 않은 나를 보며 식구들은 '나이롱 환자'라며 가슴을 쓸어내렸다. 그랬다. 암은 내게 더 이상은 힘을 쓰지 못했다. 내 의기양양이 다시 시작되었다. 그 기운을 그대로 간직한 채 집으로 돌아왔다.

항암 치료에 대비하며

인생의 모든 변화, 모든 매력, 모든 아름다움은 빛과 그림자로 이루어져 있다.
— 톨스토이

3월 9일부터 방사선 모의 치료와 함께 본격적인 집중 치료가
시작된다. 퇴원 후 약 이 주간의 휴양 기간을 얻은 셈이었다.
가슴 부위에서는 은근하면서도 넓게 퍼져나가는 둔통과 날카
롭게 후비는 통증이 번갈아가면서 느껴졌고, 림프절을 절제한
쪽 팔은 여전히 힘을 쓸 수가 없었다. 배액관을 빼자 병원 생활
내내 나를 힘들게 했던 옆구리 통증이 감쪽같이 자취를 감췄
지만, 팔을 올리는 것은 여전히 힘이 들었다. 그래도 부지런히
올리고 내리는 운동을 했다. 그래야 림프부종도 방지하고 회복
도 빨리 된다고 들었기 때문이다. 림프부종이란 림프관이 폐
쇄되어 생기는 종창이 림프액을 역류시켜 엄청난 부종과 피부

변화를 일으키는 것으로, 수술 후 십 년이 지나도 올 수 있다고 한다. "림프 제거를 받은 팔은 없는 걸로 생각하세요. 무거운 물건은 절대 들지 마시고, 어디 부딪혀서도 안 되고, 찬물에 담가도 안 되고, 옆으로 누워 그 방향으로 무게를 실어서도 안 되고, 심지어는 주사를 맞아서도, 혈압을 재서도, 피를 뽑아서도 안 됩니다." 주의사항은 생각보다 엄했다. 겨우 림프절 두 개를 제거했다고 팔을 그토록 조심해야 한다니, 과장이겠지 하는 생각이 들었다. 하지만 사실이었다. 왼쪽 팔은 내내 나를 힘들게 했고, 왼쪽 팔 안측은 수술 후 삼 년이 다 되어갈 때까지도 감각이 돌아오지 않았다. 왼쪽 팔을 늘 의식하면서 조심스럽게 생활했지만, 그 팔을 없는 것으로 생각할 수는 없는 노릇이었다. 집안일을 하는 주부에게 그것은 쉽지 않은 일이었다.

그러자 문제가 생기기 시작했다. 부종은 다행히 생기지 않았지만, 그 대신 새로운 통증이 찾아오기 시작한 것이다. 때로는 가슴 부분에서, 때로는 옆구리에서 시작한 통증은 어깨를 지나 허리로까지 이어졌다. 너무 아파서 숨을 내쉬는 것조차 힘겨운 적도 있었다. 특히 가슴 속에서부터 느껴지는 통증은 나를 더욱 긴장시켰다. 재발에 대한 우려 때문이었다. 그 통증에 익숙해질 때까지 병원의 전문 간호사는 수시로 내 전화를 받아야 했다. 계속해서 통증이 발생하니 정형외과와 통증의학과와 한의원을 내 집 드나들 듯 드나들 수밖에 없었다. 진통제를 달고 살았고, 이런저런 물리치료, 침과 부황 등 가능한 의술의 도움은 모조리 다 받은 것 같다. 어떤 때는 그것도 부족해 경락의 도움을 구하기도 했다. 몸의 어느 작은 부분 하나라도 손상이 되면 이런 일이 발생한다. 우리 몸 구석구석 하나하나의 소중함을 새삼 깨닫게 된 순간들이었다.

왼쪽 팔이 걸리적거리기는 했지만, 이 주의 시간을 그냥 보낼 수는 없는 일이었다. 본격적인 집중 치료가 시작되면 무언가를 하기가 불가능할 것 같았기 때문이다. 집에서 병원까지 왕복 두 시간이 넘게 걸리는 거리를 방사선 치료를 위해 매일 다녀야 하고, 거기에 두 가지 주사도 번갈아 맞아야 하며, 필요한 교육도 받아야 한다. 그러니 집에 있는 시간은 대부분 휴식을 취하거나 먹거리를 장만하는 데 소요될 것이 분명했다. 어디 시간상의 문제만일 것인가. 치료가 몸에 가할 타격도 만만치 않을 것이다. 그러니 정상적인 생활이 어려우리라는 것은 자명한 일이었다.

그런데 처리해야 할 일이 두 가지 남아 있었다. 마음이 조급해졌다. 먼저 작년 여름에 했던 강연을 글 원고로 풀어내야 했다. 학교 연구소가 기획한 '마음과 몸에 대한 철학적 성찰'이라는 연속 강연의 하나였는데, 이제 강연 내용을 모아 책으로 출간한다고 했다. 강연 당시 사용했던 PPT 문서를 글로 옮겨야 했다. 진작 원고 형태로도 작성해두었다면 좋았을 테지만, 그

당시에는 출간 계획은 없었다. 평소 같으면 일도 아니라고 피식거렸을 것이나, 수술 직후라 그것마저도 부담이 됐다. 담당 교수에게 내 상황을 이야기하고, 필진에서 빠질 수 있는지를 타진했다. 담당 교수는 5월까지 원고 마감 기한을 연장해주겠다는 배려로 응답했다. 하지만 5월도 부담스럽기는 마찬가지였다. 그러니 당장 해야 했다. 다른 하나는 내 책의 이차 교정 작업이었다. 출판사에서 최대한 빨리 진행해보자는 연락이 오고 나서 바로 교정을 시작해, 일차 교정은 입원하기 전날에 끝냈었다.

퇴원 다음 날에 일을 해야 한다고 책상 앞에 앉는 나를 보고 남편은 혀를 찼다. 꼭 해야만 하냐고, 수술한 지 며칠이나 됐다고 그러느냐고, 그러다가 문제 생긴다고 하면서 나를 설득하려 했지만, 상황 설명을 들은 후 절대 무리는 하지 말라며 자리를 피해주었다. 컴퓨터를 켰다. PPT 자료를 원고 형태로 작성하는 것은 평소 같으면 쉽사리 할 수 있는 일이었다. 교정 작업도 비교적 부담이 적은 경우였다. 담당 편집자가 책에 실릴 사진을 고르고 설명 글을 작성하는 등의 번거로운 일을 이미 해주었기에, 나는 원고를 다시 한 번 읽고 필요한 부분을 고치기만 하면 되었다. 길어도 일주일이면 되겠다는 생각으로 자신 있게 일을 시작했다. 그런데 예상과는 달리 일이 진척되지 않았다. 집중력에 문제가 생긴 탓이었다. 머릿속에 마치 검은 안개가 끼어 있는 것 같았다. 그러니 생각이 자꾸 끊긴다. '왜 이러지? 왜 생각이 안 되지?' 당혹스러웠다. 계속 끙끙거려도 상황은 나아지지 않았다. '수술 직후라서 그럴 거야. 몸이 많이 놀랐으니, 머리도 맑지 못한 거야. 내일이면 조금 나아지겠지'라고 위로해보았지만, 위로는 위로일 뿐이었다. '포기할까?'라는 생각이 들었다. '누군가가 대신 좀 해주었으면 좋겠다'라는, 평소라면 결코 들지 않을 마음마저 생겼다. 남편에게 "이것 좀 대신 해주면 안 될까?"라고 하자, 그는 "철학 책을 내가 어떻게 대신할 수 있어?", "그러게 내가 하지 말라고 했잖아" 등의 말을 속사포처럼 쏟아내더니, "그 정도야? 정말 생각이 전혀 안 되는 거야?"라며 안타까운 얼굴을 한다.

한 주일을 그렇게 보낸 후, 마음을 다잡고 다시 컴퓨터를 켰다. 마시지 말라는 커피도 몇 잔씩 들이켜고, 잠도 충분히 자고, 먹거리도 영양가 높은 것으로 골라먹었지만 내 상태는 그대로였다. 하지만 시간이 별로 없었다. 어떻게든 완성을 해야 했다. 있는 힘을 다했지만, 내가 제대로 쓰고나 있는 것인지 확신이 들지 않았다. '이런 글을 내보내야 하나, 조금 미룰까?' 하는 생각이 다시 들었다. 하지만 해를 넘겨 계속될 예정인 집중치료를 생각하면 미룰 수는 없는 일이었다. '하자, 하자, 할 수 있다'를 수없이 되뇌면서 한 줄 한 줄 써나갔다. 한 문장을 쓰고 읽어보고, 한 문장을 더 쓰고 다시 읽어보고, 세 번째 문장을 덧붙이면 세 문장을 다시 읽으면서 말이다. 신선한 바깥 공기가 도움이 될까 싶어 교정지를 끼고 산에 가보기도 하고, 일부러 큰 소리로 낭독해보기도 하고, 의자에 앉는 대신 서서 모니터를 바라보기도 하고……. 이렇게 저렇게 하다 보니 끝이 보이기 시작했다. 마음에 차지는 않지만 그래도 그 상황에서는 최선을 다한 글 두 편을 방사선 치료 일정이 시작되기 이틀 전에 우송할 수 있었다. 잘 한 일이었다. '해야 할 일'에 대한 부담감 없이 오로지 치료에만 집중할 수 있었기 때문이다. 그리고 그때 미루었다면 그 글들은 최소한 이 년은 기다려야 완성되었을 것이었기 때문이다. 내 머릿속 검은 안개는 집중 치료가 시작되면서 점점 더 짙어졌고, 그 두 작업을 마지막으로 나는 오랜 시간 동안 제대로 읽지도 쓰지도 못했다. 나는 더 이상은 학자일 수 없었다. 단지 환자일 뿐이었다.

의료보험의 불합리에 맞닥뜨리다

퇴원 전날 의료진과의 면담에서 내 병의 공식 명칭을 들었
다. 삼중 양성에 2기 초 유방암. 작지 않은 암세포가 두 개나 되
었는데도 나는 항암 화학과 항암 표적 중에서 하나를 선택할
권한을 얻었다. 암이 몸의 다른 곳으로 전이되지 않았기 때문
이다. 내 경우 두 치료법이 재발률과 생존율에서 의미 있는 차
이가 없다고 판단되었다. 효과 면에서 큰 차이가 없다면 항암
표적을 선택하는 것이 당연하다. 그것이 몸에 부담을 덜 주기
때문이다. 그 대신 매우 큰 경제적 부담을 안아야 한다. 국가
건강보험 적용 대상이 아니기 때문이다. 결국 나는 몸과 돈 사
이에서 몸을 선택한 셈이다.

항암 화학은 보험 적용을 받는다. 하지만 그 대가를 온몸으로 치러야 한다. 항암 화학으로 몸이 받는 타격은 상상을 초월한다. 경험자들의 이야기를 종합해보면, 상상하기도 힘든 부작용이 나타난다고 한다. 머리끝에서 발끝까지 크고 작은 세포 전체가 화약약품의 독하디 독한 공격을 직접 받으니 몸이 온전할 리가 없다. 한 차례 항암 주사를 맞고 나면 머리카락이 빠지는 것은 기본이고, 구토와 어지럼증이 생기고, 몸 여기저기서 통증이 울려대며, 거기에 면역력 약화가 결정적인 일격을 날린다고 했다. 사람을 한번 죽였다가 살리는 느낌이 든다고도 했다. 항암 화학을 경험한 환우를 직접 보기도 했고, 이런저런 자료들을 찾아보면서 이 치료가 원시적이고 잔인한 방식이라는 생각이 들었다.

항암 표적은 그런 측면이 조금은 덜한 방식이다. 허셉틴이라는 항암 표적제는 화학약품이기는 하지만, 암세포만 선택적으로 공격한다고 했다. 그만큼 몸에 미치는 파괴력이 훨씬 약할 것이다. 심지어 어떤 자료에는 부작용이 없다고도 쓰여 있었다. 안타깝게도 그건 사실이 아니었지만 항암 화학에 비하면 항암 표적은 훨씬 괜찮은 치료였다. 그런데 이 치료는 보험의 혜택을 받을 수 없다. 항암 화학을 한 후에 항암 표적을 하면 보험이 적용되지만, 나처럼 항암 표적으로 바로 들어가면 적용되지 않는다고 한다. 이해할 수 없는 조건이었다. 병원에서 준

문건에는 허셉틴 항암 표적은 한 번 주사에 이백만 원에서 이백오십만 원 정도의 치료비가 든다고 적혀 있었다. 이것을 삼 주에 한 번씩 열세 번을 해야 한다는데, 그러면 도대체 얼마나 든다는 건가? 충격적인 액수였다. 그럼에도 나는 항암 표적을 선택했다. 내 몸의 상태를 고려한, 나라는 특별 환자를 위한 의사로서 내린 나 자신의 선택이었다. '돈은 나중에 또 벌면 되지만, 한번 상해버린 몸은 되살리기가 쉽지 않다'며 남편도 고개를 끄덕였다.

항암 표적을 한다고 하니, "암 보험을 많이 들어놓으셨나 보네요"라는 말이 들렸다. 고액의 치료비 때문에 항암 표적을 포기하고 항암 화학을 선택하는 환우가 많다는 말도 덧붙여서 말이다. 내게 암 보험 같은 것이 있을 리가 없다. 암을 나와 연관시켜본 적이 없기 때문이기도 했고, 암 보험에 생각이 미칠 겨를도 없었기 때문이다. 내 탓도 아니면서 한 달 이자만 사백만 원 넘게 내야 하는 현실은 다른 여유를 허락하지 않았다. 2011년 8월 말, 십 년간의 억울한 빚쟁이 생활을 드디어 청산했다. 정말 행복했다. 그리고 정확히 삼 개월 후에 암 진단을 받았다. 아마도 그때 암 진단을 받지 않았더라면 지금쯤은 암 보험 하나 정도는 가입했을지도 모르겠다. 그래도 울며 겨자 먹기로 가입했던 연금 보험에 암 추가 약관이 있어 수술비와 입원비까지는 어찌어찌 감당이 되었다. 하지만 이젠 그 엄청난 허셉틴 주사비를, 거기에 보험이 적용되어도 한 번에 십만 원가량 들고 거의 두 달간 매일 진행되는 방사선 치료비를 모두 자비로 부담해야 한다. 여름까지는 내 고정 수입이 있어 어찌어찌 충당이 되겠지만 그 이후가 문제였다. 남편의 월급으로 생활비부터 치료비까지 일체를 해결해야 한다. 사정상 세 집 살림을 해야 하는 상황이라 걱정이 앞섰지만, 우리는 결단을 내렸다.

지나치게 고액인 치료비 때문에 어쩔 수 없이 항암 표적을 포기하는 환우들이 많다는 말을 들었고, 비용이 터무니없이 높은데 보험 적용 기준도 비상식적이라는 생각이 들면서, 이런 불합리한 상황이 왜 개선되지 않는지 궁금해졌다. 개선되어야 한다는 당위도 강하게 나를 자극했다. 그래서 조금 분주해졌다. 머릿속 안개가 책상에서의 일을 방해한 덕에 시간 여유도 생겼다. 그 짬을 활용하기로 했다. 국민건강보험공단, 건강보험심사평가원 등을 비롯해서 의료보험과 조금이라도 관련되는 곳에는 다 전화를 걸었던 것 같다. 그뿐인가? 유방암 관련 프로그램을 기획하고 있다는 방송 작가에게도 이런 불합리한 경우가 있다고 알려주었고, 심지어는 관련이 없는 게 확실한 한국소비자원에까지 연락을 취했다. 한 명이라도 더 문제의식을 공유하는 것이 좋을 것 같았기 때문이다. 내게 돌아온 최종 대답은 현재로서는 개인이 어떻게 해볼 수 있는 방법은 없고, 병원에서 나와 같은 경우에 대한 임상실험을 해서 그 결과 보고서를 제출해야 보험 적용을 할 수 있는지 없는지를 판단하는데, 지금까지는 국내의 어느 병원에서도 자료 제출을 하지 않았다는 것이었다. 자신들도 이런 상황이 안타깝지만 국내 병원의 협조가 없으면 어찌할 방법이 없다고 했다. 그러면서 오히려 내게 관련 병원에 자료 제출을 요청하기를 권유했다. 외국의 임상실험 자료도 근거 자료 역할을 한다는 말을 듣고서, 허셉틴을 제조하여 판매하는 회사 로슈의 한국 지사에 전화를 걸었다. 미국의 임상실험 보고서가 있다면 제출해달라고 요청했다. 나와 통화했던 담당자가 여성이어서 '이것은 여성 인권 차원에서 접근해야 한다'는 약간의 억지 논리가 통했던 것 같다. 최대한 노력을 아끼지 않겠다는 약속을 받았다. 더 이상 내가 할 일은 없다. '후유!' 나흘 만에 드디어 큰 숨이 터졌다.

며칠 동안 이 일에 매달리면서 나는 납득하기 어려운 기준과 절차들에 맞닥뜨려야 했다. 국민건강보험이 권유하는 정기검진에서 암이 발견되면 삼백만 원의 보조금이 지급되지만, 회사나 학교 등 직장에서 지원하는 정기검진에서 발견되면 혜택을 받을 수 없다는 것도 그중 하나였다. 정기검진의 취지는 예방과 조기 발견에 있다. 직장의료보험 가입자는 보통 일 년에 한 번 직장에서 지원을 받아 정기검진을 한다. 국민건강보험은 고작 이 년에 한 번 권할 뿐이다. 그렇다면 직장에서 지원하는 정기검진이 정기검진의 원래 취지에 더 적합한 것 아닌가? 그런데도 이 경우에는 보조금을 줄 수 없다고 한다. 나도 마찬가지다. 이 얼마나 상식 밖의 기준이란 말인가? 상황을 설명해주던 담당 공무원이 자신도 불공정하다는 것을 잘 안다며, 시정 조치를 할 수 있게 건의를 해달라고 또 내게 부탁을 했다. 이 건도 신경이 쓰였지만, 지금으로서는 한숨 돌리는 게 급선무다 싶었다. 지쳐버렸기 때문이다.

이런 일을 하며 좋알거리는 나를 보고 주변 사람들은 의아해했다. '몸이 별로 힘들지 않은가 보다. 저런 일에 신경 쓰는 것을 보면'이라는 말이 들렸다. 제도가 바뀌어 보험 적용이 된다고 해도 입법 고시부터 시행까지 몇 년이 걸릴지 모르고, 어차피 자기는 그 혜택을 누릴 수도 없는데 왜 저럴까 하는 눈길도 받았다. 하지만 환경을 걱정하는 이들이 단지 자기가 마시는 산소 때문에만 그럴 것이며, 바라보기만 해도 아찔한 곳에서 눈비를 맞으며 고공 시위를 하는 이가 자신에게 돌아올 이익만을 생각할 것인가? 그런 일에 비하면 소소한, 아무것도 아닌 일이지만, 환우들의 신체적, 경제적 고통을 더는 데 무어라도 하고 싶었다. 치료비 때문에 불필요한 고통을 감수해야 하거나, 치료비 때문에 치료를 포기하는 환우가 없기를 바라는 마음, 오직 그것 하나뿐이었다.

살리는 치료인지 죽이는 치료인지,
마음에 암을 만들다

오직 엄청난 고통의 훈련만이 인간의 모든 향상을 이루어왔다는 사실을
그대들은 알지 못하는가?
— 니체

집중 치료가 본격적으로 시작되었다. 3월 3일 오전에 난소
억제 주사인 졸라덱스를 처음 맞았고, 저녁부터 타목프렉스를
복용하기 시작했다. 둘 다 항호르몬 치료의 일환인데, 졸라덱
스는 사 주에 한 번 주사액이 들어 있는 샤프심 같은 것을 복부
에 집어넣는 방식으로 이 년 동안, 타목프렉스는 하루 두 번씩
향후 오 년간 복용해야 한다. 이렇게 해서 삼중 양성 유방암 환
자의 본격 치료가 시작된 것이다. 이것은 곧 본격적인 고통의
시작을 의미하는 것이기도 했다. "수술이 제일 쉬웠어요"라는
말은 결코 과장이 아니었다. 나의 의기양양은 어느새 사라져버
렸다.

난소 억제 주사를 맞고 나서 얼마 지나지 않아 몸에 이상 징후가 나타나기 시작했다. 처음에는 심한 차멀미 같은 울렁증과 오심이 생겼고, 그것이 조금 나아지자 피곤이 밀어닥쳤다. 그러더니 유사 갱년기 증상들이 한꺼번에 몰려왔다. 게다가 안면 홍조, 발열, 우울, 체중 증가, 관절통, 발한, 질염, 요실금, 탈모, 근육통, 가슴 두근거림, 급격한 기분 변화 등등의 부작용이 예비된 타목프렉스가 추가되고, 거기에 방사선 치료까지 가세했다. 방사선 치료는 그 치명성 때문에 신중에 신중을 기해야 하는 치료로 모의 치료를 하는 데만 꼬박 이 주의 시간이 소요되었다.

방사선 치료 횟수가 열 번을 넘기자 타목프렉스와 졸라덱스로 곤란을 겪고 있는 몸에 또 다른 증상들이 나타나기 시작했다. 먼저 방사선을 쏘인 부분의 피부색이 짙은 회색으로 변해 가기 시작했다. 어지럼증도 찾아왔다. 눈을 뜨고 있는 것조차 힘이 들었다. 몸의 힘이 블랙홀로 다 빨려 들어버린 듯 온몸이 흐늘거리며 무기력해졌다. 원래 암 환자에게 붉은 육류는 어느 정도 자제가 권유되는 식품이다. 그런데 방사선 치료 안내서는 고기를 권하고 있었다. 그 이유가 있었던 것이다. 아무리 치료용이고 강도가 경미하다 해도, 방사능에 노출되는 것 자체가 인체에 심각한 영향을 초래한다는 것을 나는 직접 체험했다. 치료가 진행될수록 어지럼증은 점점 심해졌고, 몇 번인가 정신을 잃고 쓰러지기도 했다. 중단했던 기 치료를 다시 시작했다. 그래도 상태는 개선되지 않았다. 병원에 다녀오는 시간 외에는 꼼짝없이 침대에 묶여 있어야 했다. 어디서 들었는지 남편은 유황오리에 수육에 소 지라까지 구해 와 내게 권했다. 하지만 제대로 먹을 수도 없었다.

　이런 상황에서 매일 밤 전쟁을 치러야 했다. 도저히 잠을 잘 수가 없었던 것이다. 내 몸속에 알람 장치가 생긴 탓이었다. 삼사십 분 간격으로 알람이 나를 깨웠다. 복부에서 시작된 열이 머리까지 순식간에 치고 올라오면 잠은 그걸로 끝이었다. 정수리에서부터 흐르는 식은땀은 얼굴과 목을 타고 온몸을 적셨다. 그때마다 창밖으로 상체를 내밀어 식혀야 했고, 몸도 계속 닦아내야 했다. 하루 한 잔 허용했던 커피도 완전히 추방해버리고 저녁식사를 일부러 많이 하기도 했지만 전혀 소용이 없었다.

　인터넷 유방암 카페에 글을 올려 다른 환우들에게 문의를 했다. 그랬더니 많은 분들이 동일한 증상을 경험했으며 결국에는 수면제 처방을 받을 수밖에 없었노라는 답이 돌아왔다. 이러한 현상이 몸이 적응하는 과정에서 나오는 증상이고, 졸라덱스와 타목프렉스의 합동 공격의 부작용이며, 무엇보다 졸라덱스의 역할이 결정적이라는 설명도 있었다. 이해할 수 있었다. 졸라덱스 주사로 강제 폐경을 시킨 것이나 다름없었기 때문이다. 그래야 난소에서 나오는 여성호르몬이 억제되고, 여성호르몬이 억제되어야 삼중 양성 환자의 유방암 재발 가능성도 그만큼 낮아진다. 남편은 이 항호르몬 치료를 '젊은 여성을 늙게 만드는 좋지 않은 치료'로 규정했다. 여성이어서 여성호르몬이 있는 것이고, 여성호르몬이 있어야 여성의 몸이 정상인 것인데, 암을 일으키는 원인의 하나라는 이유로 그것을 없애버리다니, 마치 탐욕을 멀리하려면 탐욕의 대상을 보는 눈을 뽑아버려야 한다는 논리와 무엇이 다르냐며 납득하기 어려워했다.

끝나지 않을 것만 같던 방사선 치료가 끝나자 이번에는 항암 표적제인 허셉틴 투여가 시작되었다. 이것은 내게 나타났던 제 증상을 결정적으로 악화시켰다. 허셉틴은 울혈성 심부전, 고혈압, 관절통, 요통, 중심정맥감염증, 안면 홍조, 두통, 설사 등이 부작용으로 등록되어 있는 주사액이지만, 그래도 암세포만 선택적으로 공격하고 정상 세포는 영향을 덜 받는, 비교적 약한 것이라고 했다. 그런데도 부작용 방지 주사를 먼저 맞아야 했다. 게다가 심장에 물이 찰 위험성이 높아 정기적으로 심장 검사를 받아야 한다는 주의도 미리 받았다. 이것만으로도 이미 내게는 충격이었다. 부작용 방지 주사를 맞아야 하고 심장 이상이라는 치명적 위험이 예견되는 주사약인데도 약하다고 한다. 그래도 항암 화학보다는 낫겠지 하는 기대는 있었다.

그런데 모든 약에는 다 부작용이 있다는 말은 사실이었다. 심지어 부작용 방지 주사도 부작용이 있었으니 말이다. 혈관을 타고 차가운 주사액이 들어가기 시작하면 눈앞이 아뜩해지면서 마취를 당하는 것 같은 상태로 빠져버린다. 이렇게 부작용 방지 주사를 삼십 분 정도 맞은 후에 허셉틴 주사를 한 시간 반 가량 연이어 맞는다. 입안은 바짝 말라가고, 머릿속은 더 아뜩해지며, 내 몸이 내 몸처럼 느껴지지를 않는다. 남편의 부축을 받으며 휘적휘적, 완전히 깬 상태도 아니고 완전히 잠든 상태도 아닌 채로 집으로 돌아온다. 그러고는 며칠을 일어나지 못했다.

주사를 맞을 때마다 늘 그랬다. 게다가 그 강도는 점점 심해져만 갔다. 어지럼증, 가슴의 통증, 무기력감과 피로감, 허리 통증 등도 더 심해졌고, 두 번째 허셉틴을 맞은 후부터는 산부인과에서 정형외과로, 내과로, 이비인후과로, 피부과로 순례를 해야 했다. 면역력이 형편없이 떨어져버린 탓이었다. 감기를 달고 사는 것은 기본이었고, 매일 다니는 산길에서 갑자기 풀독이 오르기도 하고, 모기란 놈이 살짝 물었는데도 팔 전체가 퉁퉁 부어오르고 보라색으로 변해버려 피부과에서 일주일 이상 약물 치료를 받아야 했다. 표피는 얼마나 예민해졌는지 샤워기에서 떨어지는 물의 압력도 견뎌내지 못했다. 샤워기를 교체했지만 소용이 없었다. 게다가 손가락 끝에 느껴지는 통증은 야채를 씻는 일마저도 힘겹게 했다. 자판을 건드려도 콕콕, 무언가에 닿기만 해도 콕콕 쑤셔댔다. 그러더니 특별한 일을 하지도 않았는데 갑자기 팔 인대가 늘어났단다. 그리고 팔다리 여기저기에 저절로 시꺼먼 멍들이 나타났다 사라지고, 또 나타나는 일이 이어졌다. 무릎과 허리의 통증도 극심해지고, 결국엔 극심한 통증 때문에 암보다 무섭다는 말을 듣는 대상포진까지 찾아왔다.

치료가 진행될수록 나의 병원 순례는 정도를 더해갔다. 어떤 날은 오전 아홉 시에 시작한 일정이 늦은 오후가 다 되어서야 끝나는 경우도 있었다. 집에서 십 분도 안 되는 거리 두 구역에 따닥따닥 붙어 있는 병원들인데 말이다. 다른 환우들에 비해 내가 유독 이런저런 부작용에 많이 시달린 편이었다. 그래도 어떤 환우가 경험했다는 청각 이상 증세나 엄청난 두통은 다행히도 찾아오지 않았다. 그 대신 눈과 기억력과 집중력에 이상 증세가 나타나기는 했지만 말이다. 똑같은 치료를 받아도 사람마다 다른 부작용을 경험한다.

어쨌든 나는 졸라덱스, 타목프렉스, 방사선, 허셉틴이라는 네 가지 치료의 합동 공격에 완전히 그로기 상태에 빠져버렸다. 총체적 난국이었다. 화학약품의 작용 앞에 나는 완전히 무기력했다. 인간이 이토록 나약한 존재라는 사실을 제대로 알게 되었다. 인터넷 유방암 카페에 다시 접속했다. 다른 이들도 이런 총체적 난국을 경험하는지, 항암 표적을 해도 이렇게 힘든 것이 맞는지, 또 물어보았다. 많은 분들이 이런저런 유사 증상과 개별 증상으로 힘들었다면서 자신들의 경험을 들려주었다. 기가 막혔다. 암 치료의 어려움에 대해서 많이 들었지만, 이 정도인 줄은 상상도 못했었다. 아, 이런 치료는 몸을 살리는 치료인가 몸을 죽이는 치료인가? 왜 이런 치료 방법밖에 없는 걸까?

사람을 살리는 치료인지 죽이는 치료인지를 계속 되묻지 않을 수 없는 상황에서 나는 최악의 심리 상태를 경험하게 되었다. 끝도 없이 밀려드는 피로감, 몸 어느 구석 제대로 작동하는 곳이 하나도 없는 듯했다. 머리도 예외는 아니어서 어떤 생각도 집중해서 할 수 없었다. 금방 들은 말도, 금방 읽은 문장도 금세 잊어버렸다. 책상에 잠시 앉았다가도 그대로 다시 내려와야 했다. 아무것도 할 수 없었고 모든 의욕이 꺾여버렸다. 삶의 질도 당연히 형편없이 떨어졌다. 내게서 웃음이 사라져버렸다. 이럴 바엔 차라리 죽는 게 낫겠다 싶은 마음이 절로 들었다. '이건 사는 게 아니야'라며 남편을 붙들고 울기도 많이 울었다. 이제 아무것도 할 수 없다는 절망감과 무기력감이 나를 지배했다.

끝없는 나락을 헤매는 것 같은 시간이 흘러가는 가운데 깊고 깊은 실존적 좌절이 찾아들었다. "오직 엄청난 고통의 훈련만이 인간의 모든 향상을 이루어왔다는 사실을 그대들은 알지 못하는가?"라는 니체의 질타도 아무런 힘을 쓰지 못했다. 몇

램브란트, 〈방 안의 남자〉(1627)

"오직 엄청난 고통의 훈련만이 인간의 모든 향상을 이루어왔다는 사실을 그대들은 알지 못하는가?" 니체의 이런 질타도, 고통스러운 치료 과정에서는 힘을 쓰지 못했다. 화학약품의 공격에 몸뿐만 아니라 마음도 흔들렸고, 삶 전체가, 내 실존 전체가, 내 존재 전체가 무너지고 있었다.

가지 화학약품의 합동 공격에 시달리면서 나는 물리주의가 옳을지 모른다는 생각마저 하게 되었다. 타목프렉스의 부작용 중 하나가 우울증이라는 이야기를 들어서만은 아니었다. 화학약품의 공격에 내 몸뿐만 아니라 마음도 흔들거렸고, 삶 전체가, 내 실존 전체가, 내 존재 전체가 무너지고 있었기 때문이다. 누군가가 암이라는 놈을 만나 치료를 시작한다면 수술은 하되 항암 치료는 하지 말라고 쫓아다니면서 말리고 싶은 심정이었다. 암을 고친다면서 몸을 망가뜨리고 삶의 질을 떨어뜨리고 결국엔 좌절이라는 암을 마음에 심어버리는 치료. 이 마음의 암이 병원에서 처방해주는 우울증 약과 수면제로 치료가 될까?

2부
회복의 시작

나는 나 자신을 기리고
나 자신을 노래한다.
내 믿는 바를 그대 또한 믿게 되리라.
내게 속하는 모든 원자가
그대에게도 속하기 때문에.

—휘트먼

홀리스틱 치료의 정신이 필요한 때

남을 아는 자는 지혜로운 자이나, 자신을 아는 자는 해와 달처럼 명철한 자다.
— 노자

몸의 암을 치료하면서 마음에 좌절이라는 암이 찾아든 나를 보며, 홀리스틱 치료holistic cure의 중요성을 새삼 깨닫는다. 홀리스틱 치료란 육체의 병증을 치료할 때 마음까지 함께 살피는 것으로, 이 치료의 효능은 현대 의학에서 정설이 되어 있다. 수술과 항암 치료는 암에 대한 공격적 치료다. 암이라는 비정상 세포만을 표적으로 삼아 그것이 자리 잡기 어려운 체내 환경을 조성한다. 하지만 그것으로 치료가 끝나는 것은 아니다. 우리는 몸과 마음이 불가분적 관계로 연결된 유기체가 아닌가? 몸의 여러 부분들 사이에도 긴밀한 연계가 이루어지지만, 몸과 마음 사이에도 그런 관계가 성립한다. 암의 원인 중 하나로 정신적 스트레스가 꼽히는 것도 우리의 몸과 마음이 유기적으로 연계되어 있다는 것을 인정한 결과이며, 따라서 암 치료에도 그런 스트레스를 없애고 방지하는 치료가 병행되어야 한다. 요즈음 병원에서 암 환자에게 명상을 권유하거나 스트레스 대처법 등의 강좌를 듣게 하는 것도 그런 치료의 일환이다. 몸 치료와 마음 치료를 병행하는 홀리스틱 치료의 중요성은 아무리 강조해도 지나치지 않다. 의료 처치가 필요한 환자에게만 절실한 것이 아니라, 우리의 일상적 삶에서도 홀리스틱 치료는 필요하다. 그렇다고 우리의 일상이 늘 병들어 있다는 얘기는 아니다. 다만 인간을 몸과 마음의 유기적 통일체로 전제하는 홀리스틱 치료의 관점을 평상시에도 가져야 한다고 말하고 싶을 뿐이다.

'건강 조심하세요'라는 인사는 몸에 관한 것이다. 날씨와 기후가 신체 리듬을 교란하거나 각종 바이러스가 맹공을 펼칠 때는 물론이고 평소에도 우리는 인사를 나누면서 늘 건강을 챙기는데, 건강이라고 하면 몸을 먼저 떠올린다. 이런저런 건강 관련 책이나 정보도 대개 몸의 건강에 초점을 맞춘 것들이다. 그래서 예컨대 가을철에는 일교차가 심하고 몸의 면역력이 떨어지니 체온 관리에 힘쓰고 햇빛을 적당히 쐬면서 운동을 하고 면역력을 높이라고 권유한다. 체온 관리에는 족욕이나 반신욕이나 좌훈 등이 좋고, 운동은 가벼운 산행이나 걷기가 좋다고 말한다. 음식에 대한 조언도 빠지지 않는다. 사과는 특히 팩틴이 많아서 좋고, 감은 비타민 A, B, C가 많으니 좋고, 고구마는 섬유소와 항암 성분이 풍부하니 좋고……. 이런 유의 온갖 정보가 넘쳐난다. 이 모두가 '몸에 좋은' 것들이다. 방송에서도 건강 관련 프로그램이 속출하여 몸에 좋다는 것들을 소개하느라 분주하다. 여러 정보를 종합해보면, 자연에서 나는 먹거리 가운데 몸에 좋지 않은 것은 하나도 없는 것 같다. 어쨌든 우리의 관심은 온통 '몸에 좋은' 무언가에 쏠려 있다.

반면 '마음에 좋은' 무언가에 대한 관심과 정보는 상대적으로 빈약하다. 왜 그럴까? 우리의 관심은 왜 일차적으로 몸에 쏠리는 것일까? 몸이 아프면 정상적인 삶이 힘들어진다. 당연히 몸의 건강은 중요하다. 하지만 마음이 아플 때에는 정상적인 삶이 가능한가? 마음이 아파도 우리의 삶은 곤란해진다. 아니, 어쩌면 몸의 아픔보다 마음의 아픔이 우리 삶에 더 결정적인 타격을 입힐 수도 있다. 사랑하는 부모를 잃고 깊은 상심에 빠진 자녀들이나, 인생의 고비에서 좌절하는 동료들, 파괴 본능과 공격 본능을 쏟아내는 '마음이 아픈' 사람들을 보면 우리가 마음의 건강에 신경을 써야 하는 이유를 알 수 있다. 하지만 단지 그것 때문만은 아니다. 유기체적 존재인 우리는 마음에 문제가 생기면 몸에도 자연스럽게 문제가 생긴다. 우리가 마음의 건강에 신경을 써야 하는 또 하나의 이유다. 물론 그 반대도 마찬가지다. 여기서 몸이 먼저인지 마음이 먼저인지는 중요하지 않다. 어쨌든 '몸에 좋은 무언가'에 못지않게 '마음에 좋은 무언가'에도 관심을 표명해주어야 한다.

그런데 궁금하다. 마음의 건강에 좋은 것이 따로 있을까? 호두, 사과, 우유, 연어 등 흔히 뇌 건강에 좋다고 하는 음식들이 마음의 건강에 도움이 될까? 정신이 뇌의 활동과 불가분의 관계인 만큼 뇌 신경과 뇌세포의 활성화를 위해서나 원활한 대사를 위해서 그런 영양소들은 당연히 필요할 것이다. 하지만 사과를 많이 먹는다고, 호두를 많이 먹는다고 마음이 건강해질까? 마음의 건강은 물리적 영양소만으로는 유지할 수 없다. 마음은 물질 이상의 것이기 때문이다. 그렇다고 명상이나 마음 수련을 하면 마음의 건강이 저절로 얻어질까?

마음은 나무 같은 것이다. 나무가 비바람과 눈보라를 온몸으로 담담히 견뎌내면서 튼실하게 자라나듯, 마음이라는 나무도 마찬가지다. 때로는 행복한 미소를 짓겠지만 더 많은 순간 고통과 번민에 시달리고, 광풍처럼 울어대는 심장의 부르짖음도 경험하면서 말이다. 마음을 두드리는 그런 고통스러운 경험들은 피하거나 없애야 하는 것이 아니다. 오히려 그것을 자양분 삼아 우리의 마음은 성장한다. 점점 더 튼튼해진다. 점점 더 건강해진다. 그 모든 고통을 건강한 성장의 자양분으로 삼을 수 있기 위해 우리는 인생 선배들의 지혜를 빌리기도 한다. 그런

빈센트 반 고흐, 〈올리브 숲〉(1889)

마음은 나무 같은 것이다. 나무가 비바람과 눈보라를 온몸으로 담담히 견뎌내면서 튼
실하게 자라나듯, 마음이라는 나무도 마찬가지다. 때로는 행복한 미소를 짓겠지만 더
많은 순간 고통과 번민에 시달리고, 광풍처럼 울어대는 심장의 부르짖음도 경험하면
서 말이다.

데 그 지혜를 구할 때는 몸에 좋은 것을 구할 때보다 더 조심스러워야 한다. 몸에 좋은 것이라고 해서 누구에게나 다 좋은 것은 아니다. 식이섬유소를 많이 함유해 몸에 좋다는 고구마도 위장 장애를 앓는 사람에게는 조심스러운 음식이다. 그러니 자기 몸을 잘 살펴 자신에게 좋은 것을 선택해야 한다. 어느 정도 객관성을 띤다는 몸에 좋은 것이 이럴진대, 유일하고도 고유한 우리의 마음, 그 마음에 좋은 것들은 말할 나위도 없다.

그러니 이런저런 힐링 책과 프로그램 또는 선인들이 제공해 주는 정보나 지혜는 누구에게나 무차별적으로 적용될 수 있는 것이 아니다. '사랑으로 상처받은 영혼에는 또 다른 사랑이 치유책'이라는 지침이 적용되는 마음이 있는 반면, 그렇지 않은 경우도 있다. '희망하라, 또 희망하라, 살아있는 한 희망하라'라는 권유도 마찬가지다. 이런 화두를 붙잡고 힐링이 되는 마음도 있겠지만, 그렇지 않은 마음도 있다. 어떤 마음에게는 '희망하는 것도 사랑하는 마음도 잠시 내려놓고, 그저 너 자신을 바라보기만 하라'라는 말이 더 좋은 가르침이 될 수 있다. 따라서 마음에 좋다고 하는 지혜를 접하면, 방향을 제안하는 역할 정도만 인정하는 것이 좋다.

외부의 지혜보다 더 필요한 것은 자신의 마음이 어떤 마음인지를 살피는 것이다. 자신의 유일하고도 고유한 마음의 독특한 실체를 파악해야 한다. 그러려면 이른바 힐링 책과 정보로 향하는 눈을 자신의 마음으로 먼저 향하게 해야 한다. 그것은 곧 자기 자신을 알아가는 것을 의미한다. 자신을 잘 알아야 무엇이 자기에게 좋은지 제대로 선택할 수 있다. 그러니 우리의 몸으로 향하는 건강에 대한 관심을 조금 덜어 우리 마음으로도 향하게 하자. 다른 사람의 지혜를 구하는 시선을 자신에게로 돌려 내면을 들여다보자. 그래야 내가 진짜 건강해진다.

회복의 시작

나는 눈물이 없는 사람을 사랑하지 않는다……
나무 그늘에 앉아 다른 사람의 눈물을 닦아주는 모습은
그 얼마나 고요한 아름다움인가?
─정호승

입원해 있는 동안 매일 오전과 오후로 나누어 진행되는 회복
프로그램에 모조리 참가했다. 배액관 통증이 나를 괴롭혔지만
어떤 정보가 내게 도움이 될지 아직은 모르는 상황이니, 하나
도 놓칠 수 없었다. 그 덕에 동병상련 환우들과 자연스럽게 어
울릴 수 있었다. 서로를 조금씩 알아가면서 곧 평생지기를 만
난 것 같은 느낌이 들었다. 음식을 나누고, 정보를 교환하며 서
로를 챙기는 아름다운 광경이 자연스럽게 빚어졌다. 다들 배
액통을 하나씩 차고 링거 바늘을 꽂은 채로, 이 방 저 방을 방
문하며 서로의 상태를 점검했다. 배액관 통증 때문에 늘 냉팩
을 대고 있던 내게는 안타까운 시선이 쏟아졌다. 많은 배려를

받았다. 의자를 가져다주고, 수건을 차갑게 적셔서 얼굴의 식은땀을 닦아주고, 내 왼쪽 부위를 최대한 건드리지 않으려 자리를 비켜주고 공간을 마련해주는 모습. 그 마음들이 너무나도 아름답고 고마웠다. 자신도 수술 후 증상에 시달리고 있으면서 조금 더 고통스러워하는 사람을 배려하는 마음. 바깥세상에서도 그런 마음을 자주 만날 수 있다면 정말 좋겠다는 생각이 들었다.

자연스럽게 서로의 사연을 알게 되었다. 사람 수만큼 사연도 다양했다. 남편에게 말도 못하고 출장 기간 중에 수술을 받았다는 이도 있었고, 이십 대 후반 한창 나이에 국제변호사 자격을 딴 직후 발병했다는 안타까운 사연도 있었다. 자식들이 받을 충격을 염려해 여행을 간다고 둘러댔다는 이도, 재발을 해서 수술을 다시 받았다는 이도 계셨다. 암 종양이 너무 커서 수술 전에 항암 화학을 여덟 차례나 했다는 믿기 힘든 사연도 있었다. 발병의 원인이라며 저마다 내놓은 이야기도 다양했다. "남편 때문에 매일 가슴을 쳤더니 응어리가 생겼나 봐", "몸을 돌볼 여유가 없었어요", "술을 너무 좋아해서 그런 것 같기도 해요" 등등의 자가 진단도 나왔고, "운명의 장난 아니겠어요. 내가 운이 나빠서 그런 거지요"라는 처연한 분석도 있었고, "글쎄요……"라며 말꼬리를 흐려버리는 경우도 있었다.

마지막 답변을 내놓은 분은 곧 아들로 인해 눈길을 끌었다.

수술을 막 끝낸 엄마가 무언가를 요구하자 불만 가득한 얼굴로 냅다 소리를 지르던 아들을 그녀는 "원래 안 그러는데 좋지 않은 일이 있나 봐요"라며 감싸려 애를 썼다. 그녀의 아들 감싸기는 병원 생활 내내 이어졌다. 아들 때문에 상해버린 엄마의 속이 병을 불러왔을지도 모른다는 생각을 우린 눈빛으로 교환했다. 수술 전 항암 화학을 여덟 차례나 했다던 분은 모든 것에 달관한 듯했다. 경고되었던 림프 부종이 시작되어 팔이 아니라 종아리라고 해도 믿을 정도로 부풀어버린 팔에는 시꺼먼 멍 같은 것이 뒤덮여 있었지만, 그래도 초연함을 잃지 않았다. 그녀가 보여주는 초연함이 놀라우면서도 그 모습에 오히려 가슴이 아팠다. 그 어떤 사연을 안고 있든 서로를 안타까워하는 마음은 너 나 할 것 없이 똑같았다. "그러니까 병이 생기지", "아이고 저런, 쯧쯧", "그래 어떻게 견뎠어요?", "어쩌다 이렇게 예쁜 사람이……". 화제가 꽃피는 곳이라면 어디서든 서로 위하고 서로 안타까워하는 마음이 절실하게 피어났다.

바로 옆 병실의 승미와 건너편 병실의 경희는 나이가 비슷해서인지 특히 쉽게 어울려졌다. 우리 셋은 운동해야 한다며 복도를 같이 어슬렁거리고, 누군가의 병실에 모여 앉아 이런저런 이야기꽃을 피웠다. 우리 중 한 사람이 병실에 없으면 간호사들은 으레 나머지 두 사람의 병실로 찾아왔다. 만난 지 며칠이나 되었다고 우리는 어릴 적 소꿉동무처럼 부끄러움도 없이 서로 수술 부위를 보여주고 살펴주었다. 그런 생활은 퇴원 날 배액관을 뽑는 일로까지 이어졌다. 때로는 약이나 주사를 들고, 때로는 거즈와 소독약을 들고, 또 때로는 이런저런 서류를 들고 찾아오던 간호사가 "오늘도 함께 계시네요. 마지막까지요"라며 들어섰다. "배액관 뽑겠습니다." 환자복을 벗고 상체를 노출해야 했지만 그 어떤 부끄러움도 없었다. 그러면서 무엇이 그리 좋은지 우리는 계속 키득거렸다.

우울할 것만 같았던 병원 생활에 마치 소풍을 온 것 같은 유쾌와 명랑이 깃들었다. 서로에 대한 진심 어린 애정 그리고 명랑한 기운. 그게 바로 회복의 시작이었다.

소중한 인연, 사랑을 깨닫게 하다

한 주일을 즐겁고 유쾌하게 보낼 수 있었던 것은 병원에서 만난 새로운 친구들 덕분이었다. 비록 암 환자라는 사실은 변하지 않았어도 마음만은 더없이 평화로웠다. 퇴원 전날 밤 의료진들과 면담이 있었다. 수술 과정과 진단에 대해 간단히 추가 설명을 들은 후 향후 치료 방법을 논의했다. 잠시 후 전화가 걸려왔다. "끝났니? 모이자." 경희와 승미가 금세 달려왔다. 서로의 상황을 확인한 후에 우리는 환호성을 질렀다. 림프 검사 결과 셋 다 전이가 없었고, 나와 승미는 항암 표적을 하기로 결정되었다. 경희는 다행히 그마저도 필요하지 않았다. 경희도 방사선 치료와 항호르몬 치료는 받아야 했고, 승미와 나는 거기에 더해 항암 표적도 해야 했지만, 항암 화학만큼은 모두 면제받은 것이다. 그것은 그 자체로 큰 선물이었다. 그만큼 항암 화학은 환우들 사이에서 공포의 대상이었다. 그 공포가 사라졌으니 얼마나 고마운 일인가. 서로 얼싸안고 "다행이다, 정말 다행이다" 하며 눈물을 글썽거렸다. "이제부턴 좋아질 일만 남은 것 맞지? 나머지 치료도 같이 잘 받자. 그까짓 거 뭐." 그렇게 좋아하다가, 다른 환우들의 상황에 마음이 갔다. '그분들도 좋은 결과가 있어야 할 텐데'라는 생각을 하며 복도로 나가보았다. 이런저런 교육을 같이 받으면서 친숙해진 이들 대부분이 환한 얼굴을 하고 있었다. 정말 다행이었다. 하지만 불안한 낯빛을 한 이들도 있었다. 다들 몰려들어 토닥거리고 감싸 안으며 격려의 말을 아끼지 않았다. 그분들의 불안이 얼마나 줄어들었는지는 모르지만, 그분들을 위하는 우리 마음의 온기가 분명 좋은 기운으로 작용했을 것이라 믿는다.

병원의 암 동지들은 어느덧 서로에게 좋은 일이 있기를, 아픔을 겪지 않기를 진심으로 바라는 친구가, 마음을 주고받는 벗이 되어 있었다. '이런 인연을 만나기 위해 아팠던 것이 아닐까?'라는 생각이 들 정도로 말이다. 서로의 연락처를 다시 한번 확인하고 앞으로 남은 치료도 잘 받자고 서약 아닌 서약을 한 후 집으로 돌아왔다.

그 새로운 인연들과 거의 매일 서로의 안부를 확인한다. 아침에 일찍 일어나 산에 오르면서는 햇살이 좋으니 산책 나가라는 문자를 보내고, 점심 메뉴가 무엇인지 서로 알려주기도 하고 좋은 조리법이 있으면 공유하고, 혹시나 좋지 않은 음식을 먹을까 감시도 하고, 좋은 먹거리를 구하면 서로에게 보내주는 것 등등은 기본이었다. 시간이 흐르면서 교류의 범위가 서서히 좁아졌고 해를 넘기면서는 승미와 경희와 나만 남게 되었지만, 그건 어찌 보면 자연스러운 일이었다. 우리 셋은 어느새 운명 공동체가 되어 있었다. 인생 최대의 고비에서 만난 우리는 아픔과 슬픔과 기쁨을 공유하며 어느 누구보다 서로를 잘 이해하고 아끼는 사이가 되었다.

집중 치료를 위해 병원에 다시 다니면서부터는 진료 시간과 치료 시간도 같이 맞추었다. 아무리 익숙해졌다고 해도 병원이라는 공간은 가고 싶지 않은 곳이다. 게다가 거기서 이런저런 불편한 치료도 받아야 한다. 그럴 때 벗들이 함께한다는 것은 큰 위로가 된다. 벗들을 볼 수 있다는 설렘이 마음을 어루만져주기 때문이다. 그들과 치료의 전 과정을 함께한다는 것도 큰 위안이 된다. 부작용과 후유증에 놀란 가슴이 서로의 상태를 확인하면서 조금이나마 안정이 되고, 치료 중에 생기는 불안감도 완화된다. 우리끼리는 굳이 설명하지 않아도 척 하면 척 다 알아듣는다. 이런저런 마음의 아픔과 앙금도 녹아내린다. 서로를 진정 위하는 그 마음 앞에서 말이다. 아무것도 가리지도 숨기지도 않은 채 있는 그대로의 모습을 보여주고, 있는 그대로의 모습을 받아들인다. 그럴 수 있는 것이 무척 즐겁기도 하다. 그 어떤 대가도 바라지 않으면서 마음에서 우러나와 서로를 위해 무언가를 한다. 그냥 그러고 싶기 때문이다. 각자 하는 일도, 성격도 취미도, 삶의 모습도 다르지만, 우리가 이루어낸 공동체는 꿈꾸는 소녀들의 공동체처럼 순수하고 깨끗하다. 언젠가 승미의 남편이 아내의 환한 얼굴을 보며 말했다고 한다. 병원에서 친구를 만난 것이 그녀의 인생에서 최고로 잘한 일 중 하나인 것 같다고. 내 인생에서도 마찬가지다.

아무런 대가를 바라지 않고 부차적 목적도 없이 그냥 주는 것. 한마디로 선물. 사랑에 대한 정의 가운데 이보다 더 근사한 것이 있을까? 중세의 철학자이자 신학자였던 토마스 아퀴나스도, 신의 죽음을 말했던 니체도 입을 모아 사랑을 선물이라고 했다. 선물로서의 사랑은 그냥 주는 것이며 되돌려 받을 것을 전혀 고려하지 않는다. 또 그런 사랑은 주는 사람의 줄 권리도 받는 사람의 받을 권리도 묻지 않는다. 받을 대상을 가리지도, 구별하지도 않는다. 모든 제한을 초월하고 비처럼 모든 사람을 적신다. 아리스토텔레스는 받을 만한 가치가 있는 사람인 필로스philos에게만 주는 사랑, 즉 필리아philia를 사랑의 한 형태로 제시했지만, 그것은 선물로서의 사랑은 아니다. 선물로서의 사랑은 무언가 '때문에' 하는 사랑이 아니라 무언가에도 '불구하고' 하는 사랑이다. 그런 사랑을 주는 사람은 받는 대상에게 어떤 보답도 바라지 않지만, 사랑을 주는 행위 자체가 그에게 보답한다. 더 크고 깊고 풍요로운 영혼의 상태를 선사하는 것이다. 그런데 그냥 주는 '불구하고'의 사랑은 어렵다. 사랑을 한다면서 우리는 다음과 같은 마음을 갖기 쉽기 때문이다. '날 사랑하다면서? 사랑하는데 이 정도도 못 해줘?', '내가 너를 얼마나 사랑했는데 네가 나한테 이럴 수 있어?' 부모와 자식 간에도 이런 상황은 자주 벌어지고, 애인 사이에도, 선후배 사이에도 마찬가지다.

'내가 너한테 어떻게 했는데 네가 나한테 이럴 수 있어?'라는 말은 자신의 사랑이 선물로서의 사랑이 아니라 조건적 사랑이라는 표현이다. 무언가 되돌아올 것을 기대하는, 대가를 바라는 사랑인 것이다. 그런 사랑은 선물이 아니라 뇌물이다. 또 그런 사랑을 주는 마음은 뭔가가 부족한, 비어 있는 마음이다. 그래서 무언가를 받아서 채워야만 한다. 그런 사랑은 고갈되지 않는 풍요로움으로 넘쳐흐르는, '그냥 주는 것이니 되갚을 필요 없다'는 마음이 아니다. 오히려 '내가 한 만큼 되갚아야 한다'고 은연중에 강요하는 마음이다. 안타깝게도 우리는 그런 빈곤한 사랑에 익숙하다. 그래서 '내가 너한테 어떻게 했는데'라며 섭섭해하는 것이다. 그래서 다툼도 일어난다. 하지만 진정한 사랑은 '그냥 주는', '불구하고'의 사랑이다. 어려운 사랑이다.

  강의실에서도 나는 이런 사랑을 강조하곤 했다. 사랑 자체
가 보답을 하는 사랑, 대가를 바라지 않는 사랑의 힘에 대해서.
쉬는 시간에 커피 한 잔을 내게 내밀며 '뇌물 아니고 선물이에
요, 선생님' 하는 아이가 있을 정도로 말이다. 그런 위트가 재
미있어서 다 같이 웃지만, 나도 알고 그 아이도 알고 우리 모두
가 안다. 선물하는 사랑이 얼마나 어려운 사랑인지를, 그런 사
랑을 하려면 자신의 존재의 크기를 먼저 키워야 한다는 것을
말이다. 그 어려운 사랑을 나는 새로운 벗들과 나눈다. 고마운
일이다. 정말로 고마운 일이다. 병이 가져다준 소중한 인연, 그
고마운 인연이 가슴을 따뜻하게 적셔준다.

서러움의 화신이 되면서
사랑을 의심하다

사람은 아름답기 때문에 사랑할 수 있는 것이 아니다.
사랑할 수 있기 때문에 아름다운 것이다.
—톨스토이

사랑을 하는 사람들에게 말하고 싶다. 불같은 연애를 하는 연인 사이든, 아낌없이 주는 부모와 자식의 관계든, 우정을 나누는 벗의 관계든, 모든 형태의 사랑하는 관계에서 사랑은 선물이라는 사랑의 본질을 잊지 않기를. 사랑은 그냥 주는 것임을.

사랑은 사랑을 주는 사람의 상태와 능력을 보여준다. 무언가가 되돌아오기를 바라는 것은 그것으로 보완되어야 하는 결핍과 결여의 상태를 암시한다. 진정 풍요로운 사람, 고갈되지 않는 샘처럼 넉넉한 사람은 무언가가 되돌아오지 않아도 상관없다. 그것이 꼭 보충해주어야만 하는 결여분과 부족분이 없기 때문이다. 사랑은 대상의 문제가 아니라 능력의 문제라는 말은 이런 경우에도 적용된다. 그런데 선물하는 사랑을 하는 사람은 자신의 샘에서 계속 새로운 샘물을 샘솟게 하기에 결코 정체되지 않는다. 새로운 물을 머금으면서 늘 새로워지고 계속 넉넉해지며 그러면서 더욱 성장한다.

이것이야말로 사랑이 사랑을 주는 사람에게 주는 위대한 보답이다. 사랑을 받은 대상이나 사랑을 받은 사람이 되돌려주는 것이 아니다. 그 이전에 사랑 자체가 보답한다. 그러니 사랑하라. 사랑을 선물하라. 사랑의 대상에게서 또 다른 보답을 바라지 말라. 그것은 하나를 주고 몇 개를 바라는 고약한 심보일 수 있다. 사랑의 이런 본질적 측면에 대해서는 아무리 강조해도 부족하다. 그것이 쉽게, 너무나도 쉽게 망각되거나 도외시되기 때문이다. 인간이 근원적으로 한계를 지닌 존재여서일까? 아니면 그런 사랑이 우리를 배신해서일까? 그것도 아니면 우리가 그런 사랑을 하기엔 너무 약해졌기 때문일까? 내 경험에 따르면 이 세 번째 이유가 그럴듯하다.

퇴원 후 본격적인 투병이 시작되면서부터 나는 서서히 서러움의 화신이 되어갔다. 치료가 진행될수록 그 정도는 더욱 심해졌다. 학자로서, 선생으로서, 동료로서, 친구로서, 그리고 대가족의 넷째로서, 한 남자의 아내로서 그동안 나는 이런저런 일로 늘 분주했다. 그 분주함에는 나 자신의 일이 아닌 것들이 늘 한몫을 했다. 측은지심이 주책맞게 들어앉아 있는 탓이기도 했지만, 누군가를 위해 작은 것이라도 할 수 있다는 사실이 나 자신을 기쁘게 했다. 내가 어떻게 해줄 수 없는 일이 생기면 미안한 마음마저 들었다. 그러면서 나름대로 사랑을 주면서 살고 있다고 생각했다. 물론 내 사랑을 받은 사람들의 마음에는 흡족하지 않았을지 모르지만, 나를 찾는 목소리에 나름대로 최선을 다했다고 생각했다. 그런데 암 치료가 진행되면서 나는 매우 당혹스러운 심적 상태에 빠져들어 버렸다.

머리에서 발끝까지 정상인 부분이 하나도 없다고 느낄 정도의 몸 상태와 그로 인한 마음의 교란은 누군가의 위로와 배려의 손길을 절실하게 만들었다. 그런데 그 시점에 그들은 내게 손을 내밀지 않았다. 쉬는 시간 없이 울려대던 전화가 뚝 끊겼다. 이틀이 멀다 하고 찾아와 자기 얘기를 들어달라던 동료들이 언제 그랬냐는 듯 연락조차 하지 않았다. 친구라고 여겼던 사람들도 예외는 아니었다. 내가 어려운 치료 과정을 겪고 있으니 조심스러워서 그런 거라고, 또 치료가 너무 길어져서 그런 거라고 생각해보려 했다. 하지만 그런 생각은 잠시뿐, '내가 뭔가 착각을 하고 살았구나'라는 생각이 우세승을 거두었다. 그러면서 서러워지기 시작했다. 서러움이 짙어지자 실망감이 들기 시작했다. '내가 어떻게 했는데. 그 바쁘고 어려운 속에서도 짬을 내 힘을 보태고 짐을 나누었는데, 이럴 수가 있단 말인가?' 나 자신에 대한 실망이라기보다는 내가 사랑을 주었다고 생각한 다른 이들에 대한 실망이었다.

　실망은 사랑에 대한 회의로 이어졌다. 사랑은 받을 자격이 있는 사람에게만 주어야 하는 것일까? 그래서 사랑은 능력이 아니라 대상의 문제인 것일까? 한참을 이런 질문을 하면서 보냈던 것 같다. 그러다 어느 순간, 내 영혼의 빈약함이 눈에 보이기 시작하면서 사랑에 대한 회의도 타인에 대한 실망도 사라지기 시작했다. '내가 좋아서, 내가 그러고 싶어서 선물로 주었던 것인데 되갚지 않는다고 화를 내다니⋯⋯.' 결국 나는 선물로서의 사랑을 한다고 하면서 뇌물을 주는 마음이었거나, 사랑을 선물해놓고 그 사실을 망각했거나 둘 중 하나의 상태였던 셈이다. 어느 쪽이든 내 영혼의 빈약함을 드러낸다는 사실만큼은 분명했다. 마음이 서서히 가라앉았다. '내가 어떻게 했는데, 당신들이 이럴 수가'라는 내 안의 바보는 그렇게 잠재워졌다. 섭섭한 감정도 사라지고 평온을 되찾았다. 더는 서러움의 화신이 아닐 수 있었다.

　더욱 고마운 일은 새로운 관계와 새로운 사랑이 시작되었다는 것이다. 이전엔 친구라고 생각하지 못했던 사람들과 친구가 되었고, 병원이라는 낯설고 두려운 장소에서 맺은 관계에서도 친구가 생겼다. 그리고 이름도 성도 모르던 이들과 새로운 인연을 맺고 그 인연이 친구로 이어지기도 했다. 이번엔 그들에게서 내게 사랑이라는 선물이 날아들기 시작했다. 겉치레 인사만 하고 지냈던 박 선생님은 수시로 따뜻한 위로의 편지를 보내주었고, 깨끗한 먹거리를 구했다며 양평에서부터 한 시간 넘는 거리를 달려와 아파트 경비실에 맡겨놓고 가기도 했다. '몸도 안 좋을 텐데 귀찮게 하고 싶지 않다'는 문자 메시지만 남겨놓은 채 말이다. 아무런 인연도 없었던 어느 고등학교 교사는 출판사를 통해 소식을 알았다며 빨리 나아서 좋은 책 계속 써달라는 응원의 편지를 보내왔다. 강연회에서 만나 내 대학원 강의를 몇 년간 청강했던 어느 시인은 나이 잊고 계급장 떼고 친구 하자고 하더니 '내 친구는 내가 챙긴다'며 도움이 될 만한 것이라면 눈에 띄는 대로 무조건 보내기 시작했다.

학계의 어느 중진은 집중 치료가 끝나갈 때까지 내 상태를 수시로 체크해주었다. 컨디션이 어떤지, 병원에는 가는지, 음식은 제대로 먹고 있는지, 산에는 다녀왔는지 등 당신에게 아무 상관도 없는 것들을 확인했다. 내가 회복되어 새 글을 빨리 써주어야 당신에게도 좋은 일이라 그리한다고 했지만, 어찌 논문이나 책 때문이었을까? 그분의 영혼이 넘쳐흐르는 샘처럼 넉넉하기 때문일 것이다. 이 외에도 따뜻하고 가슴 찡한 마음을 넘치도록 많이 받은 것 같다. 그때마다 눈물이 핑 돌았지만, 그것은 서러움이나 슬픔과는 무관한 것이었다. 감사와 기쁨의 표현이었다. 내 서러움이 완전히 사라진 것은, 사랑에 대한 회의가 어디론가 모습을 감춘 것은 아마도 이 새로운 사랑 덕분일 것이다.

에드바르 뭉크, 〈태양〉(1911)

사랑은 선물이다. 선물하는 사랑을 하는 사람은 샘물처럼 새로운 물을 머금으면서 늘
새로워지고 계속 넉넉해지며 그러면서 더욱 성장한다. 이것이 사랑의 위대한 보답이
다. 사랑 자체가 보답하는 것이다.

혼자서 짊어지지 말자, 도와줄 기회를 주자

이 년 육 개월의 직접 치료 과정. 방사선을 쏘이고 쏘이고 또 쏘이고, 주사를 맞고 맞고 또 맞고, 약을 먹고 먹고 또 먹고, 그 사이 사이 시행된 수차례의 심장 조형, MRI, 초음파, 폐 엑스레이, 유방 촬영 등을 비롯해 이런저런 검사에 진료까지. 그 먼 병원을 마치 내 집처럼 여기게 되기까지, 내 모습과 상태는 놀라울 정도로 달라져 있었다. 내가 서러움과 섭섭함에 젖어버린 데는 변해버린 내가 불러일으킨 슬픔도 한몫을 했다.

거울에 비친 내 모습은 내가 알던 내가 아니었다. 그 사이 머리숱은 점점 줄어들고, 피부는 급격히 늙어버렸으며, 잇몸은 가라앉고 치아는 부분 부분 떨어져 나갔다. 누렇게 뜬 얼굴에는 어느 날부터 기미가 치고 올라왔다. 거기에 반짝임을 잃어 버린 눈빛과 핏발이 선 퀭한 눈, 음영이 점점 짙어지는 다크서 클에, 방사선에 흑회색으로 그을린 상체가 더해져, 거울 속 내 모습을 보는 것 자체가 두려울 정도였다. 낯선 사람이 서 있는 것 같았다. 이 모습이 진정 나란 말인가? 슬픔이 밀어닥쳤다.

어디 외모만 그랬을까? 머리는 텅 비어버린 듯하고, 무엇에 도 집중을 할 수 없었으며, 글을 읽어도 기억이 나지 않았다. 그러더니 마치 뇌 속에 구멍이 뚫린 것처럼 특정 기억이 사라 져버렸다. 아무리 기억을 더듬어도 어느 지점에서는 어떤 것도 떠오르지 않았다. 독일의 생리학자 헬름홀츠는 기억을 의지의 기억이라고 했다. 기억하려고 애를 쓰면 떠오르는 경우가 있으 니, 그 말이 맞는 것 같다. 그런데 아무리 애를 써도 번번이 허 사인 경우를 이제 경험한다. 기억의 힘이 망각의 힘에 제압되 어버렸기 때문이다. 의지의 기억이라는 것은 그렇게 제한적이 었다. 바보가 된 느낌이었다. 내가 바보가 되다니, 학자가 바보 가 되면 어쩌란 말인가? 하늘이 무너지는 것 같았다.

게다가 눈에도 이상이 왔다. 발병 전까지 늘 1.5에서 2.0의 시력을 유지하던 눈이었다. 난시나 근시, 원시 그 어떤 증상도 없었다. '신이 내린 완벽한 눈'이라는 어느 안과 전문의의 과장 섞인 감탄을 받은 기억도 있다. 그런 내 눈은 내 최고의 조력자 였다. 밝은 눈 덕분에 공부한다는 생각이 늘 들었다. 그런데 첫

제임스 휘슬러, 〈백색교향곡 2번 : 흰옷을 입은 소녀〉(1864)

거울에 비친 내 모습은 내가 알던 내가 아니었다. 머리숱은 줄어들고, 피부는 늙어버렸으며, 잇몸은 가라앉고 치아는 부분 부분 떨어져 나갔다. 핏발이 선 퀭한 눈, 음영이 점점 짙어지는 다크서클, 방사선에 그을린 상체⋯⋯. 이 모습이 진정 나란 말인가? 슬픔이 밀어닥쳤다.

번째 항암 표적 주사를 맞은 직후, 눈앞이 어두워지는 느낌이 들기 시작했다. 곧 눈이 건조해지더니 빽빽한 통증이 시작되었다. 찌르는 듯한 통증도 간헐적으로 동반되었다. 그러더니 글씨가 제대로 보이지 않았다. 생각도 제대로 안 되는데 눈마저 이러면 나는 이제 어떻게 살아야 한단 말인가? 절망스러웠다. 학자의 삶이 완전히 끝난 것 같았다.

게다가 늘 피곤했다. 조금만 움직여도, 조금만 신경을 써도 태산처럼 몰려드는 피곤기는 나를 위축시켰다. 거의 대부분의 시간을 침대에서 보내야 했다. 밥을 짓다가도 청소기를 돌리다가도 피곤이 몰려오면 그대로 침대로 직행해야 했다. 뭔가를 읽고 쓰지 않으면 그대로 끝일 것만 같아 난생처음 돋보기를 쓰고 억지로라도 책상 앞에 앉노라면, 허리가 내 몸을 지탱해주지 않았다. 온열 팩을 앞뒤로 두르고, 등받이에 허리를 넓은 천으로 묶어 고정시켜보기도 했지만, 몰려드는 허리 통증에는 역부족이었다. 여기에 분비물도 나를 괴롭히기 시작했다. 항호르몬 치료의 부작용이었다. 하루에 속옷을 몇 번이나 갈아입었는지 기억도 나지 않는다.

게다가 집중 치료가 시작된 뒤에는 단 한 번도 숙면을 취한 적이 없었다. 잠을 잘 수가 없었다. 낮에도 삼사십 분 간격으로 올라와 머릿속을 펄펄 끓게 하고 땀을 비 오듯 쏟게 했던 허열은 밤에도 쉬지 않았다. 간신히 눈을 붙였다가도 자동으로 깨었고, 일어나 머리와 몸을 식혀야 했다. 갱년기 증상을 심하게 겪은 이들은 아마 이해할 것이다. 엄동설한 새벽에 베란다 창밖으로 머리를 내놓고 있어야 하는 상태를 말이다. 이런 일을 삼사십 분 간격으로 해야 하니, 숙면은 꿈도 꿀 수 없었다. 숙면을 취하지 못하니 가뜩이나 피곤한 몸이 더 피곤했다. 그래서 아무 때라도 졸음기가 느껴지면 바로 조각 잠이라도 청해야 했다. 그렇게 잠자는 시간과 활동 시간이 따로 구분되지 않는 상태가 이년 넘게 지속되었다. 여기에 결정적으로 면역력 약화가 더해졌다. 내과, 정형외과, 산부인과, 가정의학과, 피부과, 안과, 이비인후과 등등 동네 병원에 출근부를 찍듯 들락날락했다.

이 모든 증상들이 삶의 질을 떨어뜨린 것은 당연한 일이었다. 외출을 하는 것도 자신이 없었고, 대중교통을 이용하는 것도 무서웠다. 외출했다가 허열이 올라오면 너무 난감하고 창피한 모습을 보여야 했다. 부채와 몇 장의 손수건이 필수품이 되었다. 한겨울에도 부채를 들고 다니는 나를 사람들은 신기한 듯 바라보았다. 눈물이 나는 경우도 있었다. 5월의 어느 날, 지하철 안에서 허열이 시작되었다. 다른 때라면 얼른 내려 바깥에서 열을 식힌 뒤에 다음 열차를 이용했을 터였다. 그날은 때 이른 더위가 몰려와 객차 내부가 더 시원했다. 환풍기도 가동되고 있었다. 나가고 싶지 않았다. 그런데 환풍기 바람만으로는 모자랐다. 부채를 꺼내 살살 부치기 시작했다. 숨통이 조금

트이는 것 같았다. "저한테 바람이 오니까 부채질 좀 멈추시면 안 돼요?" 옆자리 젊은 아가씨의 금속성 목소리였다. "미안합니다"라고는 했지만 부채질을 멈출 수는 없었다. 자리에서 일어나 다음 칸으로 이어지는 통로에 서서 부채질을 해야 했다. 마음에 서늘한 바람이 스치면서 눈물이 고였다.

한번은 학교에 볼일이 있어 나갔다. 딱 세 시간이었다. 저녁 식사를 하고 가라는 권유에 그럴까요? 하며 따라갔다. 식사 도중 어지럼증이 심해지면서 그만 큰 결례를 범하고 말았다. 동석했던 동료들의 미안해하는 모습에 내가 더 민망해졌다. 집에 돌아와 며칠을 꼬박 시름시름 앓았다. 이런 일들을 겪다 보니 외출이 점점 부담스럽게 느껴졌다. 자연스럽게 사람들과의 만남도 제한되었다. 사람들이 많이 모이는 장소에 가는 것도 겁이 났다. 절망스러웠다. 학자로서의 삶은 물론이거니와 사람답게 사는 것 자체가 불가능했기 때문이다. 하루 종일 내가 하는 일이라고는 아침 일찍 뒷산에 나가 산보하기, 먹을 것 준비하기, 책상 앞에 앉으려 애쓰기, 누워 있기, 쪽잠이라도 자기, 이것이 전부였다. 상황이 이러니 웬 섭섭함이 그리 몰려오는지…….

나는 사람들에게 기대거나 의존하는 데 익숙하지 않다. 팔남매 대가족에서 자랐기에 어릴 적부터 내 일은 내가 알아서 하는 습관이 자연스럽게 형성되었다. 엄마는 생계를 책임져야 했고, 우리 역시 학교에서 돌아오면 집안일을 돕거나 엄마의 부업에 힘을 보탰다. 종이봉투 만들기, 수출용 가방이나 점퍼의 실밥 정리하기, 물건 나르기 따위를 고사리손 시절부터 했다. 온 식구가 그랬으니 당연히 자기 일은 자기가 처리하는 것이 암묵적인 규칙이었다. 그래서인지 사람들에게 뭔가를 기대하는 습관이 내겐 없다. 기대하지 않으니 섭섭한 것도 없다. 기대하지 않았는데도 뭔가를 받으면, 그건 선물이었다. 고맙고도 고마운 선물. 마흔다섯 살까지 그렇게 살았다. 그랬던 내가 서러움과 섭섭함의 화신이 되어버린 것이다. 모든 사람에게 서운한 마음이 들었고 때론 원망스럽기도 했다. 남편에게도 서운하고 엄마에게도 섭섭했으니 다른 가족이나 친구들이나 동료들에게는 두말할 필요도 없었다.

끊어질 것처럼 아픈 허리를 부여잡고 식사 준비를 할 때에는 섭섭함이 더욱 몰려왔다. 어쩌다 울리는 동료들의 전화에도 예민해졌다. 그들은 별 생각 없이 그냥 한바탕 수다를 떨고 싶었을지도 모른다. 중학생 아들이 속 썩이는 것에 대해, 자신의 학교생활의 어려움에 대해, 남편과의 불화에 대해서 말이다. 평소라면 들어주고 같이 웃고 같이 혀를 끌끌 차면서 상대의 스트레스 해소에 동참했을 것이다. 그런데 이젠 그럴 수가 없다. 그런 전화를 받으면서 나는 단지 서운하고 야속할 뿐이었다. 나는 이토록 힘겹게 하루하루를 보내고 있는데, 일어나기도 어려워 누워서 전화를 받고 있는데, 고작 그런 이야기나 늘어놓으려 내게 전화를 했단 말인가? 이런 마음이 불쑥불쑥 올라왔다. 실존적 좌절을 겪고 있는 내 앞에서 자신들의 일상적인 문제가 세상에서 제일 중요하다는 듯 행동하는 그들의 모습이 실망스럽기도 했다.

그런데 문제는 그들이 아니었다. 문제는 내게 있었다. 내 상태를 제대로 알려주지 않은 건 바로 나였다. 내가 너무 힘들어서 내 입에 넣을 음식을 만들기도 어려울 정도라고 털어놓았다면 누구라도 배려심을 보였을 것이다. 도울 일이 없는지 물었을 것이다. 누구라도 와서 밥 한 끼, 청소 한 번, 장 보기 한 번 정도는 해주었을 것이다. 그런데 그 말을 나는 하지 못했다. 내가 어떤 상황인지 추측할 수 있으리라는 생각 때문이기도 했지만, 더 큰 이유는 그들이 부담스러워할 것 같아서였다. 무언가를 해주어야 한다는 의무감이 생기면 결국엔 내 존재를 버거워하게 될 것 같았다. 그렇게 되니 차라리 내가 힘든 것이 낫다는 이상한 심리가 발동했다. 그 괴이한 녀석이 결국 나를 섭섭함의 화신으로 만들어버린 것이다.

그러니 내 탓이었다. 나중에야 알았다. 표현하지 않으면 남들은 모른다는 것을. 경험해보지 않은 사람은 무엇을 어떻게 해주어야 하는지 알 수 없다는 것을. 배려할 수 있는 기회를 주는 것도 때로는 필요하다는 것을. 힘들면 힘들다고 말하자. 그러면 섭섭함과 서러움의 화신이 되는 것을 조금이라도 막을 수 있다.

삶은 관계다, 원자 흉내는 내지 말자

인간의 가장 기본적인 착각은
나는 여기에 있고, 다른 사람은 저 밖에 있다는 가정이다.
—야스타니 로시

'사람은 홀로 사는 존재가 아니다. 누군가와 손을 잡고 서로 교감하며 산다.' 누구나 이렇게 생각한다. 그런데 교감하는 방식이 어떠해야 하는지에 대해서는 조금씩 의견이 다르다. 우선, '나'는 '나'로서 먼저 존재하고 그런 후에 '너'와 관계를 맺거나 맺지 않는다고 보는 시각이 있다. 이런 생각은 '나'라는 개인을 자족적 개체로 전제한다. 타인과의 관계 설정 이전에 그리고 그 관계가 끊어져도 '나'는 '나'로서 여전히 건재하다. 여기서 '나'는 일종의 원자적 개체다. '나'를 이렇게 생각하는 것은 근대적 사유 모델의 방식이다. 루소, 홉스 등으로 대표되는 사회계약론은 그런 원자적 개인을 전제한다. 원자적 개인들이 자신의 자유를 담보로 공동체를 결성하여 보호를 받는다는 것이다. 그들은 타인과 결속하지만, 그 결속은 임의적이고 추후적인 것이다. 그래서 그 결속은 불안정하다.

'나'와 '타인과의 관계 맺음'을 바라보는 다른 유형의 시각은 '나'를 관계적 존재로 본다. '나'의 '무엇'과 '어떻게'는 타인과 맺는 관계 속에서 비로소 결정된다. 그래서 관계 이전에 미리 존립하는 '나'도, 관계가 없어진 후에도 여전히 존속하는 '나'도 없다. 관계 자체가 나의 본질적 구성 요소가 된다. 나는 '공동 communal의 나'인 것이다. 그렇기에 사회성이나 공동체 결성은 나의 본성에 속한다. 그러니 그 결속과 연대가 매우 강하다. 근대의 계약론이 사회성과 공동체성을 인위적인 추가 조치로 상정하는 것과는 대비된다. '나'에 대한 이런 이해는 니체가 제시한 것이다.

내게는 니체의 사유가 매력적으로 보인다. '나'는 처음부터 '공동의 나', '관계적 나'라는 것, 그래서 나를 형성하고 발전시키는 데에 타인의 힘이 절대적으로 필요하다는 것, 나를 사랑하려면 공동 협력자인 타인도 사랑해야 한다는 것, 그들의 존재 자체를 적극적으로 인정하고 긍정해야 한다는 것. 이런 메시지를 보내주고 있기 때문이다. 이 메시지를 받아들이면 우리는 누구 하나 허투루 대하지 않고 누구 하나 없어도 되는 존재라고 생각하지 않게 된다. 타인에 대한 진정한 인정과 존중이

가능해진다. 자연스럽게 모든 사람을 나와 동등한 존재로 존중하고 사랑하고 인정할 수 있게 되는 것이다. 그리고 그것이 우리 본성의 자연스러운 흐름이다. 근대의 사회계약론에서 '인간은 인간에게 늑대'였다면, 니체식 사유는 '인간은 인간에게 진정한 벗'이라고 가르친다. 물론 여기엔 니체 특유의 전제가 숨어 있다. 진정한 벗은 곧 진정한 적이어야 한다는 것이다. 즉 서로 자극하고 고무하는 관계, 발전과 상승을 꾀하는 의지를 촉발시키는 관계가 있어야 한다. 거기서 서로 간에 긴장과 갈등이 형성되고, 거기서 서로는 서로에게 적이 된다. 하지만 그 적은 상대의 무기력과 퇴보를 요구하는 적이 아니라, 진정한 적이다. 상대를 상승시키고 발전시키는 적 말이다. 이런 진정한 적이야말로 곧 진정한 벗이다.

니체가 '인간은 인간에게 진정한 벗'이라고 하는 데는 진정한 적이 곧 진정한 벗이 되어야 함을 강조하려는 뜻이 담겨 있지만, 나는 타인에 대한 인정과 승인, 그리고 긍정의 메시지야말로 '인간은 인간에게 진정한 벗'이라는 가르침이 주는 최고의 지혜라고 생각한다. 건강한 의식이 무엇인지를 보여주기 때문이다. 그것은 어떤 이기적 유혹이 속삭여도 자신에 대한 신실한 사랑은 타인에 대한 인정과 함께한다는 것을 결코 잊지 말기를 권유한다. 그래야 존재하는 모든 것을 인정하고 긍정하는 지혜의 눈도 갖출 수 있다. 관계적 삶이라는 것을 인간 세계를 넘어 존재하는 것 모두로 확대시킬 수 있기 때문이다. 세계 전체를 거대한 관계 네트워크로 받아들여, "이것이 있으면 저 것이 있고, 이것이 일어나면 저것이 일어난다. 이것이 없으면 저것이 없고 이것이 소멸하면 저것이 소멸한다"(《상응부경전》) 라는 현명함을 마음에 담을 줄도 알게 된다. 그러면 풀 한 포 기, 나무 한 그루, 심지어는 모든 것을 파괴해버리는 태풍마저 도 긍정하게 된다. 어느 것 하나 없어도 좋은 것이 없는 세계. 그 세계는 그야말로 어떤 유보나 제한도 없는 무한한 긍정의 대상이 된다. "있는 것은 아무것도 버릴 것이 없으며 없어도 좋 은 것이란 없다"(니체,《이 사람을 보라》)는 니체의 말은 이러한 시각을 간명하고 아름답게 표명한 것이다. 그렇게 생각하고 그 것을 행동으로 옮기는 것이야말로 건강성의 최고의 표현인 것 이다.

　우리 모두가 서로에게 '진정한 벗'인 곳에서 나는 살고 싶 다. 우리가 사는 세상을 그런 곳으로 생각하게 만드는 데도 힘 을 보태고 싶다. 그런 곳에서라면 우리 모두가 더 행복할 것 같 다. 주변에 작은 원 하나를 치고 자기 자신에게만 집중하면서 사는 원자적 실존으로는 누릴 수 없는 행복 말이다. 그런 곳에 서라면 부조리나 불합리, 부정의가 발생한다고 해도 이겨내는 힘이 더 커질 것 같다. 그런 곳에서라면 나 자신에 대한 존중과 내 삶에 대한 책임감도 더 커질 것 같다. 내 삶의 내용이 나 혼자만의 힘으로 채워가는 것도, 오로지 나에게만 해당되는 것도 아니기 때문이다. 타인들과 같이 만들어가고 타인의 삶에도 영향을 주는 공동의 것이기 때문이다. 또한 타인의 삶도 함께 구성해주고 같이 짊어지기 때문이다. 이런 나는 얼마나 가치 있는 존재이며, 얼마나 대단한 일을 하는 존재인가?

물론 '인간이 인간에게 진정한 벗'인 곳에서도 내 삶의 주인은 당연히 나다. 하지만 오로지 나만이 나의 주인인 것은 아니다. 나와 연계된 모든 사람이 나와 더불어 나의 주인이다. 내가 주인이지만 나만이 주인은 아닌 내 삶. 그것은 내가 주인이 되어 창조해내는 예술 작품이자, 동시에 모두가 함께 참여하여 공동으로 조각해내는 예술 작품이다. 세상의 그 어떤 예술 작품이 이것보다 더 멋질 수 있단 말인가?

나만의 행복, 그것이 가능한가?

타인들도 나와 똑같이 고통받고 있고, 똑같이 행복을 원하고 있다.
이러한 사실을 이해하는 것이 진정한 인간관계의 시작이다.
— 달라이 라마

우리 삶에서 가장 중요한 것, 그건 행복이 아닐까? 행복하고
싶지 않은 사람이 어디 있겠는가? 외적 성공도, 화려한 삶도,
사회적 명성도, 건강도 다 행복해지기 위한 조건들이 아닌가?
그러니 행복을 추구하는 것을 과소평가할 필요도, 구차스럽게
여길 필요도 없다. 우리네 짧은 인생, 행복하게 살다 가는 것은
권리이자 자기 삶에 대한 의무이기도 하다.

철학 이론 중에 행복을 삶의 중요한 계기로 인정하는 논의
들이 있다. 그것은 행복이 최고로 추구할 만한 것이라는 전제
아래 행복의 내용에 대해 묻는다. 중용mesotes과 실천적 지혜
phronēsis를 권유하는 아리스토텔레스의 이성적 행복주의는 물

론이고, 가능한 한 최대의 사람들에게 가능한 한 최대의 행복을 보장하고 싶어 하는 밀의 공리주의도 그 일환이다. 개인의 능력이 최대로 발휘되는 아레테aretē의 상태를 공적 정의뿐만 아니라 개인 삶의 실천윤리의 핵심으로 상정하는 플라톤도 여기에 속한다. 그런데 이들의 공통점은 사적이고 개인적인 행복론만을 주장하지 않는다는 것이다. 그들은 개인이 속한 공동체를 떠나서 오직 개인 자신에게만 적용되는 행복은 있을 수 없다고 생각한다. 개인은 결핍된 존재이기에 사회성이 인간의 자연 본성에 속한다고 말하는 플라톤이나, 폴리스를 떠나서는 인간의 본성이 완성될 수 없다고 보는 아리스토텔레스나, 다수의 사람들의 행복 지수를 높이기를 원하는 밀은 모두 개인의 행복을 공동체의 행복과 연계시킨다. 이들의 생각을 따른다면 개인에게만 속하는 개인만의 행복은 없는 것 같으며, 그러한 생각은 설득력이 있다.

자신이 속해 있는 공동체가 불행한데 나 혼자만 행복할 수 있을까? 내 엄마와 언니와 동생과 남편이 자신의 삶에 대해 회의하며 한탄하고 있는데 그 옆에서 나 홀로 행복을 느낄 수 있을까? 내 벗과 동료와 이웃이 아파하고 힘들어하는데 내가 그런 상황에 처해 있지 않다는 것에 안도하면서 '나는 저러지 않아서 정말 다행이야. 행복해'라고 느끼는 게 정상일까? 만일 주변의 정황과 무관하게 '오로지 나만의 행복'을 느낄 수 있는 사람이 있다면 그는 대단한 사람이다. 자신의 주변에 견고한 벽 하나를 치는 데 성공했기 때문이다. 자신을 철저히 고립된 원자적 개인으로, 자족적이고도 자기 완결적인 개체로 만드는 데 성공했기 때문이다. 그런 상태로 살아간다는 것, 그것은 매우 힘든 과정이다. 그때그때 자신과 연계되는 사람들과 결코 깊은 유대를 맺지 않아야 하기 때문이다. 그들의 삶과 나의 삶을 철저히 분리시키면서도 그들과 모종의 연계를 유지하는 '기술'이 필요하기 때문이다. 그것은 속으로는 단절했지만 겉으로는 연계하는 것처럼 연기하거나 아니면 영혼의 교감 없이 언제든 끊어버릴 수 있는 연계를 전략적으로 구사하는 고난도의 기술이다. 친구인 척하지만 뒤돌아서면 철저히 남으로 인식하는 기술 말이다. 이 얼마나 어려운 기술인가? 그래서 '역설적으로' 말해서 그는 대단한 사람이다.

니체라는 철학자 역시 개인의 '나 홀로 행복'이 불가능하다고 말한다. 니체를 유명하게 만들어준 위버멘쉬Übermensch 개념을 보라. 위버멘쉬는 니체가 우리의 이상적 삶의 모습이자, 실존적 목표로 제시하는 것이다. 위버멘쉬는 물론 복합개념이자 다층적 개념이며, 그것의 전모를 밝히려면 책 한 권이 모자랄지도 모른다. 그 내용들 중에서 우리의 관심과 관계되는 몇 가지만 말해보면, 위버멘쉬는 먼저 자기 자신의 현재 모습을 넘어서려 의식적이고 의지적인 노력을 늘 기울이는 사람이다. 그래서 그는 항상 자기 극복을 통한 자기 발전을 도모한다. 이를 위해 자신의 삶에 대해 주인 의식을 가지고 자신의 삶을 예술 작품을 만들듯이 스스로 조형해간다. 그런데 그가 오로지 자신 만의 자기 극복과 자기 발전을 추구하는 것은 아니다. 그는 자 신의 발전과 삶의 향상이 다른 사람들의 그것과 불가분의 관 계에 있다는 것을 알기 때문이다. 타인의 상승 의지와 발전 의 지가 자신의 상승 의지와 발전 의지에 불을 붙여준다는 것을 아는 것이다. 그래서 '네가 살아야 내가 산다. 내가 살아야 너 도 산다. 그래서 우리 둘이 같이 살아야 한다'가 그의 신조가 된다. 상황이 이렇다면 그가 추구하는 위버멘쉬적 행복이라는 것 역시 타인의 행복과 관계적으로 얽힐 수밖에 없다. 그러니 그의 행복은 전적으로 타인의 행복과 상호 의존적이다.

니체에 따르면 우리는 행복에 대해 이런 식으로 생각할 수 있는 존재다. 또한 그런 생각을 행동으로 옮길 수도 있는 존재 다. 그래서 누구나 다 위버멘쉬의 속성 하나를 자기 것으로 할 수 있다. 하지만 위버멘쉬는 고정적인 형상이 아니다. 한번 위 버멘쉬가 되었다고 해서 늘 위버멘쉬로 남는 것은 아니기 때 문이다. 1997년도에 철학 박사 학위를 받은 나는 그때부터 쭉 철학 박사다. 앞으로도 그렇게 불릴 것이고 죽은 후에도 누군 가 나를 기억한다면 여전히 그럴 것이다. 하지만 위버멘쉬는 그렇지 않다. 그것은 늘 추구되어야 한다. 그래서 어느 한순

에드바르 뭉크, 〈니체〉(1906)

니체 역시 '나 홀로 행복'이 불가능하다고 말한다. 니체의 위버멘쉬는 항상 자기 극복을 통한 자기 발전을 도모하지만, 자신의 발전과 삶의 향상이 다른 사람들의 그것과 불가분의 관계에 있다는 것을 안다. 그의 행복은 전적으로 타인의 행복과 상호 의존적이다.

간 위버멘쉬일 수 있어도, 다음 순간에는 위버멘쉬가 아닐 수도 있다. 위버멘쉬는 매 순간 추구되어야 하는 지속적인 의욕의 대상이며, 매 순간 구현되어야 하는 구체적인 삶의 모습인 것이다. 그래서 위버멘쉬로 계속 살아간다는 것은 매우 어려운 일이다. 철학 박사가 되는 것쯤은 거기에 비하면 아무것도 아니다. 위버멘쉬로 살아가는 것이 어렵다는 것은 곧 관계적 행복을 추구하는 것이 어렵다는 의미이기도 하다.

우리는 매 순간 유혹을 받는다. 나를 다른 사람들과 무관한 존재로, 나의 행복을 다른 이들의 행복과 무관한 것으로 여기라는 유혹 말이다. 그 유혹은 크다. 하지만 그 유혹이 큰 만큼 그 유혹을 이겨내는 것은 자랑스러운 일이 될 것이다. 자기 자신에 대한 긍지도 불러일으킬 것이다. '모든 것을 나를 위해'라는 천박한 이기적 허영기를 충족시켰을 때와 나와 타인의 행복을 같이 추구할 때, 어느 경우에 자기 자신에 대한 긍지가 더 클 것인가? 생각해볼 일이다.

진짜 말을 하고 싶다

> 대화란 우리에게 무언가를 남겨놓는 것이어야 한다.
> 타자 속에서, 우리의 기존 경험 속에서 만나지 못했던 것을
> 만나게 해주는 것이 대화를 대화로 만들어주는 것이다.
> 대화가 성공하면, 무엇인가가,
> 우리를 변화시킨 무엇인가가 우리에게 남는다.
> ─ 가다머

언제부턴가 진짜 말이 하고 싶어졌다. 영혼의 진지함이 깃들어 싹을 틔우고, 그 싹이 다른 영혼을 움직이고 성숙시키는 결실까지 맺게 하는 생명력과 역동성을 지닌 말, 사태의 핵심을 직시하고 피상적 편견이나 이해득실적 관심을 벗어던지고 사태의 해결과 향상을 도모하는 생산적인 말, 상대를 위하고 배려하는 마음에서 생겨나는 아름다운 말, 아니면 말고 식의 그냥 던져버리는 말이 아니라 책임을 지는 말. 이런 말을 하고 싶다. 이런 말이야말로 플라톤이《파이드로스》편을 통해 알려준 진정한 말이자, 하이데거가《존재와 시간》을 통해 그토록 지치지 않고 권유한, 수다나 잡담 따위를 훨씬 능가해버리는 제대

로 된 말이 아닐까? 또 그런 말들이 주고받아져야 《진리와 방법》을 통해 가다머 H.G.Gadamer 가 요청하는 진정한 대화도 비로소 가능하지 않을까? 새로운 경험을 하게 하고, 그것을 통해 우리를 변모시키고 성장시키는 대화 말이다.

　말을 하고 말을 교환하면서 우리는 자신을 보여준다. 그래서 남의 말을 듣고 있으면 그가 어떤 사람인지 대충 파악된다. 물론 말은 모든 것을 다 담을 수 있는 도구는 아니며, 말이 오히려 많은 것을 숨기기도 한다. 그래서 말을 통해 상대를 완전히 파악하는 것은 불가능하다. 그래도 대충은 느껴진다. 거짓말을 밥 먹듯이 하는 사람은 그런 사람으로 느껴지고, 의미 없는 수다를 즐기는 사람은 또 그런 사람으로 느껴진다. 말에 진정성을 담는 사람에게서는 진중함이 느껴진다. 또한 우리는 서로 말을 나누면서 서로 이해하고 소통하며 각자의 존재의 그릇을 같이 채워간다. 그러면서 같이 성장한다. 이런 의미에서도 말은 우리 인간 존재의 집이다. 그런데 말이라고 다 같은 말이 아니다. 해야 하는 말이 있고 해서는 안 되는 말이 있다. 해서는 안 되는 말은 의미 없는 말, 무책임한 말, 상대를 해칠 의도가 담긴 말, 공격적인 말, 파괴적인 말 등이다. 이런 말들은 그 말이 향하는 사람의 영혼을 다치게 한다. 이런 말은 몸에 상처를 내는 비수보다 더 독하다.

　공격형 말을 받아본 적이 있다. 어릴 적부터 대식구로 살았고 식구들이 와글와글 만들어내는 사람 냄새를 좋아했던 나는 아이들을 유독 예뻐한다. 터울이 제법 나는 여섯째 동생이 아기였을 때는 그 아이를 둘러업고 학교에 가기도 했다. 잠시라도 떨어지기가 싫었던 것이다. 서른여섯 살에 결혼을 한 것도 더 늦으면 아이를 가지기 어려울 것이라는 생각에서였다. 그런데 현실은 내게 아이를 허락하지 않았다. 몸이 부실해서가 아니라 여건상 포기할 수밖에 없었다. 그래서 많이 서러웠고 그 서러움에 울기도 많이 울었다. 그런 내게 "너는 아이를 못 갖잖아"라는 말이 비수처럼 잔인하게 날아들었을 때, 나는 그 자리를 뜰 수밖에 없었다. 참고 있던 서러움이 물밀듯이 밀려들었기 때문이다. 아이를 못 갖는 것이 아니라 포기해야만 하는 상황을 어느 정도는 알고 있었음에도 불구하고 날아든 그 말, 그 말은 차가웠고 그 차가움에 나는 한동안 아파했다.

그런데 이런 공격형 말 외에도 해서는 안 되는 말이 있다. 상대에 대한 충분한 고려나 배려 없이 그냥 던지는 말이다. 그런 말은 앙금을 남기게 된다. 어떤 환우의 경험담이다. 힘들었던 항암 치료가 막바지에 접어들었을 때, 처음으로 사적인 모임에 나갔단다. 아마도 오랜만의 외출이었을 테고, 반가운 사람들을 만날 생각에 무척 설레었던 모양이다. 그런데 일행 중에 누가 대뜸 "오랜만이네. 아팠다면서? 요즘엔 암이 감기 같은 거라며?"라고 말하는데 거기에 대고 어떤 대꾸도 할 수 없었다고 한다. 어쩌면 그 사람은 암도 '감기처럼' 누구나 걸릴 수 있는 것이라는 점을 말하고 싶었는지도 모른다. 하지만 항암 치료의 극단적 고통으로 몸과 마음이 녹초가 되어 있는 사람에게 그 말은 암 투병을 '별것 아닌' 것으로 치부하는 말로 들릴 수도 있다. 그 환우의 설렘이 섭섭함으로 바뀌어버렸으니 말이다.

던져놓고는 나 몰라라 하는 말, 내가 언제 그랬느냐고 시치미를 떼면서 기억나지 않는다고 부정해버리는 말도 해서는 안 되는 말이다. 이러한 말이 공적으로 발언될 경우에 그 파괴력은 특히 대단하다. 근거와 입증 절차를 생략한 채 센세이션을 목적으로 내갈기는 추측성 중상모략들, 그 중상모략들을 검증조차 하지 않은 채 앵무새처럼 되풀이하는 언론들, 공약은 그야말로 공空약일 뿐이라는 말을 연상시키는 말들. 정치의 장에서 이런 말들이 왔다 갔다 하면 정치에 대한 불신이 자라난다. 그리고 그 불신은 냉담을 촉발하며 결국엔 나라 전체의 운명을 이상한 방향으로 끌고 가버린다. 사적 영역에서도 그런 말은 엄청난 파괴력을 갖는다. 그런 말을 하는 사람 때문에 억울한 피해를 보는 누군가가 분명 생겨난다. 물론 그런 말을 하는 사람도 언젠가는 피해를 입는다. 그에 대해 신용 없는 사람, 책임감 없는 사람이라는 인식이 생겨나며, 결국엔 그가 타인과 관계를 맺는 것조차 어려워지게 된다.

해서는 안 되는 말에는 빈약한 사고에서 나오는 말도 포함된다. 어느 대통령이 취임 후 미국인가 하는 나라에 가서 연설 중에 했다는 말이다. "나는 대한민국의 CEO입니다." 많은 잡글도 접해봤고 무책임한 발언에도 어느 정도 적응되어 있었지만 그 말은 내게 경악 그 자체였다. 한 나라의 정체성을 기업으로 규정하고 있기 때문이다. 나라가 무엇인가? 역사와 문화와 삶이 총체적으로 어우러져 있는 물질적·정신적 공동체가 아닌가? 대한민국이라는 나라는 바로 이 땅덩이에서 단기로 4347년에 이르는 역사를 이루며 이런저런 질곡과 갈등과 화합을 통해 면면히 이어져 내려온 공동체다. 긴 역사를 통해 형성된 삶과 문화와 문명이 어우러진 공동체 말이다. 대통령은 그런 공동체의 대표자이자 대변자다. 바로 이 점을 그는 도외시한 것이다. 그래서 그는 자기 자신의 자존심도, 대한민국이라는 국체의 자존심도 스스로 깎아내린 셈이다. 자기 자신의 지위와 대한민국을 축소시키면서 말이다. CEO가 중요하고도 대단한 자리라는 점에는 나도 동의하지만, 대통령의 그 말은 국격 자체를 손상시키는 말이다. 대통령직을 영리 추구를 목표로 하는 CEO와 동일시하는 사람에게 통치를 맡겨버린 우리 국민의 품격 또한 떨어뜨리는 말이다. 그건 해서는 안 되는 말이었다.

생산적이지 않은 말도 해서는 안 되는 말의 일종이다. 비딱한 시선으로 말꼬리 잡고 늘어지기, 논리적 모순을 찾아내곤 의기양양해하기가 그 한 가지 경우다. 이때 우리의 사고력은

'논리를 위한 논리'를 위해 사용된다. 상대보다 자신이 더 낫다는 것을 보여주고 싶어 한다. 이때는 상대방의 말을 잘 들어주고 내용을 이해해주려는 배려의 기술은 힘을 상실한다. 그러니 말이 궁극적으로 지향하는 영혼의 성숙, 합리적 소통, 그리고 소통을 통한 공동의 발전은 부수적인 것에 머물거나 도외시되기도 한다. 그래서 '논리를 위한 논리'만을 지향하는 사고력은 '지성'이 되기엔 한참 부족하다. 생산적이지 않은 말에는 상대의 말을 무조건 따라 하는 말이나, 상대를 내게 동화시키려는 강한 의도를 보이는 말도 속한다. 상대의 말을 메아리처럼 되돌리는 것에서는, 자신의 좁음과 한계를 인정하고 새로운 이해를 획득해 자신의 한계를 극복함으로써 자신을 변모시키고 상대도 함께 변모시키려는 의지는 찾을 수 없다. 상대를 내게 동화시키려는 의지가 강한 경우에도 상대를 이해해주려는 배려의 원칙이 존중되지 않기에, 소통은 물 건너간 셈이 된다. 이해와 소통과 성숙과 안녕을 고려하지 않는 그런 말들은 말이 도대체 왜 필요한지를 되묻게 한다.

그냥 던져지고 아무런 결실 없이 끝나버리는 말보다는 자신과 타인과 세계를 변화시키고 발전시키고 반성하게 하는 말, 그런 말이 생산적인 말이며 해야 하는 말이다. 이것이 인간 존재의 집으로서의 말의 사명이다. 그래야 진짜 말이고, 진짜 대화도 가능해진다. 이왕이면 이런 말을 하는 것이 좋지 않은가?

언행일치라는 미덕

철학자들의 행동이 그들의 약속과 일치한다면
정말이지 누가 그들보다 더 행복하겠어요?
— 세네카

자신의 말을 실천해 행위로써 보여주는 것. 언행일치는 진정 미덕 중의 미덕이다. 말 따로 행동 따로는 성숙한 사람이 할 일이 아니다. 진짜 말, 해야 하는 말에는 그 말에 책임을 지는 것도 포함된다. 책임을 진다는 것은 한편으로는 근거를 들어 정당화하는 작업을 수행해야 하고, 다른 한편으로는 자신의 말을 자신의 행위로도 보여주어야 한다는 것을 의미한다. 이런 언행일치의 중요성에 대해서는 누구나 공감하지만 그것만큼 어려운 일도 드물다. 하지만 일치시켜야 진짜 말을 한 것이다.

십자가에 못 박히면서도 자신이 설파한 사랑의 복음을 실천한 예수 그리스도. "주여 저들을 용서하소서, 저들은 자신들이

하는 일을 모르나이다"라는 영혼을 울리는 그의 말. 이것은 그가 늘 인류에게 전하고 싶어 한 '사랑의 실천'을 죽음의 순간을 맞이해서도 직접 보여준 것이었다. 그에게 사랑의 실천은 곧 구원이다. 사랑을 실천하는 사람은 누구라도 마음에 천국이 깃들기 때문이다. 그래서 천국은 미래의 어느 날 도래할 역사적 상황이 아니라 언제든 우리 마음속에 구현될 수 있는 심리적 상태다. 그런 상태는 인종과 성별을 가리지 않는다. 거기에는 선민도 없다. 누구라도 구원될 수 있고 누구라도 천국을 경험할 수 있다. 사랑을 직접 실천하는 한은 말이다.

예수 그리스도는 그런 복음을 전파하고 싶어 했고, 그것을 직접 삶으로 보여주고 싶어 했다. 그의 죽음도 그런 실천의 연장이었다. 그것도 가장 혹독한 시험이 수반된 죽음이었다. 예수 그리스도가 존중받을 이유는 여럿 있지만, 나는 그의 말과 행위의 이런 일치를 최고로 생각한다. 그 얼마나 어려운 일인가? 십자가형은 국가에 대한 반역을 꾀한 자나 존속살해자, 재범을 반복한 범죄자 등 중대 범죄자에게 적용했던 형벌이다. 그런 형벌을, 사랑을 전파하고 싶어 했던 예수 그리스도가 받았던 것이다. 그는 억울했을 것이다. 그것도 아주 많이. 그런 상황에서 자신을 그런 처지에 놓이게 한 자들을 용서하고 그들을 위해 사랑의 기도를 한 예수. 그러면서 그는 죽어갔던 것이다. 그는 진짜 말을 한 사람이다.

죽음의 순간에도 자신의 믿음에 충실했던 소크라테스는 또 어떤가? 진리에 대한 추구야말로 지혜를 사랑하는 철학자의 영혼의 몫이라고 했던 그. 인간의 영혼은 그 누구의 것이든 육체를 갖는 한 한계에 봉착하고, 영혼이 육체를 떠나 다시 영혼만으로 신들의 세계로 돌아갈 때에야 비로소 진리에 대한 온전한 파악이 가능하다는 것을 철학적 신념으로 삼았기에(플라톤,《파이돈》·《파이드로스》) 그는 플라톤을 위시한 제자들의 탈출 권유를 뿌리치고 유유히 독배를 들었다. 자신이 설파했던 영혼론과 상기론을 자신의 삶에서 그대로 실천한 것이다. 그 역시 진짜 말을 한 사람이다. 프랑스 현대 철학자 푸코M.Foucault가 소크라테스에게서 '자신의 의견을 제시하고 행동으로 보여주며 자신의 실존 자체에 적용시켜, 의견이 삶 속에서 행동과 일치하면서 진실이 되는 것을 직접 보여준 사람'이라는 특징을 찾아내어 그를 진정한 의미의 파르헤지아스트parrhêsiaste(진실을 말하고 진실에의 용기parrhêsia를 지닌 사람)라고 명명한 것은 결코 우연이 아니었다(푸코,《주체의 해석학》). 소크라테스는 진실한 사람이었으며, 그가 진실한 사람이기에 그의 말 역시 진실하다. 말의 진실성은 그 말에 책임을 지는 주체에 의해 확보되는 것이다.

　하지만 말한 바를 실천하는 것은 쉽지 않다. 셸러M.Scheller는 철학적 인간학이라는 분야를 정초한 철학자다. 그는 자신의 그

자크 루이 다비드, 〈소크라테스의 죽음〉(1787)

죽음의 순간에도 자신의 믿음에 충실했던 소크라테스. 그는 제자들의 탈출 권유를 뿌리치고 유유히 독배를 들었다. 자신이 설파했던 영혼론과 상기론을 자신의 삶에서 그대로 실천한 것이다. 그는 진짜 말을 한 사람이다.

럴듯한 철학에 걸맞지 않은 개인적 삶에 대해 어떤 기자가 의문을 제기하자, "나는 단지 길을 제시하는 사람일 뿐입니다"라고 대답했다고 한다. 자신이 길을 제시했다고 그 길을 따라야 할 의무는 없다는 것이다. 그것이 불편한 인터뷰 분위기를 부드럽게 하기 위한 농담이었기를 바랄 뿐이다.

그런데 우리는 주변에서 그것이 농담이 아닌 경우를 종종 마주친다. 정의로운 사회가 어떤 사회인지에 대한 탐구를 본업으로 삼아 정의가 무엇인지를 강의와 연구를 통해 늘 역설하고, 개인과 사회의 도덕성 고취를 늘 모색하는 철학자들이 그들의 모색 공간을 책상이나 연구실, 넓어봐야 강의실로 한정시키는 것이 그 한 가지 경우다. 그들이 아무런 가책 없이 전혀 공정하지도 않고 심지어 비윤리적이기까지 한 현실의 여러 절차에 자발적으로 그리고 당당하게 한몫을 하는 것을 보면, 이렇게 아는 것과 행하는 것의 심각한 불일치를 목격하면 긴 탄식이 저절로 나오곤 한다.

'경제학자가 현실에서 꼭 잘사는 것도 아니고, 정치학자가 현실 정치의 장에서 꼭 힘을 쓸 수 있는 것도 아니듯이 철학자도 그렇겠지'라며 이론과 실제, 이상과 현실 사이의 괴리를 들이대는 것은 그저 공허한 위안일 뿐이다. 경제학자가 경제적으로 풍요롭게 살지 못하는 것이나, 정치학자가 현실 정치의 실체에 당황하는 것은 있을 수 있는 일이다. 경제학자의 예측이 실물경제에 잘 맞지 않았을 수도 있고, 그가 매우 가난한 집에서 태어나 그 빈 곳을 메우는 일에 평생을 바쳐야 했을 수도 있다. 한국식 정치의 독특한 지형이 이상적 정치 상황을 구현하려는 정치학자의 시도를 좌절시킬 수도 있다. 그런 일은 충분히 있을 수 있다. 하지만 철학자는 다르다. 달라야 한다. 아는 바대로 행동하라고 권유했던 소크라테스를 모범으로 삼는 사람들이기 때문이다. 도덕적이지 않다고, 정의롭지 않다고 자신이 생각하고 말하는 것은 스스로도 하지 말아야 한다. 자신의 몫이 아닌 것에는 욕심을 부리지 말아야 사회가 건강해진다고 생각하면 자신의 몫이 아닌 것이 자신에게 돌아왔을 때에는 당연히 사양해야 한다.

하지만 그런 일은 유감스럽게도 드물다. 그러니 철학자들에 대한 존중도 당연히 드물다. 어디 철학자뿐이겠는가? 지식인층 전체에 대한 존중과 신뢰가 우리 사회에서 점점 사라지는 이유 중 하나도 그것이다. 전문 지식이 많아 지식인이 되었어도 셀러식 조크를 실천하는데, 어느 누가 그를 진심으로 신뢰하고 존중할 것인가?

우리나라 기업인들에 대해 국민들이 진정으로 존중하는 마음을 갖지 않는 것도 같은 맥락이라고 나는 생각한다. 그들의 재산과 권력은 존중해도 그들 자체에 대한 진정한 존중은 없다. 그들의 말이 그들의 행위와 일치하지 않기 때문이다. 공정한 시장 질서와 경제 정의를 부르짖으면서 불공정한 경쟁 행위와 편법 행위를 당연시하고, 그런 문제적 상황이 공개되면 또 다른 편법과 불공정으로 응대하며, 잘못을 범하면서도 걸리지만 않으면 된다는 사고방식을 갖고 있는 그들의 도덕적 해이를 우리는 너무나 자주 목격하기 때문이다. 록펠러나 빌 게이츠같이 그 나라 사람의 사랑과 존경을 받는 기업인을 우리나라에서도 보고 싶은 것은 나만의 바람은 아닐 것이다.

자신의 생각과 말을 삶으로 보여주는 것, 그것은 자신의 말에 대해 책임을 지는 것이자 진짜 말을 하는 것이다. 이런 진짜 말이 많아지면 존중의 감정도 다시 싹틀 것이다. 그 싹이 자라나면 자라날수록 사회도 더 건강해지지 않을까?

강의실에서 스승을 만나다

어느 날 선생님께서 투병 중이라고 말씀하셨을 때,
마음이 무척 아팠습니다. 그 마음 아픔이 기도로 바뀌었습니다.
머리가 희어지고 삶의 절정에서 벗어난 지금,
당신을 위한 기도를 할 수 있어 행복합니다.
―박서분

　수술 후 칠 개월 만에 다시 강의를 시작했다. 성천 문화재단의 니체 철학 강좌였다. 무언가를 깊이 있게 읽지도 못하고 쓰지도 못하지만 강의는 그보다는 나을 것 같았다. 내게 친숙한 내용이라 준비에 대한 부담도 적었고, 한 주일에 한 번이니 택시를 타고 왕복하고 그다음 며칠은 쿨쿨 자면 될 것 같았다. 더불어 머리의 무기력증이 조금이라도 나아질지 모른다는 기대도 들었다. 그리하여 강의 요청이 왔을 때 두 번 생각도 하지 않고 결심했다. "그래, 강의라도 해보자."

　나이 지긋한 분들이 매 학기 동서양 철학 강좌와 역사, 문학 등의 다른 인문학 강좌를 두세 개씩 수강하는 프로그램이었다.

강의 첫날부터 나는 그분들의 열정에 매료되었다. 흰머리 가득한 분들이 초롱초롱 눈을 빛내며 열심히 경청하고, 메모하고, 질문을 던지는 모습에 반하지 않을 사람이 어디 있을까? 여전히 작가나 다른 직업인으로 활동하는 분들도 있었지만 대부분은 퇴임한 분들이었다. 교직에 몸담았던 분들이 상당수였고 회사의 중역이었던 분들도 있었다. 국가기관이나 의료계에 종사했던 분들도 있었고, 예술가도 있었다. 작가로 활동했던 분들의 경우에도 수필가, 시인, 소설가 등 분야가 다양했다. 평생의 업을 통해 성취했을 역량과 통찰력에 그곳에서의 고급 강의가 더해져 그분들은 웬만한 대학원 학생은 명함도 내밀지 못할 수준의 지성을 보여주었다. 젊은이들과는 또 다른 그분들만의 독특한 순수한 열정에 인생의 지혜까지 더해졌으니, 매번 그분들에 대한 찬탄의 마음이 드는 것은 당연했다. 존경스러웠다. '그 나이에 저런 열정'에 대한 부러움도 일었다.

그런데 강의가 생각만큼 잘 되지 않았다. 귀국 후의 첫 강의를 제외하곤 강의하면서 애를 먹어본 경험이 없었던 터라 매우 당혹스러웠다. 말은 툭툭 끊기고 기지나 순발력도 발휘되지 않았다. 개념이나 문장이 기억나지 않는 경우도 있었다. 그러니 강의가 자연스러울 리가 없다. 게다가 삼십 분 정도 지나면 서 있는 것도 버거워져 앉아서 진행해야 했다. 사정을 봐주지 않고 예외 없이 몰려드는 허열은 온몸을 땀으로 뒤덮었다.

그분들은 나를 위해 에어컨을 최대한 가동해주었다. 당신들은 지나치게 차가운 바람에 몸을 웅크리고 숄을 걸치면서도 말이다. 강의도 만족스럽지 않았고 파김치가 되어 집에 돌아와서는 다시 며칠간 끙끙거려야 했지만, 나는 늘 기분이 좋았다. 신이 났다. 다시 살아나는 것 같았다. 아니, 이제야 살아 있는 것 같았다. 심장의 고동이 다시 느껴지기 시작했다. 내가 할 수 있고 하고 싶어 하는 일을 조금이나마 할 수 있게 되었기 때문이다. 하지만 그것보다 더 큰 이유가 있었다.

그분들이 보내준 사랑이 바로 그것이었다. 성천의 어르신들은 내 사기를 진작해주기로 마음이라도 모은 듯했다. 냉방병에 걸릴 정도로 에어컨을 켜놓고도 줄줄 흐르는 땀, 갑자기 찾아드는 피로감에 휘청거리는 몸, 가끔씩 엄습하는 머리의 백지화 상태에 대해 설명이 필요했으므로 나는 현재 치료 중이라고 고백했다. 첫 시간부터 당신들 딸내미뻘인 나를 '우리 교수님'이라며 최대한 따뜻하게 존중해준 분들이었다. 내 고백 이후 그 존중에 더 강한 온기가 보태졌다. "너무 더워 외출하기 싫었지만 교수님 보고 싶어서 왔어요"라며 수줍게 말씀하시던 분, 내 모교를 알아보곤 경제학과에 재직 중인 친구분께 이 강의를 들으러 오라고 권하셨다는 분, 내 강의 소식을 우연히 접하곤 한달음에 달려오셨다는, 십 년 전 문인을 위한 철학 강연에서 만났던 분, 매일 나를 위한 기도를 시작하셨다는 분까지.

일일이 다 열거하려면 지면이 얼마나 필요할지 모르겠다.

아, 나를 위한 기도를 하신다는 그분으로부터 나는 종강 시점에 신실한 가톨릭 신자가 줄 수 있는 최고의 선물을 받았다. 아주 두툼한 노트 한 권에 빼곡히 들어차 있는 나를 위한 기도문, 매일매일의 그 기도문 속에 들어 있는 그분의 마음이 바로 그것이었다. 첫 장에는 "머리가 희어지고 삶의 절정에서 벗어난 지금, 당신을 위한 기도를 할 수 있어 행복합니다"라고 적혀 있었다. 어떤 분은 먼 시골집에 일부러 내려가 은행나무를 털어다 주시고, 어떤 분은 강의를 들으며 느낀 감동을 편지 형식으로 적어 내 책 속에 끼워두고 가시기도 했다. 새벽부터 일어나 만들었으니 식기 전에 얼른 먹으라며 쑥 송편을 입에 넣어주시는 분, 피로감이 몰려 오기 전에 원기 보충을 해야 한다며 현미 가래떡을 뽑아 와 권하시는 분, 성지순례에서 가지고 온 행운의 표식을 내 가방 속에 넣어주며 "우리 교수님께 더 필요할 거예요"라고 말하곤 총총걸음을 옮기던 분도 계셨다. 내가 그 호의를 다 받아도 되는지 면구스러워하면, "빨리 건강해지세요. 그러시면 됩니다"라며 흐뭇한 미소를 보내주셨다. 마음이 먹먹해졌다.

열 번의 강의 내내 마음에 차지 않는 강의를 하면서도 나는 마냥 행복했고, 그 행복은 더욱 커져만 갔다. 그분들의 또 다른 사랑도 가세했기 때문이다. 개떡처럼 말해도 찰떡처럼 이해해주는 탁월한 제자(?)들의 사랑이었다. 그분들은 이해하려는 마음과 의지를 총동원해서 강의의 빈 곳을 스스로 채워나가는 제자 아닌 제자들이었으며, 그 마음과 의지가 바로 사랑이었던 것이다. 그분들을 딱 믿어버리니 마음이 조금이나마 가벼워졌다. 매끄럽지 않은 강의에 대한 면구스러움은 여전했어도 강의의 목적은 그런대로 달성한 셈이었기 때문이다. 그분들의 '이해하려는 마음과 의지', 그것은 입에 얼른 넣어주시는 온기 가득한 송편이나 나를 위한 간절한 기도와는 또 다른 사랑의 표현이었다. 나의 부족분을 그분들 자신의 힘으로 채워가는 사랑, 그러면서 나를 있는 그대로, 부족한 그대로, 불평이나 불만 없이 온전히 받아들여주는 사랑이었다. 그분들의 열정뿐만 아니라 그런 사랑을 줄 수 있는 그분들 영혼의 넉넉함과 풍요로움도 내 부러움의 대상이 되었다. 나도 그런 멋진 사랑을 할 수 있는 사람이 되고 싶다. 그렇게 나이를 먹고 싶다. 제자 아닌 제자들은 이처럼 나의 스승이었다.

사랑이라는 산삼

자기의 것을 가능한 대로 다른 사람에게 주더라도
자기는 도리어 넉넉해진다.
— 장자

치료 부작용으로 그토록 고생을 하는데도 육 개월에 한 번씩
시행된 정기검진의 결과는 놀라왔다. 혈당, 혈색소, 알부민, 크
레아티닌, 알카린포스파타제, 혈청 GOP와 GPT, 빌리루빈, 콜
레스테롤 등 모든 것이 정상인보다 훨씬 더 좋은 수치를 보여
주었다. 신기한 일이었다. 몸이라는 신비체는 수치들이 보여
주는 바를 훨씬 넘어서는 그 무엇일지 모른다. 몸속 한 부분 한
부분에 대한 측정치를 다 합해도 설명될 수 없는 복잡하고도
복합적인 그 무엇 말이다. 어쨌든 사람들이 내게 많이 물어봤
던 것 같다. 매번 좋은 결과가 나오는 비결이 뭐냐고. 나의 대
답은 "산삼을 많이, 그것도 종류별로 먹었습니다"였다.

첫 번째 산삼은 매일 아침 뒷산에 올라 신선한 공기와 햇살을 만끽하는 것이었다. 등산복 챙겨 입고 등산지팡이 들고 하는 정식 등산이 아니다. 운동화에 평상복 차림으로 나선다. 준비할 것도 아무것도 없고 작심을 해야만 하는 것도 아니니 귀찮거나 번거롭다는 마음이 들 리 없다. 그래서 거의 매일 산에 올라갔다 온다. 한 시간 반 정도 산속을 가로로 세로로 휘젓고 다니면서 하는 햇빛 샤워는 마음을 들뜨게 하고 몸을 달구어 준다. 비가 오면 잣나무 숲의 짙어진 향기는 더욱 매혹적으로 다가오고, 바람이 불면 나 또한 바람에 실려 이리저리 흐느적거리는 느낌이 그렇게 좋을 수가 없다. 두 번째 산삼은 내가 공들여 만들어 내게 공급해주는 나만의 먹거리인데, 나중에 말할 기회가 있으니 여기서는 넘어간다.

세 번째 산삼이 바로 사랑이다. 성천에서 내가 느꼈던 사랑의 힘은 정말 대단한 것이었다. 나는 오랜만에, 정말 오랜만에 맘껏 행복해했다. 오랜만에, 정말 오랜만에 살아 있음에 감사했다. 그러면서 사랑을 주고받았던 사람들이 그리워지기 시작했다. '아, 내 학생들도 있었지…….' 치료를 받으면서 그들과의 사랑을 점점 잊어갔었다. 잊고 싶어서가 아니라 그것이 잊힐 만큼 힘이 들어서였다. 내 강의를 들은 학생들과 나는 비교적 끈끈한 유대를 맺고 있는 편이다. 전임이 아니라 여러 가지 제약이 있기는 했어도 그들과의 관계는 어떤 식으로든 유지되었고 그것은 내게 늘 큰 기쁨과 위로를 주었다. 어느 학교에 가서 어떤 강의를 해도 그런 관계는 크든 작든 생겨났다. 그 관계는 학생이 졸업을 하고도, 유학을 가서도, 생활인이 되어서도 지속되었다. 내가 뭔가 그들을 위해 할 수 있는 일이 있다는 느낌, 그들의 사랑을 받고 있다는 느낌은 내 삶을 지탱해준 강력한 그 무엇이었다. 그런데 그들에게조차 나는 연락을 끊어버렸었다. 모든 것이 귀찮아져서이기도 했지만, 괜한 걱정을 안겨주고 싶지도 않았고 내 상태를 알리고 싶지도 않았다. 내 근황을 묻는 물음에 솔직한 답을 할 수가 없기 때문이기도 했다. 힘들어 죽겠다는 말을 내 아이들에게 어떻게 한다는 말인가? 그렇다고 거짓말을 하기는 싫었다. 그래서 이런저런 이유로 이메일이나 문자 메시지 혹은 걸려오는 전화에도 한동안은 일절 반응하지 않았었다.

그러다가 이제 내 학생들에게 생각이 미치면서 그동안 도착해 있던 이메일부터 다시 확인해보았다. 그리고 짤막한 답장 형식으로 내 상황을 알려주었다. 위험한 상태도 아니고 치료도 거의 끝나가니 걱정 말라는 말과 함께. 답장들이 밀어닥쳤다. "아아악, 선생님……." 십 년 전인가 연세대 비교문학협동과정에 강의를 나갔을 때 만났고 지금은 베를린에서 유학 중인 옥주의 득달같은 답 메일의 제목이었다. "잘 이겨내주셔서 감사합니다, 선생님. 뵙고 싶어요……." 홍익대 미학 대학원에서 내 강의를 청강했던 가영의 편지였다. 석사 논문을 준비하고 있단다. "누구보다 강하신 우리 선생님……존경하는 선생님, 파테이 마토스!" 서울대에서 '서양철학의 고전'이라는 교양 강의를 했을 때 만났던 지훈이가 내 말을 돌려준다. 군대도 다녀오고 공학 석사가 되어 어느새 취직을 했다고 한다. 그 메일들에 담겨 있는 마음에, 그들과의 추억에 대한 회상에 마음이 점점 훈훈해졌다. 이런 아이들이 있는데 나는 왜 이 삶이 무의미하다고 그 난리를 떨었을까? 사랑은 역시 묘약이었다.

홍익대 미학 대학원에서 2학기 강의를 다시 해야겠다는 마음이 자연스럽게 들었다. 내 학생들이 보내주는 사랑의 에너지를 받고 싶고 또 돌려주고 싶었다. 홍익대에 나가기 시작한 지 한 학기 만에 발병을 했기에 그 아이들과는 단지 삼 개월의 짧은 인연이 전부였다. 하지만 그 시간 내내 나는 무척 행복했었고 아이들 역시 그랬던 것 같다. 강의실에는 웃음이 넘쳤고 시끌벅적 활기가 돌았으며 무엇보다 아이들의 눈빛이 살아 있었다. 어찌나 열심들인지 세 시간 대학원 강의가 정시에 끝나는 날이 드물었다. '즐거운 학문'의 장이었고 '즐거운 삶'의 장이었다. 강의가 진행되면서 몇몇 학생이 독일어 공부 모임을 자체적으로 결성하더니 독문과 선생님께 지도를 부탁드렸다고 했다. 그 선생님께 잘 부탁드린다는 인사말을 전해달라고 했더니, 그분이 오히려 내게 감사하다고 말씀하셨다는 답변이 돌아

아드리안 반 오스타데, 〈학교 선생〉(1662)

"무사히 돌아와주셔서 감사합니다, 교수님." "뵙고 싶었습니다, 선생님 파이팅!" "교수님이 오시니 이제야 기운이 나요." 이런 아이들이 있는데 나는 왜 이 삶이 무의미하다고 그 난리를 떨었을까? '고맙다, 내 새끼들!'

왔다. 고사당하고 있는 독일어 교육에 희망이 보인다면서 말이다. 하이데거나 니체 등의 독일 미학을 주제로 학위 논문을 쓰고 싶다는 아이들도 생기기 시작했다. 즐거웠다. 사랑하는 관계가 계속 생기는 것도 즐거운 일이었지만, 학문에 대한 열정이 자라나는 것을 보는 것도 무척이나 즐거운 일이었다. "인문학의 위기라고 누가 그래? 이렇게 살아 있는데." 남편에게 자랑을 해댔다.

발병 때문에 다음 학기 강의를 취소할 수밖에 없었던 지난겨울 어느 날, 상자 하나가 배달되었다. 이런저런 간단한 건강식품들 위에 위로와 격려와 사랑의 말을 가득 담은 카드들이 예쁜 실로 하나로 꿰어져 얹혀 있었다. 학과장인 하 선생님을 위시해 미학 대학원 전체가 참여하기라도 한 것처럼 많은 양의 카드였다. 수술 직전과 직후, 마음이 약해질 때마다 나는 그 카드에 담긴 그들의 마음을 읽고, 읽고, 또 읽었다. 하지만 치료가 진행되면서 그마저도 할 수 없게 되었다. 새롭게 도착하는 메일에도 답을 할 수가 없었다. 그러면서 내 아이들의 사랑이 서서히 뒤로 밀려났던 것이다. 그러다가 성천 문화재단에서 했던 산삼 체험이 내 아이들과의 산삼 주고받기에 대한 강한 갈망을 불러일으킨 것이었다. 마침 학과장님의 강의 요청이 있었던 터라 나는 흔쾌히 하겠노라는 약간은 늦은 메일을 보냈다. '아…… 이제 내 아이들에게 다시 돌아갈 수 있다.'

첫 강의를 하던 날, 강의실은 그야말로 문전성시를 이루었다. 수강생과 청강생 외에 이번 학기에 강의를 듣지 않는 아이들까지 와글와글 몰려와 나의 건재를 눈으로 직접 확인하고서야 돌아갔다. "무사히 돌아와주셔서 감사합니다, 교수님", "뵙고 싶었습니다, 선생님 파이팅!", "교수님이 오시니 이제야 기운이 나요" 등등의 한 줄짜리 문장들로 가득한 카드가 내 주머니 속으로 들어왔다. '고맙다, 내 새끼들!'

어느 날 내게 날아온 편지

가르침으로 선대와 후대를 잇는 튼튼한 다리를 놓는 사람은
죽는 것이 아니므로 나는 장차 학생을 가르치는 교부가 되고자 한다.
— 노자

힘겨운 투병이 막바지에 이르렀을 무렵, 메일이 하나 도착
했다. 몇 년 전 내 수업을 들었던 학생이라고 했다. 이름도 생
소하고 누군지 감이 잡히지 않았다. 참으로 미안한 일이다. '내
수업을 들었으면 모두 내 새끼'라고 했으면서도 내 새끼를 내
가 잊어버리다니. 기억력에 문제가 생겨버려서라고 합리화해
보지만, 그래도 미안함은 수그러들지 않는다. 그래도 내 새끼
니까 이해해주겠지…….

그 편지는 아주 담담한 것이었다. 하지만 사람들과의 '산삼
주고받기'만큼이나 나를 각성시켰다. 절망과 회의 속에서 잊혀
갔던 내 존재 의미의 한 부분을 깨우쳐주면서 말이다. 그 편지

는 나를 선생이라 부르고 있었다. 나빠진 기억력에, 흔들리는 몸을 하고 있는 나를 말이다. 앞으로 무엇을 하며 살아야 할지를 고민하면서 막막해했던 내 절망이, '이럴 거면 차라리 치료를 받지 말고 그냥 죽어버릴걸'이라던 내 무서운 회의가 서서히 잦아들었다. 다시 선생이고 싶다는 갈망이, 이전보다 더 나은 선생이고 싶다는 갈망이 고개를 들었다. 나를 선생이라 부르는 그가 나를 깨우쳐준 것이었다. 이렇게 나는 또 한 명의 스승을 만난 것이다. 그 편지에 대한 고마움, 잘 성장해준 그 아이에 대한 고마움을 담아 간단한 답장을 보냈다. 내가 완전히 회복되면 만나서 밥 한번 먹자고도 했다. 시간이 어긋나버려 그 약속은 지킬 수가 없었지만, 언젠가는 꼭 만나 내 고마움을 전하려 한다. 내게 깨우침을 주었던 그 편지의 일부를 소개한다.

선생님 안녕하신지요.

아직까지 이 메일 주소를 이용하시는지 잘 모르겠네요.

먼저 바쁘신 선생님께 뜬금없이 긴 메일을 보내는 점, 죄송하게 생각합니다. 이렇게 메일을 드린 것은 특별한 용건이 있어서 그런 것은 아니며 선생님께 문득 감사의 말씀을 드리고 싶어 그런 것입니다.

선생님께서는 아마 기억하지 못하시겠지만 저는 2009년 2학기 서울대에서 선생님께 '지식의 세계' 강의를 들었던 김XX라고 합니다. 당시에는 학부 3학년이었는데 이제는 대학원 석사 2학년이 되었습니다. 당시에 선생님께 들었던 수업이 너무 좋았고 기억에 남았습니다.

그 전에도 철학에 대해 어설프게 관심을 갖고 있었지만 선생님의 강의를 통해 철학에 대해, 그리고 니체에 대해서 부족하나마 더 알게 되었습니다. 선생님께서는 수업 중에 이렇게 말씀하셨습니다. 니체의 사상은 단순히 머릿속에서 나온 이론이 아니라 그의 삶의 방식이나 삶을 바라보는 태도와 밀접하게 연결되어 있다고요. 선생님께 강의를 듣고 또 선생님께서 쓰신 책들을 읽으면서 저는 니체의 사상에 매료되었습니다. 니체 전집 중 일부를 사서 읽기도 하였습니다. 이전에도 《차라투스트라는 이렇게 말했다》를 읽은 적이 있지만, 과연 선생님의 직간접적 해설을 따라 읽는 니체는 전혀 새로운 의미로 다가 왔습니다. 이전까지 제가 품고 있던 구체화되지 못한 생각이 니체의 사상과 만나면서 나름대로 확고한 삶의 원칙으로 굳어졌습니다.

그사이에 가정사에 정말 큰 불행이 있었고 힘든 일도 많아 몇 번이고 모든 것을 포기하고 싶어지기까지 했지만, 그런 저를 다잡는 데 다름 아닌 니체의 말, 그리고 선생님의 강의와 책이 큰 도움을 주었습니다. 그리고 어느 순간부터는 나름대로 삶의 많은 부분을 긍정할 수 있었습니다.

물론 제 이해에는 전공자가 아닌 만큼 오류나 부족함도 많겠지만, 그것이 저의 건강한 삶에 기여하였다면 궁극적으로 그게 선생님께서, 그리고 니체가 바라는 바가 아닌가라는 생각도 듭니다. 건강한 삶에 대한 이야기가 나와서 말씀드리면, 지금의 저는 스스로에 대해 긍지와(자만이 아닌) 삶에 대한 긍정을 가지고 주체적으로 살고자 치열하게 노력하고 있다고 감히 생각합니다.

선생님께 이런 말씀을 드리는 것은 다름이 아니라 이 모든 일의 시초는 제 학부 시절 강의 중 가장 좋았던 선생님의 강의에서 출발했기 때문입니다. 제 스스로 생각해볼 때 그 이전과 그 이후의 저는 '확신'의 측면에서 많이 달라졌습니다. 확신의 유무가 때로는 모든 것을 바꿔놓더군요.

(……)

존경하는 선생님,

여기까지 생각이 미치다 보니 선생님께 정말 감사하다는 말씀을 드리고 싶어 문득 이렇게 메일을 쓰게 되었습니다. 선생님께 수업을 듣고 정말 많은 것을 얻고 변한 학생이 있다는 것을 새삼스럽게 말씀 드리고 싶어 구체적인 내용을 적기도 했고요. 저는 칠월에 유학을 갑니다만, 앞으로도 니체와 떨어져 살 수는 없을 것 같고 그것이 삶의 큰 원동력이 될 것입니다.

두서없고 부족한 글 읽어주셔서 감사합니다.

유학을 가서도 항상 선생님의 좋은 글들을 기대하겠습니다.

앞으로도 건필하시고 무엇보다 건강하십시오.

김XX 올림

유리 덕분에 웃다

그대의 아이라고 해서 그대의 아이는 아니오.
아이들은 스스로 갈망하는 삶의 딸이며 아들이니
아이들이 그대를 거쳐 왔을 뿐
그대로부터 온 것은 아니오.
그러므로 아이들이 지금 그대와 함께 있을지라도
그대에게 속해 있는 것은 아니오.
─칼릴 지브란

"이모, 그분이 누구야?" 세 살배기 유리가 내게 묻는다. "그분은 사람이 아니라 갑자기 열이 펄펄 나고 땀이 나고 피곤해지고 하는 상태야." 보기만 하면 내게 달려드는 유리를 "그분이 오셨으니까 조금만 있다가 안아줄게"라며 할 수 없이 떼어놓았다. 허열이 시작되었기 때문이다. 그러자 유리가 궁금해진 모양이다. 그분이 누구냐고 묻는다. 한참이 지나도 내가 땀이 가시지 않은 채 헉헉거리자 유리는 고사리 같은 손으로 내 이마를 짚어보더니 다시 묻는다. "으응, 그런데, 그분은 언제 가셔?" 터져 나오는 웃음을 참지 못하며 "조금만 기다리면 가셔. 그러면 이모랑 놀자" 했더니, 유리는 기특하게도 내가 부를 때까지 뽀로로 인형을 가지고 혼자서 논다. 그러더니 어느 날, 이마에 송골송골 땀이 맺히게 뛰어놀다 쪼르르 달려와서는, "이모, 이모, 나도 그분이 오셨어"라고 한다. 순간 웃음이 또 한 번 터진 것은 물론이고, 세 살 아이의 머릿속이 궁금해졌다.

유리는 공교롭게도 내가 아프기 시작하면서 나와 가장 많은 시간을 보낸 내 외조카다. 여섯째가 낳은 아이로 조카 서열 9위다. 직접 치료가 시작되었을 때 젖먹이였던 유리는 내가 가장 힘들 때 나를 지켜준 천사이기도 하다. 유리는 꼬맹이 때부터 유독 호기심이 많고 활발한 아이였다. 방 안으로 들어온 한 줄기 햇살에 먼지가 날아다니는 것이 비치면 아직 제대로 걷지도 못하는 것이 그 먼지의 춤을 신기한 듯 한참을 바라보다가 손으로 잡아보겠다며 뒤뚱거리기도 했다. 일어나기조차 힘들어도 유리가 옆에 다가와 그 앙증맞은 손을 내 뺨에 대며 "이모, 아파요?", "이모, 사랑해요" 하면 어디선가 다시 기운이 솟는 것 같았다. 너무 힘들어 만사를 팽개친 채 누워 있다가도 "이모, 놀러 가면 안 돼요?"라는 전화를 받으면 귀찮음과 노곤함이 어디론가 사라졌다.

유리와 함께하는 시간은 무엇보다 훌륭한 치료제였다. 유리가 종종거리며 뛰어와 배꼽 인사를 할 때도, 자기가 데려다 주겠노라며 굳이 엘리베이터까지 따라와 하강 버튼을 누르며 배웅할 때도, 선물이라며 내 가방에 사탕이나 귤을 가득 넣어줄 때도, 모두 다 즐겁고 행복감이 드는 순간들이었다. "유리야, 오늘은 이만 안녕" 하며 헤어지기 무섭게 그 자리에 주저앉아 버릴 만큼 기력은 떨어져도 결코 놓치고 싶지 않은 순간들이었다. "이모." "이모." "이모." 아마도 이 '이모'라는 말을 유리는 하루에 제일 많이 사용할 것이다. "유리야, 네가 이모라고 부르지 않아도 호적상 나는 네 이모거든. 그만 좀 불러라"라고 우스갯소리를 할 정도였다. 어린이집에서도 얼마나 이모 얘기를 많이 해댔던지 친구들이 집에 가서 이모 낳아달라고 떼를 썼다고 한다. 그 작은 것이 내 품에 들어오면 내가 그 아이를 안는 게 아니라 그 아이가 나를 안아주고 있다는 느낌이 들곤 했다. 따뜻했고 황홀했다.

그런 유리인지라 나를 가장 많이 웃게 한다. 유리의 몸짓도 나를 웃게 하지만, 유리가 말을 시작하면서는 그 정도가 몇 곱절이 되었다. 시작은 '우와!'였다. 모든 게 다 '우와!'다. 작은 돌멩이를 가져다주어도 '우와!', 밀가루가 하얗게 날리는 모습에도 '우와!', 모든 것이 '우와!'의 대상이었다. 그러더니 그 '우와!'에 어느 순간 '신기하다'가 덧붙여졌다. 나는 그 '신기하다'라는 말이 몹시도 신기했다. "신기하다가 무슨 뜻이야?"라고 내가 웃으면서 물어보자, 유리는 "이모, '뜻'이 뭐예요?"라고 되묻는다. 그 반응이 신기해 또 한 번 웃는다. 유리가 세 살이 되어 어린이집에 가게 되었을 때, 일찍 출근해야 하는 동생을 대

유리와 나

유리와 함께하는 시간은 무엇보다 훌륭한 치료제였다. 일어나기조차 힘들어도 유리가
옆에 다가와 그 앙증맞은 손을 내 뺨에 대면 어디선가 다시 기운이 솟는 것 같았다. "이
모." "이모." "이모." 그 작은 것이 내 품에 들어오면 내가 그 아이를 안는 게 아니라 그
아이가 나를 안아주고 있다는 느낌이 들곤 했다. 따뜻했고 황홀했다.

신해 처음 며칠간 내가 유리를 데려가고 데려오고 해야 했다. 낯선 환경 탓에 내 무릎에 앉아 떨어지려 하지 않던 것이 며칠 만에 금세 적응하곤, "이모 한숨만 자고 금방 데리러 올게"라는 말에 "네, 빨리 오세요. 이모, 안녕" 하고 씩씩하게 답한다. 그 모습이 너무나 대견해 또 한 번 웃는다. 한번은 같은 병아리 반 친구들과 달리 자기는 대소변을 다 가린다는 것이 못내 자랑스러웠던 모양이다. "이모, 준형이는 아직도 기저귀를 차고 다녀, 아직 어린가 봐"라고 한다. "유리는 어리지 않은 거야?" 라고 묻자, "이모 나는 다 큰 거야. 내가 어릴 때 기저귀 찼어"라며 어른 유리 행세를 한다.

책에 관심이 생기자 어디서든 책을 읽어달라 보챈다. 한두 번 같은 책을 반복해서 읽어주면 내용을 곧잘 기억하곤, 그 책을 거꾸로 펼쳐 든 채 읽는 흉내를 내기도 한다. 그 모습에 사람들이 깜박 속을 때도 있다. 눈이 휘둥그레져서 "유리가 벌써 한글을 알아요?"라며 놀라워하는 사람도 있었다. 어느 날엔 모든 것을 검게 물들여버리는 검정 마녀 그림책을 가져와 내게 설명을 해줬다. 세상이 온통 어둡게 변해버린 페이지에 이르러 "유리야, 세상이 깜깜해졌네"라고 하니, "깜깜해진 게 아니라 검은색으로 변한 거야"라고 말을 고쳐준다. "아, 그런 거야? 이모는 깜깜해진 줄 알았네" 하자, "햇님이 들어가면 깜깜해지는 거고, 검정 마녀가 색칠을 하면 검은색이 되는 거잖아"라며 선

162

생님 흉내를 낸다. 제법이다, 정말 제법이다. 괜스레 기분이 좋아지면서 또 웃게 된다.

유리가 네 살이 되면서 병아리반을 졸업하고 밝은햇살반으로 한 단계 올라갔다. 어린이집 선생님들이 네 살 반 아이들에게 형님의 의미를 알려준 모양이다. 이제부터 자기를 '형님'이라고 불러달란다. 한동안 '유리 형님'이 공식 명칭이 되었다. 그러다가 지금은 '생각하는 유리 뇌'가 되었다. 맥락은 이랬다. 할아버지가 장난삼아 유리 머리를 살짝 쥐어박았던 모양이다. 그러자 유리가 대뜸 "할아버지, 머리 때리시면 안 돼요. 머리는 소중해요. 머리는 생각하는 거잖아요"라고 꽤 진지하게 말한다. 그런 말은 또 어디서 들은 걸까? 게다가 그 진지함이란. 한참을 웃다가, '생각'이 어떻게 생기는지에 대해 인체 그림을 보여주며 설명을 해주었다. 그러자 질문이 날아왔다. "이모, 쭈글쭈글 못생긴 뇌가 없으면 어떻게 돼요?" "그러면 더 이상 생각할 수 없게 되지. 책도 못 읽고 말도 못하고, 이모랑 뽀뽀도 못하게 돼." 유리는 무언가 생각거리를 얻은 것 같다. 잠자코 말이 없다. 얼마 후, 유리랑 유리 엄마랑 우리 엄마랑 눈썰매를 타러 가게 되었다. 일흔 중반을 넘은 우리 엄마도, 다섯 살이 다 되어가는 유리도 눈썰매 타는 것을 무척 좋아한다. "이모, 같이 가요. 가서 썰매 태워주세요, 네?" 애교가 철철 넘치는 유리의 콧소리는 당해낼 재간이 없다. 남편도 자기도 유리랑 놀게 해달라며 얼른 운전대를 잡았다. 그에게 유리와 할아버지 사이의 일을 전해주자 뒷좌석에서 작은 외침이 들렸다. "이제부턴 '생각하는 유리'로 불러주세요. 아니, '생각하는 유리 뇌'요." 그 기발함에 차가 들썩거릴 정도로 한참을 웃었던 것 같다.

유리라는 이름은 내가 지어준 것이다. 이모가 지어준 이름이라고 사방팔방 자랑을 하고 다닌단다. 그 유리에게 "너는 누군데 이렇게 예쁘니?"라고 물은 적이 있다. "저는 신유리예요"라고 한다. 그래서 "너는 왜 신유리니?"라고 하자, 그 큰 눈으로 나를 이상하다는 듯이 바라보더니 "이모는 왜 백승영이에요?"라고 되묻는다. 내가 답이 궁해 머뭇거리자 제 스스로 답을 해준다. "저는 신유리니까 신유리고, 이모는 백승영이니까 백승영인 거예요." 그 단순하면서도 당당한 자신감에 넋이 나가버렸다. 유리는 내게 빛 같은 존재다. 스스로 빛을 내며 옆에 있는 사람도 환하게 만들어준다. 남편도 내가 유리 얘기만 하면 금세 눈이 반짝거린다. 하루에 한 번은 꼭 묻는다. 오늘은 유리랑 무슨 일이 있었는지, 유리의 재롱에 무엇이 추가되었는지를. 그러곤 너무도 신나게, 배꼽이 빠질 정도로 웃어젖힌다. 그에게도 유리는 최고의 치유제인 것 같다.

유리는 우리를 웃게 만드는 선물이자 천사다. 그 자체가 빛이다. 어디 유리뿐이랴. 이 세상 모든 아이들이 그럴 것이다. 아이들 자체가 선물이자 천사다. 빛이다. 이런 아이들을 학대하거나 해치는 것은 도대체 어떤 마음인 것일까? 혹은 '남겨두고 가는 게 마음에 걸려 데리고 간다'며 동반 자살을 기도하는 것은 또 어떤 마음인 것일까? 그럴 수밖에 없는, 어찌해볼 수 없는 한계상황이 그려져 안타깝고 또 안타깝지만, 그런 마음에 부탁하고 싶다. 자신의 이기적 목적을 위한 '수단'으로 삼으려는 그 아이, 자신이 '죽여주려는' 그 아이도 선물이자 천사이자 빛임을 잊지 말아달라고. 자신의 아이는 자신의 '것'이라는 소유욕을 버려달라고. 그 어떤 아이도 한갓 수단으로 여기지 말아달라고. 그리고 무엇보다도 생명 자체에 대한 배반 행위를 하지 말아달라고 말이다. 지혜로운 글귀 하나가 이런 내 마음에 와 닿는다.

> 그대의 아이라고 해서 그대의 아이는 아니오.
> 아이들은 스스로 갈망하는 삶의 딸이며 아들이니
> 아이들이 그대를 거쳐 왔을 뿐
> 그대로부터 온 것은 아니오.
> 그러므로 아이들이 지금 그대와 함께 있을지라도
> 그대에게 속해 있는 것은 아니오.
> ─칼릴 지브란

지켜주는 사람들, 지켜보는 사람들

방황하고 있을 때는 그 순간 가장 필요한 것이
무엇인지 알아내기가 가장 어려운 법이다.
만일 그렇지 않다면 그것은 방황이 아닐 테니까.
— 키르케고르

서러움의 화신이 되어 마음에 암을 키워가던 나를 고쳐준 것
은 사랑이었다. 관심의 눈길이었고, 배려의 마음이었으며, 애
정 어린 목소리였다. 그런데 그것은 늘 내 곁에 있었다. 한 번
도 나를 떠난 적이 없었다. 하지만 나는 그것이 사라졌다고 느
꼈다. 환자로 살아야 하는 시간이 해를 넘겨 이어지면서 그 느
낌은 정도를 더해갔다. '긴 병에는 효자도 없다는데 당연한 거
겠지'라고 스스로를 위로하면서도 마음속 쓸쓸함과 외로움은
커져만 갔다. 학교에 나가는 것도, 누구를 만나는 것도 완전히
어려워지자 나는 마치 고립된 섬이 된 것 같았다. 학자로 사는
것 자체가 불가능해지고 내 절망은 더 커져가는데 무관심과

외면도 같이 커간다는 느낌은 나를 점점 위축시켰다. 게다가 누군가 이미 내 자리를 채웠고, 거기엔 그 어떤 문제도 없어 보였다. 세상은 나 없이도 잘 돌아갔다. 나는 아무것도 아니었다는 자괴감마저 들었다. 이런 상태가 되어버렸으니 불필요한 에너지가 낭비되는 것은 당연했다. 아무것도 아닌 일에도 예민하게 반응하게 된 것이 한 예였다. 그런데 그것은 배려에 대한 내 강한 갈망 탓이기도 했다.

무척이나 더웠던 2011년 여름 어느 날, 발병 후 처음으로 학회 관련 공식 모임에 나가야 했다. 다행히 허셉틴 주사 날이 모임 다음 날이어서 몸 상태도 평소보다는 훨씬 나았다. 점심 식사를 겸한 회의를 한다고 했다. 설레는 마음으로 택시를 불러 모임 장소로 향했다. 오랜만에 만나게 될 반가운 얼굴들. 그사이 어떻게들 살았을까? 같은 공부를 하는 인연으로 만나 꽤 친밀한 관계를 맺고 있는 사람들이라고 생각했었다. 늘 그들에게 마음이 쓰였고 그들과 격의 없이 고민을 나누곤 했었다. 그런데 모임 장소에 도착해보니 횟집이었다. '흠…….' 한여름에 회라는 것은 정상적인 경우라도 꺼려지는 메뉴인데다가, 항암 치료로 약해진 면역력 탓에 감염 위험이 있는 날음식을 극도로 제한하던 시기였다. 꽁치구이가 곁들여 나왔기에 허기는 면할 수 있었지만, 이미 가슴에 한 줄기 서늘한 바람이 들어왔다. '아, 이들은 내게 아무런 관심도 아무런 배려의 마음도 없구나.

자기 식구라도 이랬을까?' 서운했다. 허열이 반복되면서 심해진 피로에 마음의 피로까지 더해져 먼저 자리를 떠야 했다. 따지고 보면 별일 아니었다. 모임 장소를 찾다 보면 이것저것 따지기가 여의치 않을 수도 있다. 또 내가 배를 곯은 것도 아니었다. 내 마음이 서늘해진 것은 배려받고 싶은 마음이 충족되지 않아서였다. 결국 내 탓이었다. 그것도 버려야 하는데, 쉽지 않았다.

어느 날, 또다시 병원 순례를 마치고 집으로 돌아가는 길에 전화가 걸려왔다. 십여 년간 나름대로 최선을 다했던 학교 연구소였다. 이런저런 프로젝트를 수행하면서 내게 선임연구원과 책임연구원이라는 이름이 붙었었다. 공식적인 일이 모두 완결되면서 얼마 전부터 나는 객원연구원 신분이 되어 있었다. 별다른 의무도 권리도 없는 그야말로 이름뿐인 직함이었다. 하지만 나는 무척 고맙게 그 배려를 받아들였다. 도서관을 자유롭게 계속 이용할 수 있었기 때문이다. 그런데 이번에 의무 조항이 만들어졌다고 했다. 연구소 학술 잡지에 논문을 게재해야 한다는 것이다. 그 전화 내용은 내게 이렇게 말하는 것 같았다. '당신은 논문을 쓸 수 없는 상황이니 다른 사람에게 기회를 주겠다.' 진단 후 일 년 조금 넘은 시간이 지나고 있었다. 여전히 치료는 진행 중이고 정상적인 생활은 할 수 없다. 그래도 몇 년이 지난 것도 아니고 일 년여 만에, 십 년 넘게 지냈던 곳에서 나를 쓸모없다며 거절한다. 새로 학위를 받은 박사들이 너무 많고 그들에게도 기회를 줘야 하는 것은 옳지만, 그래도 다른 곳도 아니고 그토록 오랜 시간을 같이한 곳에서, 뜻하지 않은 불행에 잠시 휴식 아닌 휴식을 갖게 된 동료를 내쳐야 한단다. 마음에 서늘한 바람이 또 한 번 일었다. 약간 격앙도 되었다. 그래서 이렇게 말해버렸다. "원칙대로 하십시오. 그리고 통보만 해주세요. 그대로 받아들이겠습니다." 오랜만에 걸려온 전화에 한껏 고무되었던 나의 목소리는 가라앉아버렸다. 내 불쾌함을 눈치챈 듯 미안해하는 목소리가 들렸지만, 통화를 더 이상 이어갈 수가 없었다.

집에 돌아와 서러움이 복받쳐 한참을 울었다. 학자일 수 없다는 것 자체가 내겐 아픔 그 자체였는데 거기에 불을 붙인 격이었다. 사실 별일도 아니었고 그리 맘 상할 일도 아니었다. 어찌 보면 당연한 일이기도 했다. 하지만 그것은 고통으로 다가왔다. 배려받고 싶은 마음이 외면당한 것이다. 그런데 이 두 경우는 어쩌다 발생한 예외적인 일일 뿐이었다. 예외적인 일일 뿐만 아니라, 평소 같으면 말할 거리도 못 되는 그야말로 소소한 일에 불과했다. 그런데도 그 두 번의 소소한 일이 크게 확대되어 돌덩어리처럼 나를 짓눌러버렸다.

환자가 되면 아이가 되는 것 같다. 자기를 봐달라 칭얼거리는 아이처럼 위로와 배려와 애정을 바라게 된다. 아마도 지독한 고통과 좌절 때문일 것이다. 홀로 그것을 견뎌야 한다는 지독한 외로움 때문일 것이다. 물론 사람은 누구나 혼자이고, 자신의 삶의 무게는 홀로 짊어져야만 한다. 하지만 세상으로부터 강제로 격리된 채 낯선 상황으로 혼자 걸어 들어가야만 하고 미래도 암담하기만 한 환자는 이중 삼중의 외로움을 느낀다. 그래서 고통과 좌절도 배가된다. 이럴 때 누군가의 위로의 목소리, 누군가의 배려의 손길, 누군가의 애정 어린 눈길은 삭막해진 내면에 내리는 단비와도 같다.

그런데 그 사랑은 늘 우리 주변에 있다. 가족이든 친구든 학생이든 간에 누군가는 내게 그런 사랑을 주고 있다. 그들이 나를 지켜보며 나를 지켜준다. 단지 '내가' 알아차리지 못할 뿐이다. 내 외로움과 절망이 그 사랑의 빛을 가려버리기 때문이다. 그럴 때는 자신의 내면으로 깊이 침잠해야 한다. 자신이 칭얼거리는 어린아이가 되어버린 것은 아닌지, 자신이 쓸모없는 감정의 소용돌이에 빠져 있는 것은 아닌지 되돌아봐야 한다. 온 세계가 자신을 중심으로 돌아가기를 바라는 것이 아닌지도 반성해야 한다. 이런 내면의 성찰은 사랑의 빛을 다시 느끼게 해준다. 그 사랑이 새삼 고마워진다.

엄마, 그 한없는 이름

나로 하여 이 세상에서 단 하나, 슬픔을 준 사람이 있다면,
어머니 바로 당신입니다.
—박노해

'엄마, 엄마.' 나이 오십이 다 되어가도 여전히 '엄마, 엄마'다.
어디 나만 그러겠는가? 우리 모두가 늘 '엄마'를 입에 달고 산
다. 좋은 일이 있을 때는 물론이고 나쁜 일이 있어도 '엄마'다.
행여 걱정하실까 입 밖으로 내지 못한다 해도 속으로는 '엄마'
를 먼저 부른다. 우리네 엄마는 우리에게 그런 존재다. 늘 우리
마음속에 살아 있는 절대적인 존재다. 수술실에서 마취제가 돌
기 시작했을 때 속으로 '엄마'를 불렀다. 마취에서 깨어났을 때
도 '엄마, 나 살았나 봐'가 먼저였다.

그렇게 소중하고 귀한 분께 나는 불효자다. 엄마는 평생을
꼿꼿하고 당차게 사신 분이다. 여인의 몸으로 팔 남매를 키워

내는 막중한 일을 맡았으니 그 삶이 어찌 편안했겠는가? 가지 많은 나무에 바람 잘 날 없다는 말처럼 늘 이런저런 소용돌이가 있었고 현실의 팍팍함도 엄마를 힘들게 했을 것이다. 게다가 힘겨운 노동을 해온 탓에 몸 구석구석이 늘 쑤시고 결린다. 이런저런 약을 한 움큼 털어 넣어야만 일상생활이 가능하다. 그래도 엄마는 꿈쩍도 안 하셨다. 그 강인한 모습에 우리는 늘 감탄했다. 평생을 이끌어온 삶의 신조와 원칙이 간혹 엄마를 불통스럽게 만들어 주변 사람들을 불편하게 했어도, 여전히 엄마는 우리의 감탄과 존경의 대상이다. 스물일곱 명 대가족의 명실상부한 대비마마다. 그러던 분이 약해지셨다. 목소리에서 자신감이 사라지고 염려와 걱정과 푸념이 늘었다. 눈물도 많아지고 심약한 모습을 보이신다. 그러니 자리에 눕는 일도 잦아졌다. 흐르는 세월 앞에 장사 있느냐고 하시지만, 엄마의 그런 변화가 내 탓이라는 생각에 가슴이 미어진다.

나의 발병은 엄마에겐 청천벽력이었다. 딸을 잃을 수도 있다는 생각에 뜬눈으로 밤을 지새우셨다고 한다. 얼마나 오랫동안 그러셨는지 입안이 다 헐고 터져버려 식사도 제대로 못하셨다. 엄마가 잘못해서 내가 몹쓸 병에 걸렸다는 자책도 많이 하신다. 그 자책의 시작은 박사 학위를 받고도 독일에 계속 남으려는 나를 엄마의 욕심 때문에 억지로 불러들였다는 것이었다. 공정한 규칙이 원칙적으로 돌아가는 환경이었다면 날개가 꺾인 채 고생만 하는 일은 없었을 것이고 병도 찾아오지 않았을 텐데, 엄마가 고집을 부려 이렇게 되었다며 가슴을 치신다. 엄마 탓이 아니라고 아무리 설득해도 소용이 없다. "거기서 살게 놔뒀어야 했는데"가 불쑥불쑥 수시로 튀어나온다.

그럴 때마다 내 마음은 더욱 아프다. 이런 못난 모습을 보여드려야 하는 나 자신이 너무도 처참하다. 그래서 일부러 얼마간 엄마 집에 가지도, 전화를 하지도 않는다. 며칠 딸 소식을 듣지 못하면 엄마는 다시 발을 동동 구르신다. 또 어디가 아픈 건 아닌지 불안해하고 혹여 당신 말에 상처를 받은 건 아닌지 염려하신다. 치료가 진행되면서 그 가슴 졸임은 더욱 심해지는 것 같았다. 이런저런 증상으로 지쳐가는 딸에게 당신이 아무것도 해줄 수 없다는 무력감이 안타까움과 미안함으로 표출된다. 내가 다 알아서 하고 이 정도는 혼자서 할 수 있으니 염려 놓으시라 아무리 말해도 여전하시다. 나는 엄마에게 불효자라 죄송스럽고, 엄마는 내게 아무것도 해주지 못해 미안해하신다. 그러면서 엄마도 나도 우울한 사람이 되어가고 있었다.

내 생일날, 아침 일찍 미역국을 끓여 엄마 집으로 갔다. 미역국은 원래 산모를 위한 음식이다. 물론 산모가 젖이 잘 돌아야 아이에게도 좋으니 아이를 위한 것이기도 하지만, 일단은 '엄마'를 위한 것이다. 참기름을 둘러 미역을 볶지도 않고, 고기도 넣지 않고, 굴과 조개와 함초만 넣어 푹푹 끓여낸 그 미역국이 엄마에겐 낯선 맛이었겠지만, 그래도 맛있게 드셔주신다. 내가 목소리에 진지함과 힘을 담아 "태어나게 해주셔서 고맙습니다. 그리고 이제 저 아픈 건 그만 잊어버리세요. 엄마 탓도 아니고 누구의 탓도 아닙니다. 이젠 힘든 치료도 다 끝나가고 좋아질 일만 남았으니 마음 푹 내려놓으세요" 하니 "그래, 그러자. 다행이다. 고맙다" 하신다.

하지만 그 후에도 '엄마 탓'은 여전했다. 안 되겠다는 생각이 들었다. 뭔가 조치가 필요했다. 우선 가급적 아픈 모습을 덜 보여야 했다. 십 분 거리의 엄마 집에 갈 때는 샤워를 하고, 머리도 만지고, 옷도 환한 빛깔로 갈아입었다. 어두워진 얼굴에는 살짝 비비크림도 바르고, 창백한 입술에는 립글로스도 발랐다. 엄마의 전화라도 받게 되면 최대한 활달한 목소리를 내려 했다. 유리가 '이모가 공주 옷 입었다'며 좋아라 하면 엄마도 흘끗 보고는 "우리 딸, 다시 예뻐지네" 하며 입가에 미소를 지으시지만, 엄마의 눈은 여전히 흔들리며 어둡다. "오늘은 기운이 좀 나나 보네" 하며 내 목소리에 반색하시면서도, 결국에는 늘 "몸조심하고 있어. 엄마가 미안해"라는 말로 끝을 맺으신다. 좀 더 적극적인 조치가 있어야 했다.

이왕 휴가를 받은 김에 엄마와 시간을 함께 보내기로 했다. 엄마 옆에 딱 붙어서 나의 현재가 그렇게까지 불행하지 않다는 점을 확실히 각인시키기로 했다. 늘 바쁘다는 핑계로 엄마의 일상에 무심했다는 반성도 들었다. 결혼 전에는 엄마를 근사한 음식점에 초대하기도 하고 엄마와 영화도 보고 연극도 보고 공연장에도 갔다. 그러다가 삶이 바빠지고 마음의 여유가 없어지면서 엄마하고는 간신히 식사 정도만 할 수 있었다. 이런저런 일 관계로 맘에 드는 음식점이라도 우연히 발견하면 엄마와 한 번은 꼭 다녀오려 했다. 하지만 그게 다였다. 게다가 엄마와 식사를 하면서도 마음은 늘 분주했다. 온전히 엄마와 나, 우리에게 집중할 수 없었다. 식사 중에도 이런저런 전화를 받아대고 저녁을 먹은 후에도 다시 일하러 뛰어가는 딸을 보는 엄마의 마음이 어떨지는 생각조차 해보지 않았었다.

정말 오랜만에 시간에 쫓기지도 않고 해야 할 일을 떠올리지도 않으며 여유롭게 엄마와 시간을 보내기 시작했다. 손잡고 영화도 보러 다니고 산책도 하고 짧은 휴양 여행도 몇 번인가 했다. 딸이 시간이 있으니 엄마가 문화생활을 즐긴다며 좋아라 하신다. 엄마 옆에 누워 엄마 가슴도 만져본다. "우리 딸이 다시 애기가 되나 보네" 하시면서도 내 손을 뿌리치지는 않으신다. 엄마 몸 깊숙이 나 있는 수술 자국을 어루만지면서 어려웠던 그 시절의 추억도 꺼내본다. 같이 마늘도 까고 만두도 만들고 의미 없는 수다를 한바탕 늘어놓기도 한다. 엄마가 좋아하는 드라마에 대한 촌평도 공유해본다. 그러는 사이사이 내 작전도 펼쳐졌다. 내가 얼마나 잘 견뎌내고 있는지, 다른 환자들

샤를 모랭, 〈임신〉(1893)

정말 오랜만에 여유롭게 엄마와 시간을 보내기 시작했다. 손잡고 영화도 보러 다니고 산책도 하고 짧은 휴양 여행도 몇 번인가 했다. 엄마 옆에 누워 엄마 가슴도 만져본다. "우리 딸이 다시 애기가 되나 보네" 하시면서도 내 손을 뿌리치지는 않으신다. 엄마의 되찾은 웃음에 내 마음의 아픔도 조금은 사라졌다.

에 비해 내 상태가 얼마나 좋은지에 대해 계속해서 쫑알거렸다. 내가 그동안 이루어놓은 것과 앞으로 하고 싶은 것, 내 공부는 단절된 것이 아니라 잠시 멈춰 있을 뿐이라는 것, 공부하는 사람으로서 나는 성공한 삶을 살았다는 것, 그러니 내 날개가 꺾인 것도 아니고 오히려 나는 내 삶에 만족한다는 것 등등을 진지하게 말씀드렸다. 내게서 축 늘어져 있는 모습만 보다가 다시 어느 정도 활기를 찾은 듯한 모습이 보이고, 내가 그 누구보다 잘 견디고 있으며 내 삶에 만족한다는 얘기를 듣자 엄마는 드디어 마음이 편해지신 것 같다. 당신 탓이라는 말도 상당히 수그러들었다. 엄마의 되찾은 웃음에 내 마음의 아픔도 조금은 사라졌다.

3부
___

건강에 대한 감사

극에 이르면 곧 돌아가고 끝나면 다시 시작하니, 이는 모든 사물이 갖고 있는 바다.

—장자

인생의 모든 변화, 모든 매력, 모든 아름다움은 빛과 그림자로 이루어져 있다.

—톨스토이

질병과 고통을
삶의 일부로 받아들이는 연습

고통은 삶의 일부다. 그것은 그대가 없을 때 비로소 멈춘다.
— 라즈니쉬

　몸뿐만 아니라 마음에도 암이 생겨버린 것 같은 시간을 보내면서 많은 의문과 질문이 생겼다. 어떤 것은 새로운 것이었지만, 어떤 것은 새삼스레 부각된 것이기도 했다. 내가 그동안 간과했거나 경험하지 못했던 삶의 측면들에 눈뜨게 되니 저절로 떠오른 것이리라. 그 의문과 질문에 응답하다 보니 내가 저절로 새로워진다. 그 응답에 이전과는 다른 무엇이 실려 있는 까닭이다. 나의 수많은 '왜?'가 이렇게 내게 새로움이라는 선물을 안겨주었다. "질병이라는 고난이 좋은 점도 많구먼"이라는 말이 절로 나온다. 그래도 또 한 번 물어보게 된다. 그렇다고 질병이, 그리고 질병이 동반하는 고통이 꼭 있어야 하는 거냐고.

질병이 우리 삶에 꼭 있어야 하는 것일까? 우주 탐사선도 쏘아 올리고, 수십만 명을 일시에 죽음으로 몰고 가는 살상 무기도 만들어내고, 동일한 생명체를 만들어내는 복제 기술마저 낯설지 않게 된 기술 시대에도 우리는 여전히 병에 걸리고 아파야만 하는가? 파괴를 위해 소요되는 에너지와 자원을 질병 없는 세계를 만들기 위해 사용했다면, 단언컨대 질병으로 인해 고통받는 사람들이 지금보다는 훨씬 줄었을 것이다. 그렇다고 해도 질병으로부터의 완전한 해방은 불가능하다. 끊임없이 변해가는 생존 환경으로 인해 인체는 늘 새로운 병원균에 노출될 수밖에 없기 때문이다. 질병과 고통은 어떤 형태로든 남게 되고, 그것들이 우리 삶에서 완전히 사라지는 일은 없을 것이다. 그렇다고 해도 그것들이 꼭 있어야만 하는 것인가? 없으면 더 좋은 것이 아닌가? 굳이 중병에 걸려보지 않아도 우리는 질병 없는 상태가 더 낫다고 생각한다. 고통이 그만큼 적기 때문이다. 질병과 고통. 그것은 대다수의 사람들에게서 '없어도 좋은 것'의 목록에 올라 있다.

하지만 우리는 생로병사가 자연의 이치라는 것을 이미 알고 있다. 생명이 있는 것은 그 무엇이든 여기서 자유로울 수 없다. 태어나면 노쇠하고 이런저런 기능 저하를 겪다가 병이 들며 결국은 소멸한다. 이런 이치가 깨지면 자연과 생태계 전체에 큰 문제가 생기게 된다. 만일 불로초 같은 것이 만들어지거나 발견되어 이 땅에 태어난 인간이 죽지 않고 영원히 살게 된다면 어떻게 되겠는가? 지구가 포화 상태에 이르러 결국엔 출생을 인위적으로 엄격히 제한하게 될 것이고, 생존 조건을 갖춘 새로운 행성이 계속 발견되지 않는 한 누군가는 죽어주어야 할 것이다. 그러니 어쨌든 소멸이 다시 시작될 것이다. 소멸은 자연의 이치다. 소멸은 있어야만 한다. 아무리 '나는 죽고 싶지 않다'고 강하게 부르짖은들 소멸을 피할 수 있겠는가. 나도 자연의 일부인 한은 예외일 수 없는 것을. 아니 예외여서는 안 되는 것을. 거기서 나만은 예외이기를 바라는 것은 오만일 뿐이다.

질병도 마찬가지다. 내가 생명체인 한 나 또한 언젠가는 신체 기능에 문제가 생겨 이런저런 질병의 방문을 받을 수밖에 없다. 그렇다고 질병이 축제의 대상이라고 말하고 싶은 것은 아니다. 단지 질병의 방문 앞에서 '내가 왜?'라고 묻는 대신 '나 또한'이라 여기고, 언젠가는 내게 닥칠 것이 '지금' 닥친 것이라고 여기는 게 당연하다고 말하고 싶을 뿐이다. 그런데 '나 또한' '지금' 질병의 방문을 받은 것뿐이라고 생각한다 해도, 질병이 없어졌으면 하는 바람은 여전히 남는다. 질병으로 인해 정상적인 삶이 어려워지고 경제적 손실이 따르게 된다는 것도 이유가 되겠지만, 질병에 동반되는 고통이 제일 큰 이유가 되는 것 같다.

고통을 좋아하는 사람은 없다. 사디즘이나 마조히즘 성벽을 논외로 한다면 말이다. 육체의 고통은 물론이고 마음의 고통도 그렇다. 육체의 고통과 마음의 고통 중에서 무엇이 더 견디기 힘든지를 묻는 것은 우문이다. 육체의 고통과 마음의 고통은 성격이 달라 단순 비교는 불가능해도, 둘 다 버겁고 괴로운 것이다. 마음의 여러 가지 고통 중에서 가장 고통 지수가 큰 것이 무엇인지를 묻는 것도 우문이다. 누군가에게는 열병과도 같은 사랑의 고통이, 또 누군가에게는 원하는 바가 이루어지지 않을 때의 좌절이, 또 다른 누군가에게는 대인 관계에서 겪는 상실과 배반의 아픔이 가장 괴로울 수 있다.

육체의 고통도 마찬가지다. 치아가 부실해 고통을 받아본 사람은 치통이 제일 힘들다고 할 것이다. 두통으로 고생하는 사람은 두통만큼 괴로운 것은 없다고 할 것이다. 심지어 발가락에 생긴 티눈으로 고생해본 사람은 아주 작은 티눈 하나가 사람을 잡을 수도 있다는 것을 안다. 게다가 고통에 대한 민감성이나 고통을 견디는 능력도 사람마다 다르다. 결국 육체의 고통이든 마음의 고통이든 고통의 층위는 전적으로 고통을 당하는 당사자에 의해 결정된다. 그러니 누군가 고통을 호소할 때 남들 다 견디는 고통을 너는 왜 못 견디느냐고 힐난하지 않도록 조심해야 한다.

마음의 통증이든 육체의 통증이든 다 괴롭다. 그러니 피하고 싶다. 하지만 우리가 질병에 노출되어 있는 한 육체의 고통을 피할 수는 없다. 딱히 질병에 걸리지 않아도 크고 작은 육체의 시련은 찾아온다. 이미 태어나는 순간부터 우리의 고통은 시작된다. 산모만 고통스러운 것이 아니라 신생아 역시 엄마의 몸 밖으로 나오기 위해 엄마의 몸속 좁은 길에 몸을 부딪치며 아파한다. 아장아장 걷기 시작하면서부터 이런저런 타박상과 멍은 기본이다. 여기에 우연한 사고도 있다. 내 의지와 무관하게 그런 일이 발생한다. 누구에게나 생길 수 있는 일이다.

마음의 고통도 마찬가지다. 내가 원하지 않더라도 여러 유형, 여러 색깔로 나를 찾아온다. 상실과 패배와 수모와 지쳐버림에 동반되는 고통들 말이다. 그래서 우리의 삶 자체가 고통의 연속이라고도 말할 수 있다. 하지만 이렇게 누구에게나 고통이 찾아올 수 있다는 사실이 고통을 덜 두렵게 만들어주지도, 덜 버겁게 만들어주지도 않는다. 그렇다면 고통을 다른 식으로 생각하는 방법은 없는 것일까? 고통을 회피나 외면의 대상으로 여기지 않고 삶의 필연적 계기로서 그대로 긍정할 방법은 없는 것일까? 고통에 어떤 의미를 부여해야 고통이 '없어졌으면'을 고통이 '없어야만 하는 것은 아니다'로 바꿀 수 있을까?

그렇다고 고통이 아름다운가?

나의 고통이 점점 커져갔을 때, 이 상황에 대처하는
두 가지 방법이 있다는 것을 곧 알아차렸다.
고통스러운 반응을 보이는 것과 고통을 창조의 힘으로 변화시키는 것.
나는 후자를 선택했다.
—마틴 루서 킹

어떤 자기 계발서에 나와 있는 문장이다. '고통도 아름답다.'
나는 이 문장이 당혹스럽다. 어떻게 고통이 아름다울 수 있단
말인가? 고통받고 있는 사람에게 물어보라. 고통이 아름다운
지를. 육체의 고통이든 마음의 고통이든 당사자에게 그것은 피
할 수만 있으면 피하고 싶은 대상이다. 도망치고 싶은 대상이
다. 고통받는 사람은 결코 고통이 아름답다고 생각하지 않는
다. 심지어 누군가를 사랑할 때 느끼는 고통도 마찬가지다. 고
통이 있어야 진짜 사랑이라는 말도 전혀 도움이 되지 않는다.
이왕이면 고통 없는 사랑이기를 바란다. 오죽하면 그 고통이
무서워 다시는 사랑하지 않기로 맹세하는 사람이 있을까? 그

러니 만일 누군가 고통받는 순간에 그 고통을 아름답게 느낀다면 그것은 진짜 고통이 아닐 가능성이 크다. 그게 아니라면 고통을 미화하려는 합리화 기제가 발동한 경우다. 그런데 합리화 기제는 아이러니의 산물이다. 고통이 미화해야만 받아들일 수 있을 정도로 피하고 싶은 대상이라는 것을 역설적으로 알려주기 때문이다. 고통은 결코 아름답지 않다. 나는 고통이 정말 싫다. 피할 수만 있다면 피하고 싶다. 육체의 고통도 그렇고 마음의 고통도 그렇다. 고통은 고통일 뿐이다.

'고통은 고통일 뿐'이라는 것은 고통을 있는 그대로 직시하는 솔직한 태도다. 이 솔직함은 대단한 힘을 갖고 있다. 고통을 고통으로 인정할 때 고통에 대한 적절한 대처가 이루어지기 때문이다. 그 적절한 대처 방식은 각 개인의 상황과 인성과 처지에 따라 다르겠지만, 원칙은 동일하다. 고통에 대한 대처의 시작은 고통이 삶의 일부임을 인정하는 것이다. 그래서 이것이 첫 번째 원칙이 된다.

> 원칙 1. 고통이 삶의 일부라는 것을 받아들인다. 고통을 피해야 할 대상으로 삼지 않는다.
> 원칙 2. 고통에 나를 위한 의미를 부여한다.
> 원칙 3. 그것을 위해 고통을 수단화하는, 고통에 대한 괴이한 정당화 작업을 즉각 중단한다.

우리는 모든 것을 의미체로 이해한다. 그래서 경험 또한 '나에게' 혹은 '우리에게' 어떤 의미가 있는지를 물으면서 받아들인다. 그 경험이 내게 어떤 기능을 하고 어떤 효능을 갖고 어떤 가치를 지니는지를 묻는다. 우리가 마주치는 어떤 대상, 어떤 사태든 마찬가지이며, 그 의미체의 내용을 결정하는 것은 바로 우리 자신이다. 어떤 의미를 부여할 것인지를 우리가 결정하는 것이다. 이것은 일명 관점주의Perspectivism라고 불리는 철학적 견해다. 조금 어렵게 들릴 수도 있지만, 우리 삶 속에서도 능히 경험하는 사태다. 내가 이런저런 어려움을 겪을 때면 엄마는 늘 말씀하셨다. '좋게 생각해라.' 나도 주변 사람들에게 그렇게 말하곤 한다. '좋은 쪽으로 생각해봐.' 이것은 어떤 일이든 생각하기 나름이라는 것, 달리 말해 '우리'가 어떻게 해석하고 어떤 의미를 부여하는지에 따라 모든 일이 달리 평가되고 수용된다는 것을 암시한다. 거기서 우리 자신은 당연히 의미를 구성하고 창조해내는 주체가 된다.

그런데 이런 사실은 자주 망각된다. 그 망각의 징후는 특정 사건이나 사태를 나와 독립적인 것으로 간주하고 그것이 갖고 있는 '자체 의미'를 찾아내려는 데서 발견된다. 물론 이런 시도는 소위 '자체 의미', 즉 객관적 의미가 있다는 것을 전제한다. 하지만 그런 것이 과연 있을까? 누군가 시험에 낙방했다고 해보자. 시험에 떨어진 것이 갖고 있는 자체 의미가 있는가? '실패'가 시험에 떨어진 것에 담긴 부동의 의미인가? 언뜻 그렇다고 하기 쉽지만 잠시만 숨을 고르면 다른 대답이 나올 것이다. 낙방을 실패로 여기는 사람이 아무리 많아도, 낙방을 실패로 여기지 않는 사람 또한 분명히 있기 때문이다. 낙방을 패배이자 굴욕으로 받아들이는 사람은 낙방에 실패라는 의미를 부여한 것이다. 반면 낙방을 발전을 위한 토대이자 연습으로 받아들이는 사람은 낙방에 긍정적 의미를 부여한 것이다. 대다수의 사람들이 '낙방=실패'라는 공식을 갖고 있는 것은 낙방을 실패와 연계시킨 우리의 오랜 습관 때문이다. 즉, 습관 때문에 낙방이 곧 실패라고 생각되는 것일 뿐, 실제로 그러한 것은 아니다. 시험에 떨어지는 것 자체는 아무런 의미를 갖지 않는다. 그래서 거기에 어떤 의미를 부여할 것인지가 관건이 된다. '좋은 쪽으로 생각하라'는 권유는 바로 사태의 이런 측면을 시사한다. 그런데 '좋은 쪽으로 생각하라'는 '긍정적인 의미를 부여하라'와 일맥상통한다. 네가 가지고 있는 의미 부여 능력, 의미 창조 능력을 십분 발휘하되, 그 능력과 힘을 능동적이고도 생산적인 의미를 구성하는 데 사용하라는 것이다. 물론 그 능동성과 생산성은 우리네 삶의 발전을 위한 것이어야 한다.

이때 주의할 점은 고통에 특정 목표를 위한 방법적 성격이나 특정 목적을 위한 수단적 성격을 부여하지 말아야 한다는 것이다. 예컨대 재수의 고단함의 의미를 희망하는 대학에 들어가기 위한 수단에서 찾는 것 같은 일은 중지되어야 한다. 대학에 들어간다는 목표가 달성되지 못할 경우, 고단했던 재수 생활은 의미를 상실해버릴 위험에 처하기 때문이다. 물론 고통의 의미를 목표에 도달하기 위한 수단이나 과정이나 방법이라는 정당화 기제를 통해 확보한다면 고통을 받아들이기가 훨씬 쉬울수는 있다. '목적지가 바로 저기 있으니 조금만 참자' 하는 식으로 말이다. 하지만 그런 정당화 기제는, 그 목표나 목적이 실현되지 않을 때 고통의 순간을 무의미하게 만들어버린다.

그러니 '수단과 목적' 구도를 벗어나, 새벽 공부를 해야 하는 고통스러운 순간에서는 새벽 공기의 상쾌함을 맛볼 수 있다는 데에서 의미를 찾아보고, 홀로 편의점에서 삼각 김밥을 먹는 상황에서는 삼각 김밥이라도 먹을 수 있다는 데에서, 혹은 아무도 신경 쓰지 않고 오로지 음식에만 집중할 수 있다는 데에서, 어두운 귀갓길을 홀로 지친 상태로 걸으면서는 모두가 잠든 세상의 고요함을 느낄 수 있다는 데에서 의미를 찾아보라. 그러면 재수의 고단한 하루하루가 그렇게 고통스럽게만 느껴지지는 않게 된다. 오히려 그 순간순간이 즐길 수도 있는 것이된다. 그러면 우리에게 고통스럽게 다가오는 순간을 더 이상 피해야만 하는 것이나 없어져야 하는 것으로는 생각하지 않게 된다. 오히려 그 반대다. 그 속에서 소소한 기쁨을 찾을 수도 있게 된다. 그러면 입시에 또다시 실패하더라도 재수 생활의 시간을 무의미한 것으로, 자기 삶에서 빼버리고 싶은 것으로 폄하하지는 않게 될 것이다. 이것이 고통에 긍정적인 의미를 부여하는 방식이다.

고통은 그 어떤 '자체 의미'도 갖지 않는다. 늘 우리가 부여하는 의미를 갖는다. 그러니 고통에 긍정적인 의미를 부여해보자. 이렇게 보면 '고통도 아름답다'라는 말에 대해서도 변론의 여지가 생긴다. 고통을 긍정적인 것으로 본다면 '우리'가 고통에 아름답다는 의미를 부여할 수 있기 때문이다. 어디 그뿐인가, 다른 이유도 있다. 우리 마음의 고통을 보자. 마음의 고통은 대부분 원했던 바가 이루어지지 않았을 때 생긴다. 사랑의 상실, 학업에서의 좌절, 직장 구하기의 어려움 등등은 우리를 고통스럽게 한다. 그것은 원하고 바라는 우리의 의지가 불만족의 상태에 있다는 것에 대한 다른 표현이다.

하지만 자신의 의지가 충족되지 않아 고통스럽다고 해서 바라고 원하는 의지를 없애버려야 할까? 아무것도 바라지 않고 원하지 않고 추구하지 않는 채로 살아가야 할까? 그렇지 않을 것이다. 오히려 우리의 그런 의지야말로 우리를 살아 있게 하는 그 무엇이다. 우리를 성장시키는 그 무엇이다. 무언가를 추구하고 원하고 능동적으로 구하는 일, 충족되지 않아서 고통스럽더라도 충족시키기를 다시 추구하는 일. 이것이 없다면 살아 있어도 살아 있는 것이 아니며 우리의 성장도 멈추게 된다. 그러니 우리가 살아 있는 한, 아니 단순히 생물학적 의미의 생존을 유지하는 것이 아니라 제대로 살아가려 하는 한 고통은 우리 삶의 필연적 계기인 것이다. 고통은 아름답다. 내가 살아 있다는 증거이기 때문이다.

11시 10분의 행복, 5번 방의 기쁨

행복하기 때문에 웃는 것이 아니라, 웃기 때문에 행복한 것이다.
—윌리엄 제임스

방사선 치료를 받을 때의 일이다. 이 치료를 위해 어깨부터 복부까지 빨강, 검정, 보랏빛 선으로 그림이 그려졌다. 예술적 가치가 있는 그림이라면 보디페인팅을 한 셈 쳤겠지만, 그런 것과는 거리가 먼 차갑고 흉한 선들이었다. 그것들은 수술 부위를 중심으로 방사선의 예상 각도에 맞게 설계되어 가로 세로로 얼기설기 얽혀 있었다. 그 선들은 지워지지 않도록 각별히 주의해야 했다. 지워지면 각도 측정을 다시 해야 했기 때문이다. 그래서 샤워도 반쪽 샤워만 가능했고, 그림이 있는 부분은 선을 피해가며 물수건으로 닦아내야 했다. 아침저녁으로 방사선 화상을 방지하는 연고도 꼼꼼히 발라주어야 했다. 모의 치료 후 본격적인 치료에 들어가자 월요일부터 금요일까지 매일 병원에 다니면서 방사선을 쏘여야 했다. 그 치료는 두 달간 지속되었다. 견디기 힘든 부작용에, 거울 속 내 모습이 자아내는 진한 아픔이 더해져 나는 생기를 잃어갔다.

그러던 중에 암울하기만 하던 내 마음속 온기를 깨워주고 아직도 웃을 수 있다는 것을 일깨워준 아주 소소한 사건이 생겼다. 방사선 종양학과에서 실시되는 치료 시간은 길어봤자 십 분 정도. 집에서 병원까지는 대중교통을 이용할 경우 거의 두 시간이 걸리고, 치료용 가운으로 갈아입고 순서를 기다리며 대기하는 시간은 정상적인 경우 십여 분, 길면 삼십 분이었다. 겨우 십 분 정도의 치료를 위해 네 시간이 넘게 소요된다. 집에서 외출 준비를 하고 돌아와서 씻고 하는 시간까지 합치면 한나절이다.

그래도 대전에서 매일 올라오는 승미에 비하면 나는 그나마 나은 편이다. 방사선 치료는 예약제지만 원거리 환자나 지방에서 오는 환자를 먼저 배려해준다. 당연한 일이다. 병원의 방사선 치료실은 아홉 개고, 거의 이십사 시간 내내 가동된다고 한다. 이른 새벽에도, 늦은 밤에도 환자가 늘 대기 중이라고 한다. 치료실 앞 대기 의자에서 내 차례를 기다리며 엄청난 수의 환자들을 보고 있노라면 가슴이 답답해진다. 이 암이라는 놈이 정말 많은 사람을 괴롭힌다는 것을 다시 한 번 확인한다.

그런데 어느 날 문제가 생겼다. 평상시라면 아무것도 아닌 일이었지만 그때 내게는 문제였다. 큰 문제였다. 치료 스케줄 조정을 담당하는 간호사가 앞으로는 저녁 6시 40분에 오라고 한다. 사정이 딱한 환자들 편의를 봐주다 보니 내가 뒤로 밀렸다며 미안한 표정을 짓는다. 방사선 치료실의 상황을 대충은 눈치채고 있던 터라 뭐라 할 수 있는 일은 아니었다. 하지만 마음은 복잡해졌다. 퇴근 시간대였기 때문이다. 시내 도로 상황상 그 시간대에 개인 차량을 끌고 나오기는 힘들다. 불편한 왼팔 때문에 내가 직접 운전은 못해도 그동안 시간이 맞으면 남편이나 동생이나 언니가 차로 데려다주기도 했었는데, 그것 자체가 어렵게 된 것이다.

그렇다면 늘 대중교통을 이용해야 한다는 것인데, 붐비는 틈을 뚫고 다녀야 한다는 것은 큰 부담으로 다가왔다. 면역력이 떨어진 탓에 사람 많은 곳엔 아예 가지도 못하고, 병원에라도 갈 참이면 마스크와 모자 등등으로 완전무장을 하고 다닐 수밖에 없었는데 이제 가장 붐비는 시간에 병원에 다녀야 한다. 게다가 평일 낮이라면 몰라도 그 시각엔 지하철 좌석도 포화상태일 텐데, 피곤증과 어지럼증에 시달리는 상황에서 그 긴 시간을 서서 간다는 것도 자신이 없었다. 게다가 사람들에 밀려 왼쪽 팔 부위가 타격을 받기라도 하면 어쩌나 하는 걱정도 들었다. 치료 시간을 애써 맞추고 있던 벗들과 만나지 못한다는 생각에 심란하기도 했지만, 많은 사람들 속에서 몸이 더 힘들어질 것을 생각하니 걱정이 앞섰다.

6시 40분에 가기로 되어 있는 날, 아침 일찍 문자 메시지 하나가 띵동 하고 들어온다. "아산병원 방사선 종양학과입니다. 백승영님 오늘 오전 11시 10분에 시간 되시면 연락 주시고 치료받으러 오십시오." 아, 그 순간의 기쁨이란. "야호!" 소리가 절로 나왔다. 누군가 예약을 변경한 것이 분명했다. 지방에 있는 남편에게 득달같이 전화를 걸어 자랑 아닌 자랑을 했다. 말 끝에 "하늘이 나를 도와주시나 봐" 하니, "그래, 그런 것 같다. 축하해"라는 대답이 돌아온다. 6시 40분에 가지 않아도 되는 것이 이렇게까지 큰 기쁨으로 다가오다니. 암이 다 나았다는 것도 아니고, 진행 경과가 좋다는 것도 아니었다. 빨강과 검정과 보라색 선이 만들어낸 괴이한 그림이 가슴에서 사라진 것도, 한 달 넘게 제대로 된 샤워를 못하고 있는 상황이 종결된 것도, 아침저녁 화상 방지 크림을 바르며 어쩔 수 없이 보게 되는 내 모습에 더는 먹먹함을 느끼지 않아도 되는 것도 아니었다. 그저 치료 시간이 변경된 것에 불과했는데 내게는 세상이 밝아진 느낌이 들었다. 하늘이 나를 돕고 있다는 생각이 들 정도로 말이다.

5번 방이어야 한다. 총 아홉 개 치료실 중에서 5번 방이어야 한다. 유방암 인터넷 카페에는 여러 가지 정보들이 모여 있다.

치료 과정에 대한 설명과 문의, 치료 과정에서 발생한 일 등에 대한 것은 물론이고, 어느 병원 어느 의사는 어떻고 어느 병원 치료는 검사를 몇 개 더 하고 등의 정보도 기본이다. 그곳에서 아산병원 방사선 치료실에 대한 글을 보았다. '5번 방으로 가야 한다. 1번 방은 절대 안 된다. 5번 방 장비가 가장 최근 것이고, 1번 방은 고장이 잦아 신뢰할 수 없으며, 한번 고장이 나면 대기 시간이 매우 길어진다'는 것이었다. 그 글에 달린 많은 댓글도 비슷한 경험들을 말해주고 있었다. 그 글을 보는 순간 경희와 승미에게 즉시 문자를 보내 '가뜩이나 유해한 치료를 받고 있는데 장비라도 좋아야지. 함께 5번 방에서 치료받게 해달라고 건의하자'고 결의했다.

방사선 종양학과 교수의 진료가 있던 날, 우리 셋은 십 분 간격으로 진료 예약이 되어 있었다. 주의할 점, 명심할 점, 발생 가능한 모든 상황, 그리고 향후 일정과 관련해 간단히 설명을 들은 후 5번 방에 대해 조심스럽게 말을 꺼냈다. 담당의가 깜짝 놀라며 물었다. "어째서요? 왜 5번 방이어야 하지요?" 나는 환우들의 경험담을 들려주었다. "그래요? 그런 정보까지 서로 교환합니까? 1번 방 기계가 고장이 잦았던 것은 사실이지만, 부속들이 하도 많이 교체돼서 이젠 새것이나 다름없게 되었습니다." 의사는 이렇게 나를 안심시키려 했다. "그래도 5번 방에서 치료받게 해주세요." 고집을 부렸다. "환자 분이 원하시는 대로

해드리겠습니다." 나는 속으로 쾌재를 불렀다. 상체를 드러내
야 하는 진료 탓에 가라앉았던 기분이 금세 풀려버렸다. 진료
실 문을 나서는 내 환한 얼굴을 보자마자 두 벗이 반색한다. 내
다음 순서로 진료를 받은 경희와 승미 역시 5번 방으로 배정되
었다. 셋이 붙잡고 뭐가 그렇게 좋은지 폴짝폴짝 뛰었던 것 같
다. 4월 27일 방사선 치료가 종료될 때까지 우리는 5번 방 앞에
서 분홍빛 가운을 입고 매일 만나, 도저히 납득할 수도 설명할
수도 없는 기묘한 성취감에 들떠 있었다. '방사능 피폭은 피할
수 없어도, 장비라도 좋으면 피폭량이라도 조금 낮출 수 있겠
지'라는 근거 없는 믿음을 가지고 말이다. 그것이 우리의 바람
에 불과하다는 것을 이미 잘 알고 있었음에도 말이다.

　아무리 몸과 마음이 지쳐 있어도, 아무리 삶이 암울하고 개
선의 여지가 없어 보여도, 그래도 여전히 내 마음속 작은 불씨
는 살아 있다. 아주 작은 것에도 기뻐하고 즐거워하고 웃을 수
있는 불씨가. 그 불씨만 꺼트리지 않으면 행복해진다.

억지 긍정에 화가 나다

마음이 집착하고 있다는 것을 알면서 마음의 집착으로부터 벗어난다.

—파드마 삼바바

중병을 앓는 사람들에게 특히 권유되는 것이 있다. '긍정적인 마음을 가지세요. 나을 거라고, 더 건강해지고 더 행복해질 거라고 믿으세요. 그리고 웃으세요.' 긍정하는 마음이 면역력도 높이고 치유력도 높이기 때문이다. 우리 몸에 있는 기특한 NK Natural Killer 세포, 그러니까 자연살상세포라고 불리는 면역 세포는 암세포 같은 유해한 인자를 공격해서 무력화한다. 이 기특한 세포가 자기 역할을 제대로 수행하려면 활력이 있어야 하는데, 이 활력을 키우는 것 중의 하나가 엔도르핀 호르몬이다. 긍정적인 마음과 웃음은 바로 이 엔도르핀을 자극한다. 그래서 입가를 올려 웃는 시늉이라도 하라고 한다. 억지로라도 긍정하는 마음을 가지려 노력하라고 한다.

나도 충분히 공감한다. '내 몸 전체가 사력을 다해 저항할 테니 이깟 몇 센티 되지 않는 유해 세포쯤은 충분히 이겨낼 수 있다'고 철석같이 믿었다. 나름대로 자신감도 있었다. 입원해서도 수술에 대한 두려움보다는 불 밝힌 올림픽대교가 만들어내는 한강의 야경에 푹 빠져 "아산호텔 좋구먼"을 말할 수 있었다. "엄마, 금방 다녀올게요"라며, 수술실로 들어가는 나를 안타깝게 지켜보던 엄마를 오히려 위로했었다. 그 마음은 억지로 만든 게 아니었다. 그냥 저절로 생겼다. '수술 후 직접 치료? 그까짓 거 뭐. 당분간 쉰다고 생각하며 받으면 되지. 휴가를 받은 셈이니 그동안 못했던 것 실컷 하면서 지내면 되지. 건강도 점점 좋아질 테고 삶의 질도 점점 좋아지겠지. 더 나은 삶이 될 거야'라고 믿었고 그 믿음은 그대로 입 밖으로 표출되었다. 주변 사람들은 그런 나를 긍정의 아이콘쯤으로 여겼다.

하지만 치료가 시작되고 상상조차 할 수 없었던 나날을 견뎌내면서 나는 더 이상 긍정의 아이콘으로 남을 수 없었다. 웃음도 사라져갔다. 하루하루가 너무 힘들었고, 어떤 날은 이대로 깨어나지 않았으면 좋겠다는 생각마저 들 정도로 몸도 마음도 지쳐갔다. 내게 좋을 만한 것들을 이것저것 챙기면서도 '이렇게까지 하는 게 무슨 소용이 있나?' 하는 회의가 들기 일쑤였다. 불쑥불쑥 엄습하는 이런저런 증상에 덜컥 겁을 먹어 나 혼자 소설도 많이 썼다. 두려움에 휩싸여 의료진을 적잖이 괴롭히기도 했다. 그렇게까지 힘든 상황에서 어떤 불순물도 없는 긍정적인 마음을 계속 유지하는 것은 어려운 일이었다. 인간은 경험을 통해 뭔가를 학습하는 존재가 아닌가? 일 년이 다 되어가도 좋아질 기미가 보이기는커녕 새로운 증상들이 계속 터져나오자 '몸이 교란되어서 그런 거니 당연한 거야. 이것만 잘 견디면 다시 정상이 될 거야'라는 마음은 더 이상 자연스럽게 우러나오지 않았다. 긍정의 순수함이 상실되었다. 걱정과 우려와 두려움과 회의와 불신이 섞여버린 것이다.

그렇다 보니 나는 '억지 긍정'을 하기 시작했다. 마음속 불신에도 불구하고 긍정을 버려서는 안 된다는 강박 때문이었다. 그것마저 없으면 모든 게 그대로 끝나버릴 것 같은 두려움 때문이었다. 세뇌를 시작했다. 하루에도 몇 번씩 애써 나 자신에게 말해주어야 했다. '괜찮아, 괜찮아. 이것만 잘 넘기면 좋아질 거야. 이 고비만 지나면 돼. 그러면 끝날 거야'라고 말이다. 그 말을 믿기 위해서도 애를 썼다. 하지만 그 말은 힘을 갖지 못했다. 세뇌는 세뇌일 뿐이었다.

나중에는 나의 억지 긍정에 화가 나기 시작했다. 왜 이런 억지 긍정을 해야만 하지? 긍정의 마음은 저절로, 아무런 불순물이 섞이지 않은 채로 생겨나야 진짜다. 억지 긍정은 가짜다. 이런 가짜 의식을 내가 왜 만들어야 하는가? 그럴듯한 포장으로 진실을 살짝 감추는 것과 뭐가 다른가? 이런 가짜 만들기, 포장지 씌우기가 과연 무슨 의미가 있을까? 그것이 진정 나를 위한 것이란 말인가? 긍정하려 애써야만 하는 것이 과연 나에게 어떤 도움을 줄 것인가? 정당한 회의였고, 정당한 화였다. 그래서 더 이상 억지 긍정을 하지 않기로 했다. 더 이상 긍정하려 애쓰지 않아도 된다는 것, 그것은 강박에서 자유로워진다는 것을 의미했다.

나는 그 어떤 의지적 노력도 하지 않은 채 힘들면 힘든 대로 그냥 내 상태를 묵묵히 바라보기 시작했다. 애써서 하는 자기 위로나 자기암시 등의 자기 치유적 행위는 완전히 중단되었다. 그 어떤 채찍도 가하지 않았다. 물론 부정의 마음도 갖지 않으려 했다. '이러다가 혹여 무슨 문제라도?' 하는 의혹도, 심지어 '이건 또 무슨 증상이며, 왜 생긴 거지?'라는 물음마저도 던지지 않았다. 의문과 설명과 합리화 등의 의식적인 사고 일체를 중단해버린 것이다. 일종의 심리적 괄호 치기를 해버린 셈이다. 그 대신에 증상이 찾아오면 그 증상을 그냥, 그 증상이 일으키는 내 몸의 변화를 그냥 바라만 보았다.

그랬더니 어느 순간 마음에 무어라 설명하기 어려운 상태가 찾아들었다. 강박에서 자유로워진 평안함이었을까? 노력하려는 의지마저도 놓아버리는 무욕이 주는 평온함이었을까? 아니면 모든 의식적 활동에 심리적 괄호를 쳐버린 데서 온 단순함

알퐁스 오스베르, 〈해뜰 무렵의 뮤즈〉(1918)

더 이상 억지 긍정을 하지 않기로 했다. 더 이상 긍정하려 애쓰지 않아도 된다는 것, 그
것은 강박에서 자유로워진다는 것을 의미했다. 나는 그 어떤 의지적 노력도 하지 않은
채 힘들면 힘든 대로 그냥 내 상태를 묵묵히 바라보기 시작했다. 애쓰지 않을 때, 평온
해진 마음에서 다시 건강한 힘이 솟구친다.

과 비워짐의 느낌이었을까? 뭐라 단정 지을 수는 없지만, 오랜만에 정말 오랜만에 마음이 편해졌다. 그 상태를 그냥 즐겨보기로 했다.

애를 쓰는 것, 애를 써야 한다는 것. 그것은 '자연스럽게 되지 않는 것'에 매달리고 집착하는 강박적 상태를 드러내 보인다. 긍정하려 애쓰는 것은 물론이고, 헤어진 사람을 잊으려 애쓰는 것이나 화를 내지 않으려 애쓰는 것도 마찬가지다. 잊어야 한다는 강박, 화를 내서는 안 된다는 강박, 긍정의 마음을 잃어서는 안 된다는 강박이 우리를 몰아세운다. 잊지 않으면 살 수 없을 것 같은 불안, 화를 내면 내게 돌아올 피해에 대한 우려, 긍정하지 않으면 입게 될 정신적·육체적 폐해에 대한 두려움 등이 생기기 때문이다. 그것이 불러일으킨 강박이 집착이 되어 우리에게 달라붙는다. 마음에 채찍을 가한다. 결국 마음의 자연스러운 경로가 왜곡되고, 왜곡된 정서나 의식이 힘을 쓰게 된다. 그러니 평온이 깨지는 것은 당연하다. 애를 써야만 한다는 감정 상태나 의식 상태가 나를 찾는 상황이 되면, 한번 애를 쓰지 말아보라. 그러면 평온해진 마음에서 저절로 다시 건강한 힘이 솟구친다. 그것이 마음의 '자연스러운' 움직임이 갖는 대단한 능력이다.

하고 싶은 일을 할 수 있다는 축복

> 하고자 하는 일에서 내가 정말로 그 일을 몇 번이고
> 수없이 계속하고 싶은가?라는 물음이 가장 중요하다.
> —니체

더 이상 학자일 수 없고 환자로 살아야만 한다는 것. 생애 처음으로 실존적 좌절을 경험했다. 내세울 만한 삶도, 부러워할 만한 삶도 아니었지만 이토록 깊은 절망에 빠진 적은 없었다. 몸의 고통은 어찌어찌 견딘다고 해도, 업이었던 연구와 강의를 더 이상 지속할 수 없다는 것은 나를 결국 쓰러뜨리고야 말았다. 이런저런 억지 논리의 횡포에도 굴하지 않고 잘 버텨냈었고, 암 선고를 받고도 무너지지 않았었는데, 이번엔 그럴 수가 없다. 그만큼 학자라는 것은 나를 꼿꼿하게 버티게 해준 그 무엇이었다. 아마 나 스스로 학자이기를 그만두었다면 사정은 달랐을 것이다. 하지만 내 의지와는 무관하게 내게 병이 들이닥

쳐 공부를 할 수 없게 되어버렸다. 학자가 아니라 환자이기를 강요당한 삶을 살아내야 한다는 것. 이것이 짐을 가득 실은 낙타를 결국 쓰러뜨려버리는 마지막 짐의 역할을 했다.

철학이라는 학문은 내게 그런 것이었다. 내 심장을 뛰게 만들고, 온몸의 에너지를 자연스럽게 결집시켜 황홀감을 느끼게 하고, 내게 가장 큰 즐거움과 기쁨을 주고, 살아 있음에 감사하게 했다. 철학의 매력에 빠진 후 오늘날까지 내 공부 내용은 심장의 두근거림과 정신의 충일감이 선택한다. 누군가는 비철학적이라고 흉을 볼 수도 있다. 비철학적이면 어떤가? 내 공부는 나를 위한 것이어야 한다. 그래서 나를 병들게 하거나 왜소하게 만드는 것이 아니라, 나를 즐겁게 하고 건강하게 하며 나를 사랑하게 만드는 것이어야 한다. 그러면 타인과 사회 전체의 건강성에 대한 염려와 사랑도 자연스럽게 따라온다.

철학은 이렇듯 삶을 위해 봉사하는 도구다. 삶의 문제들에 대해 삶의 건강성을 염려하는 방식으로 답변해야 철학이다. 그렇지 않은 철학은 현학일 뿐이다. 그러니 내 공부 또한 나를 위한 공부지, 전임 자리를 위한 공부도, 명예를 위한 공부도, 공부를 위한 공부도 아니다. 그러니 공부를 하면서 신이 나고 공부를 하면서 삶의 지혜도 배운다.

니체 철학으로 학위를 받은 내 연구의 중심은 당연히 니체 철학이다. 니체 철학으로부터 출발해 고대와 근대를 점검해보고, 니체 철학으로부터 출발해 현대를 진단하고 미래를 예상해 본다. 그래서 헤라클레이토스, 플라톤이라는 고전부터 포스트 모던 현대 철학까지가 모두 연구 대상이 되지만, 그중에서 늘 취사선택이 이루어진다. 그 선택의 잣대가 무엇인지는 두말할 필요도 없다. 내 심장을 뛰게 하고 내 영혼과 정신을 매료시키고 나와 사회의 건강을 돕는 철학 공부. 그 공부는 즐겁다. 그래서 계속한다.

나는 학생들에게도 '심장을 뛰게 하는 공부를 하는 것이 좋다. 머리를 쥐어뜯으며 하는 공부는 결국 자신을 괴롭힌다'는 말을 하곤 했다. 머리를 싸매며 하는 공부는 마음을 왜곡시키기 쉽다. 일단 머리가 아프다. 어려운 논리를 따라잡기가 쉽지 않기 때문이다. 마음도 아프다. 좌절감과 한계를 맛보기 쉽기 때문이다. 살리에리의 심정이 되어 하늘을 향해 '열정을 주셨다면 머리도 주셨어야 하지 않느냐'고 소리치게 만든다. 그러다가 열정이 빛을 잃어가면 몸도 따라 지쳐간다. 학문에 대한 열정을 학문이 주는 고통이 상쇄하거나 능가해버리는 이런 상태가 지속되면 결국 마음에 병이 생긴다. 환한 미소와 건강한 의식 대신에 구부러진 등과 창백한 얼굴 그리고 고통받는 정신이 등장한다. 그 어려운 학문, 게다가 배도 고픈 학문을 뭐하러 고통을 받아가면서까지 하려 한단 말인가?

마음이 왜곡되면 부정적 감정과 부정적 의식이 힘을 쓴다.

피해 의식이나 질투, 시기 등이 그 대표적 경우다. 이런 부정적 감정과 의식을 갖게 되면 자신에게 좋지 않음은 물론이거니와, 공정하면서도 창의적이면서도 생산적인 경쟁은 이미 물 건너간 것이나 다름없다. 그래서 여러 가지 폐해가 발생한다. 이런 경우를 나는 종종 목격했으며, 그런 '2등 콤플렉스'적 현상이 심히 우려스럽다.

학자로 살 수 없다는 것이 내게 낙타의 마지막 짐 같은 역할을 한 것은, 마음과 심장과 영혼에 충만의 느낌이 없는 채로 그냥 살아야 하기 때문이었다. 그런데 어찌 보면 나는 행복한 사람이었는지도 모른다. 하고 싶어 한 것을 업으로 삼을 수 있었으니 말이다. 우리 주변을 보면 하고 싶은 일을 하지 못하는 상황이 너무 많다. 하고 싶은 것을 하지 못하는 것은 하기 싫은 것을 억지로 하는 것만큼이나 고통스럽다. 부모의 강권에 의해, 혹은 사회의 가치 기준에 따라, 혹은 경제적 이유나 권력욕이나 그 밖의 다른 욕망 때문에 심장의 두근거림을 더 이상 느끼지 못하는 직업인으로 살면 본인도 괴롭고 주변 사람도 괴롭히게 된다. 다행히 나는 그런 괴로움을 겪지는 않았으니 힘겹게 직업 생활을 이어가는 분들에 비하면 축복받은 셈이라고도 할 수 있다. 축복을 받았고 행복하게 살았으니 이젠 돌려줘도 되지 않는가? 이렇게 나 자신을 위로해본다. 그 위로가 별 효과는 없지만, 그래도 계속해서 그렇게 내게 말해본다.

심장의 두근거림은 비단 공부 대상의 선택에만 적용되는 기준은 아니다. 우리의 직업과 일을 선택할 때에도 중요한 기준이 된다. 직업을 선택할 때 자신에게 물어보라. 자신이 하고자 하는 일이 자다가도 번쩍 눈을 뜨게 만들 정도로 자신을 매료시키는 일인지를, 몇 번이고 수없이 영원히 계속하고 싶은 일인지를 말이다. 우리가 삶의 대부분의 시간을 투여하는 것, 또 삶을 영위할 수 있도록 우리를 경제적·심적으로 지원하는 것이 바로 직업이다. 그래서 직업은 신중하게 결정해야 하고, 혹시라도 잘못된 선택을 했다는 생각이 들면 재빨리 바로잡는 것이 좋다. 그럴 때 자신에게 '정말 그 일을 몇 번이고 수없이 계속하고 싶은가?'라는 그 질문을 던져보면 자신에게 가장 솔직하면서도 가장 자신을 사랑하는 방식의 답을 얻게 될 것이라고 믿는다.

우리 모두가 신명 나게 자신의 일을 할 수 있다면, 그 일을 함으로써 본인도 즐겁고 남도 즐겁게 할 수 있다면 얼마나 좋겠는가? 노동과 일이 이런 것일 때 우리는 행복의 조건 하나를 충족시키게 된다. 물론 어떤 직업, 어떤 일이든 고통스러운 순간은 있기 마련이다. 좋은 아이디어가 생각나지 않거나, 이루고자 하는 것이 자기 능력을 넘어서는 일이라고 판단되거나, 자신이 이룬 성취가 정당한 인정을 받지 못하거나 하는 경우에는 자신이 하는 일에 회의를 품게 된다. 그리고 고통스러워한다. 하지만 그런 회의와 고통은 우리의 일과 직업에 크든 작든 늘 동반된다. 어쩌면 그게 자연스러운 것인지도 모른다. 아이가 우리를 행복하게 하지만 아프게도 하는 것처럼 말이다. 하지만 아이가 주는 아픔은 아이가 주는 행복감에 의해 늘 상쇄되듯이, 우리의 직업적 삶에서 발생하는 고통도 그러할 것이다. 분명한 것은 행복감에 의해 고통이 상쇄되지 않는 경우엔 다시 생각해봐야 한다는 것이다. 내 일이 여전히 나를 가슴 뛰게 하는지를, 내가 정말로 그 일을 몇 번이고 수없이 계속하고 싶은지를 물어봐야 하는 것이다.

때를 기다리는 여유

한 생애를 유장한 흐름으로 본다면 매사에 너무 조급하거나
성급하게 서둘지 말아야 한다. 개인의 생활이나 나라의 경영에 있어서도
성급함은 금물이다. 우주의 숨결 같은 그 조화에 마음을 기울인다면
지금 이 자리에서 순간순간 삶의 묘미를 터득하게 될 것이다.
—법정

치료 기간 내내 어쭙잖은 조급증에 시달렸다. 하루빨리 정
상적인 생활로 돌아가고 싶다는, 그래서 다시 심장의 요동침
을 느끼며 살고 싶다는 마음 말이다. 내가 억지 긍정을 하면
서 지쳐갔던 것도 이런 조급증과 연관 있을지 모른다. 내 기대
를 비웃듯이 계속 나타나는 새로운 증상은 그 조급증에 부채
질을 해댔다. 마음의 암증이 한창 극성을 부리던 때, 문득 무언
가에 다시 몰두하고 싶었다. 내가 좋아하고 내 심장을 뛰게 하
는 것을 하면 절망과 무의미로부터 어느 정도는 빠져나올 수
있으리라는 생각에서였다. 하지만 어려운 일이었다. 집중 자체
가 힘들었고, 눈은 잘 보이지 않았고, 허리는 끊어질 듯 아팠으

며, 뭐라도 쓰고 싶어 컴퓨터 자판을 톡톡 건드리면 손끝이 비명을 질러댔다. 그래도 포기할 수는 없었다. 매일매일 단 하루도 빠지지 않고 그 시도는 이어졌다. 그러나 매일매일이 실패의 연속이었다. 책상에서 침대로, 다시 책상으로, 또 침대로. 나의 동선이 그랬다.

어느 날, 작정을 하고 동네 청소년 독서실로 향했다. 자꾸 누우려는 마음이 집이어서 더 강해졌을지도 모른다는 생각에서였다. '적어도 다른 사람들과 같이 있으면 어떻게든 버티겠지'라는 마음으로 오백 원을 내고 출입증을 받아 열람실로 들어갔다. 칸막이가 쳐진 좁은 책상들이 빼곡히 들어차 있는 곳이었다. 대학 도서관에도 이런 형태의 열람실은 있다. 그런 시설이 답답하기도 하고 옆 사람이 신경 쓰이기도 해서 고등학교 때 이후로는 한 번도 그런 곳을 찾지 않았었다. 마음에 차지 않는 공간이었지만, 그래도 뜻한 바가 있었기에 두말없이 자리를 잡았다.

평일 오전이라 책상들은 거의 비어 있었다. 그나마 다행이었다. 어릿어릿한 눈에 돋보기를 장착하고, 허리를 반듯하게 의자에 대고, 스탠드를 켰다. 물 한 잔으로 목을 축이고 호흡을 정리했다. '자, 이제 만반의 준비가 된 거지?' 기세등등하게 책을 펼쳤다. 연필 한 자루를 손에 끼고 어떻게든 집중해서 읽어보려 애썼다. 한차례 허열이 지나가면서 몸이 한 번 휘청했지만 참았다. 그러다 보니 어찌어찌 근 한 시간을 버티고 있었다. 속으로 쾌재를 불렀다. '된다, 돼. 외적 강제가 있으면 되는 거였네.' 집에서 실패만 했던 것은 내 약한 의지 때문이었다는 타박도 했다. 하지만 그 한 시간의 버팀이 내가 할 수 있는 전부였다. 두 번째 허열이 오른 후 급습한 피로감에 허리가 다시 휘었다. 머리는 어질거리고, 찌르는 듯한 눈의 통증도 급격히 심해지고, 안경과 돋보기를 교대로 껴봐도 흐릿한 시야는 여전했다. '안 되겠네…….' 다시 주섬주섬 책가방을 챙겨 집으로 돌아왔다. 그러곤 이 주간을 꼬박 앓았다.

의지로도 안 되는 일이 있다는 것을 다시 한 번 알게 되었다. 우리는 이렇게 말하곤 한다. '의지만 강하면 이겨낼 수 있어. 일어나기 싫어도 마음만 강하게 먹으면 일어날 수 있어.' 하지만 이 의지 예찬론은 모든 경우에 다 적용되는 것은 아니다. 아무리 강하게 마음을 먹어도 안 되는 일이 있기 때문이다. 병증과 치료 과정으로 인한 몸의 교란은 의지를 한계에 봉착시킬 수 있다. 아무리 노력하려 해도 아예 노력 자체를 할 수 없는 경우, 노력을 하면 또 다른 문제가 발생하는 경우가 빈번히 일어난다. 며칠 동안 도저히 거동할 수 없는 경우도 있고, 아무리 기억하려 해도 기억이 나지 않는 경우도 있는 것이다. 그런 사람에게 '힘들다고 눕지 말고 활발하게 움직이도록 노력하라'고 채찍질하고, 그러지 못할 경우 의지가 약하다고 힐난의 눈길을 보내면 그 사람의 서러움은 배가된다. 비슷한 상황을 경험해본 환우라면 속으로 중얼거릴 것이다. '당신도 당해보면 알 것이오.' 물론 자신을 타박하며 스스로를 서럽게 만드는 바보스러운 경우도 있다. 나처럼 말이다.

나도 의지 예찬론자였다. 의지의 문제 해결 능력과 힘을 나는 믿는다. 이성과 의지 중에서 선택하라면 단연 의지라고 말한다. 물론 의지와 이성을 이원화하는 것 자체가 불만스럽기는 하지만, 이 둘이 두 개의 선택지로서 내게 제시된다면 두 번 생각할 것도 없다. 의지의 힘이 부재하거나 부족할 때 어떤 일이 벌어지는지를 경험했기 때문이다. 정의로운 사회는 정의를 추구하려는 우리의 의지가 있어야 비로소 가능하다는 것을, 영원한 사랑의 맹세도 그 맹세를 지키려는 우리의 의지가 깨어 있어야 깨지지 않는다는 것을, 집안의 평화도 세계의 평화도 다 의지가 있어야 가능하다는 것을 말이다.

아무리 합리적인 제도도 그것을 그대로 운용하고 따르려는 사람들이 없다면 무용지물이고, 아무리 그럴듯한 인간성의 표현도 그것을 자기 것으로 만들려는 사람들이 없다면 공허할 뿐이며, 평화를 위한 기도도 평화를 바라고 지켜내려는 의지를 위한 것이 아니라면 힘을 잃는다. 물론 한 개인의 의지만으로는 어렵고 다수의 의지들이 결집되어야만 해결되는 일도 많다. 개인의 의지로도, 다수의 의지로도 역부족인 일도 있다. 그래도 의지는 그 어떤 것보다 큰 문제 해결 능력을 갖고 있다. 나는 이렇게 생각했었다. 그러던 차에 그 역부족을 경험하게 된 것이다. 의지의 힘만 강조할 것이 아니라 의지의 한계에 대해서도 진지하게 고찰할 줄 알아야 제대로 된 의지 예찬론이라는 평범한 사실을 깨닫게 된 계기였다.

아직 때가 아닌 일에 대해 조급증을 갖는 것은 어리석은 일이라는 점도 확실히 알았다. 좋은 교훈이었다. 그러던 차에 법정 스님의 글 한 구절이 내 귀에 콕 박힌다. "한 생애를 유장한 흐름으로 본다면 매사에 너무 조급하거나 성급하게 서둘지 말아야 한다. 개인의 생활이나 나라의 경영에 있어서도 성급함은 금물이다. 우주의 숨결 같은 그 조화에 마음을 기울인다면 지금 이 자리에서 순간순간 삶의 묘미를 터득하게 될 것이다."(법정,《새들이 떠나간 숲은 적막하다》)

쉬어 가는 때도 있고 가다가 막히면 돌아가는 때도 있고 길을 잘못 들 수도 있는 것이 우리네 삶이 아닌가? 그래서 인생은 직선이 아니라 곡선이라 하지 않던가? 곡선이기에 인생은 신비롭고 경이로운 것 아닌가? 지금은 쉬어 가는 때다. 치료와 치유에만 전념하자. 힘들이지 않고도 책상 앞에 앉을 수 있을 때, 그때 앉자. 그때까지는 그냥 쉬자. 이 시기도 인생의 새로운 무언가를 내게 알려줄 것이다. 이 주를 꼬박 앓은 대가로 얻은 소중한 교훈이었다. 어리석은 사람은 어쩔 수가 없나 보다.

살아 있으니 외롭더라

고독은 우리에게 사람을 그리워하게 만들고,
교제는 우리 자신을 그리워하게 만들지.
이것들은 서로 치료제가 되어준다네.
—세네카

마음의 암이 조금씩 진정되면서 내 '외로움 타기'도 엷어져
간다. 에피쿠로스가 말했던가, 외로움은 자신의 정원에서 격리
되는 것이라고. 그랬다. 내게 안식과 위안을 주었던 내 마음속
세상과 바깥세상 모두에서 떨어져야 했을 때 무척 외로웠다.
내가 섭섭함의 화신이 되었던 것이나, 실존적 좌절에 빠져 허
우적거린 것은 이 외로움에 적절하게 대처하지 못한 탓이기도
했다. 외로움은 내겐 병만큼이나 낯선 것이었다. 한 번도 경험
해보지 않아서가 아니라, 한 번도 진지하게 성찰해보지 않아서
낯설었다. '삶 자체가 외로운 거야', '실존적 고독을 느끼니 인
간인 거지'라며 키르케고르나 사르트르나 하이데거를 등장시

켜가며 강의를 했어도, 그것을 내 문제로 여기지는 않았다. 그러니 외로움 앞에서 그 낯설음에 당황했고, 그 생경한 힘에 제압되어버린 것이다. 하지만 그러면서 외로움에 대한 지극히 평범한 사실에 비로소 눈을 뜨게 되었다. 외로움은 실체가 아니라 외롭다는 내 느낌일 뿐이며, 그것은 고통이 그러하듯 우리 삶의 일부라는 것을. 마음의 끈이 이어지기를 갈구하는 '내 바람' 때문에 외로움은 생기며, 그것이 마음에 병을 심을 수도 있다는 것을.

사람들은 내게 묻곤 했다. "외롭지 않으세요?" 홀로 보내는 시간이 유독 많아 보이는 까닭이다. 바깥일을 하니 사람들과의 교류는 그런대로 활발했어도 홀로 있는 절대 시간은 늘 필요했다. 직업의 특성상 혼자만의 시간이 많이 필요한 탓도 있지만, 혼자만의 시간이 있어야 이런저런 일로 흐트러진 마음이 다시 회복되기 때문이다. "고독은 우리에게 사람을 그리워하게 만들고, 교제는 우리 자신을 그리워하게 만들지. 이것들은 서로 치료제가 되어준다네"(세네카, 〈서간집〉)라는 세네카의 말처럼 말이다. 거기에 살림도 생활도 단출하니 홀로 있는 시간이 자연스럽게 길어졌다. 그러자 외롭지 않느냐는 질문이 들어온 것이다. 그 물음에 나는 이렇게 답하곤 했다. "외로움을 느낄 시간이라도 있었으면 좋겠네요." 이 답변은 단지 임기응변은 아니었다. 실제로 내 하루하루는 외로움을 느낄 만한 시간적 여유도 정신적 여백도 허락하지 않았다. 하지만 그 답변은 반쪽 답변일 뿐이었다. "외로울 때도 있지요. 하지만 그것이 삶인걸요. 그런데 외로움은 내 바람과 욕심 때문에 생기니 그것을 버리면 외롭지도 않지요." 이렇게 대답해야 했다.

누구나 알고 있다. 외로움은 실체가 아님을. 실제로 있는 것도 아니고, 나와 무관하게 있다가 내게 들이닥쳤다가 다시 나를 떠나는 그 무엇도 아니다. 외로움은 내가 만들어내는 내 감정이자 내 의식이다. 내가 외롭다고 느끼고, 내가 외롭다고 생각하는 것이다. 나 스스로 내 속에 만든 고립감이다. 그런데 그것은 내 바람 때문에 생긴다. 마음의 끈을 누군가와 잇고 싶은 갈망, 정서적인 유대감을 느끼고 싶은 갈망 말이다. 이런 갈망, 이런 바람은 사회적 동물인 인간 존재의 숙명에서 비롯된다. 그러니 우리가 사회적 존재로 살아가는 한, 그것은 필연이다. 거기엔 그 누구도 예외가 없다.

인간은 생물학적 혈연관계를 비롯해 이런저런 사회적 관계망 속에서 살아간다. 우리는 그것을 자발적으로 조직하기도 하고, 이미 짜여 있는 관계에 소속되기도 하면서 타인들과 접촉한다. 사회적 관계와 차단된 독립적인 삶도 무방하다는 실존적 카우보이는 예외일 뿐이다. 사회적 관계망 속에서 취미 생활의 공유나 목표했던 일의 성취 같은 특정한 관심을 충족시키면서 우리는 성장해간다. 그런데 그 관계들이 여전히 유지되고 또

에밀 놀데, 〈여름 오후〉(1903)

외로움은 내가 만들어내는 내 감정이자 내 의식이다. 내가 외롭다고 느끼고, 내가 외롭
다고 생각하는 것이다. 나 스스로 내 속에 만든 고립감이다. 그런데 그것은 내 바람 때
문에 생긴다. 마음의 끈을 누군가와 잇고 싶은 갈망, 정서적인 유대감을 느끼고 싶은 갈
망 말이다. 이런 갈망, 이런 바람은 사회적 동물인 인간 존재의 숙명에서 비롯된다. 그러
니 우리가 사회적 존재로 살아가는 한, 그것은 필연이다. 거기엔 그 누구도 예외가 없다.

자신의 관심에 상응하는 무언가를 얻어도, 우리는 외롭다고 한다. 그 관계망 속에서 긴밀하고 돈독한 마음의 주고받음, 정서상의 교감을 느끼고 싶어 하는 우리의 바람이 충족되지 않기 때문이다. 우리는 신기하게도 늘 그런 바람을 갖는다. '이건 공적인 관계고 형식적인 관계지'라면서 마음의 끈을 이으려는 마음을 처음부터 배제해도, 그 바람은 마음 한구석에 여전히 박혀 있다.

하지만 아쉽게도 우리가 맺는 모든 관계는 우리의 바람을 완전히 충족시켜주지는 못한다. 부모 자식 관계든, 부부 사이든, 벗의 사이든, 동료 관계든 다 마찬가지다. 불같은 연애를 하면서도 마음 한구석 쓸쓸함은 불현듯 나를 엄습한다. 그것은 내 마음과 타인의 마음 사이의 메워질 수 없는 차이에서 기인하는 것이다. 그 차이는 우리의 실존 범주에 속한다. 단순화하자면, 나는 결코 네가 될 수 없는 것이다. 따라서 네 바람과 내 바람 사이에, 네 바람과 내 응대 사이에 괴리가 생기는 것은 자연스러운 일이다. 그러니 외로움은 사회적 존재로서 관계를 맺으며 살아가는 한, 우리에게 필연이며 숙명이라고 할 수밖에 없다. 외로움은 삶에서 근원적인 것이다.

그렇다고 마음의 유대를 원하는 우리의 바람이 전적으로 바람직하다는 것은 아니다. 오히려 그 바람이 문제의 근원일 수 있다. 물론 누군가와 교감하고 유대를 느끼기를 바라는 것은 우리의 본성이다. 그것은 순수하다. 본질적으로 채워질 수 없는 바람이기는 하지만 말이다. 그런데 그 바람이 심리적 애착이 되면 문제는 달라진다.

우선, 마음의 끈이 연결되는 지점이 '외부'에 있어야 한다는 생각이나 느낌, 그것이 없으니 쓸쓸하고 고독하다는 생각이나 느낌은 내 안의 무언가가 결여되어 있다는 증거일 수 있다. 심리적 허기 상태인 것이다. 그 부족분과 결여분을 타인과의 마음 잇기를 통해 충족시키려 한다. 결국 내 허기를 나 자신의 그 무엇으로 진정시키는 대신, 타인과의 관계로써 메우려 하는 것이다. 때로는 내 존재 자체가 그것이 없으면 흔들린다는 강력한 허기가 찾아올 수도 있다. 그러면 그 바람은 강한 갈망이 되어 나를 집착하게 만들고, 그 집착은 다시 욕심이 되어 내게 달라붙는다. 누군가를 끊임없이 찾아다녀야만 하는 사람이 되어버리는 것이다. 이런 상태는 결코 건강하다고 할 수 없다. 근원적 외로움의 순수함은 상실되어버리고, 욕심과 집착만이 남는다.

사는 것은 외로운 일이다. '인간은 태어나면서부터 죽을 때까지 외롭다'는 말이 있을 정도로 말이다. 그 근원적 외로움은 인간 존재의 숙명이다. 그러니 그것을 삶의 일부로 받아들이는 연습을 해야 한다. 그것을 문젯거리로 만들지 않는 연습도 필요하다. 외로움을 삶의 일부로 인정하는 가장 쉬운 길은 '정서적 유대에 대한 내 바람이 충족되지 않는 것이 자연스럽다'라는 사실을 받아들이는 것이다. 하지만 그것이 외로움을 문젯거리로 만들지 않는 묘약은 아니다. 그러면 어떻게 해야 외로움 때문에 아파하고 괴로워하는 것을 막을 수 있을까? 가장 간단한 방법은 외부로 향하는 시선을 돌려 나를 들여다보는 것이다. 나 자신에게 왜 외롭다고 느끼는지 물어보고, 내 바람이 적절한 것인지 물어보자. 물어보고, 물어보고 또 물어보는 사이 외로움은 더는 나를 상하게 하는 것이 아니게 된다.

외로움 병의 치유

어느 추운 겨울날, 고슴도치들은 얼어 죽지 않기 위해 서로 바싹 달라붙어
한 덩어리가 되어 있었다. 그러나 그들은 곧 그들의 가시가
서로를 찌르는 것을 느꼈다. 그리하여 그들은 다시 떨어졌다.
그러자 그들은 추위에 견딜 수 없어 다시 한 덩어리가 되었다.
그러자 가시가 서로를 찔러 그들은 다시 떨어졌다.
이와 같이 그들은 두 악悪 사이를 오갔다.
그리하여 마침내 그들은 상대방의 가시를 견딜 수 있는 적당한 거리를 발견했다.
— 쇼펜하우어

외롭다는 느낌과 의식이 우리 삶에서 본질적이며 근원적이
기에, 일상의 삶에서 누구나 그것을 경험한다. 잠깐일 수도 있
고 조금 오래갈 수도 있으며, 더 오랜 시간 지속될 수도 있다.
그런데 일시적인 외로움은 대부분 문제를 일으키지 않는다. 그
것은 평범하고 일상적인 계기이자 뒤돌아서면 잊힐 수도 있는
것이다. 반면 문제를 일으키는 외로움도 있다. '외로움을 타게'
만들어 마음을 아프게 하고 절망으로 이어지는 외로움 말이다.
그것은 외부의 누군가에게 마음의 이어짐과 결속을 원하는 내
바람이 잘못 설정되었거나, 내 바람이 지나치게 클 때 생긴다.

나는 외로움을 타는 편은 아니었다. 혼자서 무언가를 하는

일에도 아주 익숙하다. 사람들이 곤혹스러워한다는 '나 홀로 식사'도 내게는 전혀 문제가 되지 않는다. 식당에서 내게 쏟아지곤 하는 눈길도 불편하지 않다. 오히려 음식에 집중할 수 있고 말을 하지 않아도 된다는 이점도 있다. 혼자 산에 오를 때면 '누군가 같이 가면 덜 심심할 텐데'라며 같이 가기를 권유하는 사람도 있지만, 나무와 바람과 흙과 태양빛을 마음껏 만끽할 수 있는 그 시간을 놓치고 싶지 않다. 여행을 할 때도, 차를 마실 때도, 쇼핑을 할 때도 마찬가지다. 내가 선택한 그 일을 그 어떤 방해도 받지 않고 즐길 수 있다. 그러니 외로움의 느낌은 그다지 힘을 발휘하지 못한다. 아니, 외롭다는 느낌 자체가 들지 않는다. 오히려 나는 자유롭다며 즐거워한다.

그렇다고 내가 외로움을 전혀 느끼지 못하는 무감각한 사람은 아니다. 나 홀로 여행의 사이사이, 이른 새벽 차 한 잔을 들고 앞산을 바라보는 사이사이, 휴일 텅 빈 학교 연구실에 앉아 있는 사이사이 혼자라는 쓸쓸함은 생겨난다. 게다가 죽음을 잠시 떠올리기라도 하면 그 느낌은 매우 깊어지기도 한다. 죽음이야말로 외로운, 너무나도 외로운 사건이기 때문이다. 하지만 그런 느낌은 순간일 뿐, 곧 사그라진다. 그러니 전혀 문제가 되지 않는다. 그것이 외로움을 타게 하지도 않는다. 거기에는 외부로 향하는 내 바람이 아예 없기 때문이다.

그런데 병을 일으키는 외로움도 있다. 그 외로움은 우리를 외로움을 '타는' 사람으로 만들어버린다. 여기서는 우리의 바람이 강한 갈망이 되어 활동한다. 자발적 선택이 아니라 강요된 단절로 인해 생기는 것일 때 그것은 더 강력해지기도 한다. 나를 지탱해주던 혈연관계나 사회적 관계가 돌연 사라져버리거나 내게서 떨어져 나가버리면, 우리의 갈망은 그 대상을 잃고 헤맨다. 끈 떨어진 존재가 되어 심리적 우왕좌왕을 경험하게 된다. 결속이 강했던 경우에는 심지어는 지구가 태양을 잃어버린 것 같은 심리적 공황에 빠지기도 한다. 정서상의 유대를 바라는 내 바람은 충족되지 않는다. 그 마음에 대한 응답이 없다. 이럴 때 필요한 것은 내 바람이 과연 적절한 것이었는지 되물어보는 것이다. 내 갈망이 나를 눈멀게 해 '적절한 대상으로 향하는 적절한 바람'을 방해하고 있는 것은 아닌지 말이다. 그렇지 않으면 눈물의 골짜기를 헤매는 바보가 된다. 나도 그런 바보짓을 한 적이 있다.

석사를 마치자마자 유학길에 올랐다. 태어나 처음으로 대가족의 울타리를 떠나는 것이었다. 혈연의 *끈끈함*과 이런저런 관계 속에 편입되어 살았기에 그것이 사라질 때 내게 어떤 일이 생길지 짐작하기 어려웠다. 낯설기만 한 뮌헨 공항에 커다란 짐 가방을 들고 홀로 섰을 때, 우주에 나 홀로 내던져진 것만 같았다. 이른 새벽 창밖에서 지저귀는 새소리에 잠이 깨면 스산한 쓸쓸함이 밀려오곤 했다. 본격적인 학업이 시작되면서 친구도 제법 생기고 동료들이나 교수진과 긴밀한 관계도 형성되었다. 이런저런 파티와 모임의 초대장이 수시로 날아들었고, 마음만 먹으면 누군가와 늘 함께할 수 있었다. 때로는 친구들과 쌉쌀하면서도 담백한 독일의 프랑켄 와인을 마시며 밤을 새우기도 하고, 때로는 친구들 집에서 그들의 어머니가 해주는 음식으로 보신을 하기도 했다. 1994년 미국 월드컵에서 독일과 한국이 맞붙었을 때에는 독일 편과 한국 편으로 나뉘어 고함을 지르며 응원하다 경찰을 출동시키기도 했다.

　일상생활에 문제가 없으니 학업도 거침이 없었다. 유달리 요구 사항이 많은 학교라 아주 많은 강의를 들어야 했지만, 행여 시간이 부족해 곤란을 겪기라도 하면 친구들과 동료들이 기꺼이 나서주었다. 훌륭한 교수진의 강의에 내 열정은 폭발했고 그것은 인정과 대우로 돌아왔다. 학교 전체가 텅 비어버리는 크리스마스 휴가에도, 한밤중에 도서관 불을 환히 밝혀놓고 서가에 살고 있는 위대한 정신들과 데이트를 할 수도 있었다. 학교의 마스터키를 사용할 권한을 얻었기 때문이다. 제자의 타지 생활을 염려했던 지도 교수는 "프라우 백Frau Baek은 독일에 잘 맞는 것 같아, 안심입니다"라며 흡족한 미소를 지었다.

　모든 것이 순조로웠다. 하지만 나는 '오, 이 찬란한 인생'이라며 신께 감사의 기도를 드릴 수 없었다. 지독하게 외로웠기 때문이다. 시간이 갈수록 외로움은 깊어졌다. 우울의 기색을 보이며 서서히 말라가는 나를 보고 모두들 이유를 알고 싶어 했다. 하지만 나는 솔직할 수 없었다. '외로워서요'라고 했다간 '호강에 겨워서'라며 몰매를 맞을 것 같았다.

내 외로움은 관계의 결핍이나 사회적 접촉과 사회적 인정이 부족해서가 아니었다. 내 바람이 충족되지 않았기 때문이었고, 그것은 다시 그 바람이 적절하지 않았기 때문이었다. 나는 그곳에서 내 가족과 형성했던 끈끈한 유대감의 빈자리가 채워지기를 바랐지만, 내가 받은 애정은 그 바람을 충족시킬 수는 없는 것이었다. 아니, 내 바람 자체가 결코 이루어질 수 없는 성질의 것이었다. 누가 가족 사이의 유대감을 대신해줄 수 있단 말인가? 그러니 내 외로움은 내 탓이었다. 충족될 수 없는 것을 충족시키기를 바랐던, 충족시켜줄 수 없는 상대에게 내 갈망을 잘못 보낸 바보스러움 때문이었다. 그 바보스러움이 나를 외로움을 타는 사람으로 만들어버린 것이다. 이 사실을 깨달으면서 나는 비로소 내 외로움에서 해방되었다. 이루어질 수 없는 것을 바라는 마음을 멈출 수 있었다. 그리고 나서야 신께 감사의 기도를 올릴 수 있었다.

외로움은 병이 아니다. 외롭다고 느끼는 것은 자연스러운 현상이다. 하지만 외로움을 타는 사람이 되어 마음에 우울의 병을 심는 것은 자연스럽지 않다. 그럴 때에는 자신에게 물어보아야 한다. 자신의 바람이 적절한 것인지를. 물론 바람이 집착이 되고 욕심이 되기 전에 미리 내려놓는 것이 근원적인 해소책이지만, 그렇게 강한 마음을 가지기란 쉽지 않다. 우리 같은 평범한 사람들은 최선이 아니면 차선책이라도 써야 한다. 외로움이 나를 흔들어대면, 즉시 물어보자. 마음의 끈을 잇고자 하는 내 바람의 실체가 무엇인지, 그것이 적절한 대상에게 향하고 있는지를.

희망하는 것도 방법이 있다

길을 잃는다는 것은 곧 길을 알게 된다는 것이다.
—아프리카 속담

'희망하라, 또 희망하라. 희망이 있는 한 삶은 지속된다. 희망은 쓰러지지 않는다. 희망은 절망을 몰아낸다. 희망은 바라는 대로 된다. 그러니 희망하라.' 삶의 불안과 역경을 이겨내는 희망 예찬론이다. 맞는 말이다. 희망을 잃어버리면 삶의 피로와 위기를 극복하기가 어렵다. 하지만 모든 역경과 고난이 희망으로 해소될 수 있을까?

희망은 우선 더 나은 결과가 있기를 기대하는 마음이다. 더 나아진다고 믿는 마음이다. 그런데 인생의 암초에 걸렸을 때 그 암초가 단단한 바위가 아니라 고무풍선이기를 바라는 마음은 희망이 아니다. 단단한 암초에 걸려 좌초되었지만 그럼에도 불구하고 구조될 수 있다고 믿는 마음이 희망이다. 희망은 몽상이나 망상과는 다른 것이라는 말이다. 즉 현실화될 수 있는 가능성이 조금이라도 있어야 한다. 그러려면 현실화하려는 내 노력이 필요하다.

물론 외적 조건이 우호적으로 변하는 것도 희망의 대상이 될 수 있다. 하지만 그것은 내가 통제하기 어려운 여러 가지 변수의 제약을 받는다. 그러니 외적 조건이 변화되기를 바라기보다는 내가 직접 변화시키려 노력하는 것이 여러 변수들의 힘을 약화시키는 방법이다. 암초에 걸렸을 때 구조될 가능성이 더 큰 공간으로 이동하고, 연기를 피우거나 옷이라도 벗어 휘두르면서 자신의 존재를 알려야 하는 것이다. 그러니 희망의 설계는 가능성을 현실화하려는 자신의 의지와 노력을 전제해야 한다. 그래야 희망이고, 그래야 희망의 선물을 받을 수 있다. 희망은 의지의 문제인 것이다.

그런데 희망을 품는 것이 만병통치약은 아니다. 더 나아지기를 바라는 마음 자체가 오히려 위기를 부추기는 경우도 있기 때문이다. 현실에 대한 직시 없이 품는 희망이 바로 그런 경우다. 희망은 현재 상황이 만족스럽지 않을 때 생겨난다. 어느 정도 만족한다면서 희망을 또 품는 것은 지금보다 더 나은 상태를 바라는 것이기에, 그 만족이라는 것도 사실은 불만족이라고 해야 할 것이다. 그런데 자신을 만족하지 못하게 하는 바로 그 문제를 직시하지 않은 채 막연히 나아지기만을 바라는 것은 차라리 바라지 않는 것만 못하다. 직시한다는 것은 당면한 문제에 대해 그것이 왜, 어떤 양태로 있는지를 분석하고, 문제를 해결하거나 해소할 방안과 대안을 세우는 것까지를 포함한다. 이런 절차가 있어야 개선될 여지가 있는 것이고, 그 절차를 거칠 때 비로소 더 나아지는 결과가 생길 수 있다. 희망하던 대로 되는 것이다. 이런 절차가 없는 희망은 요행수를 바라는 것이나 마찬가지다. 또는 문제를 직시하지 않기에 오히려 문제를 해결할 기회조차 차단시키는 매우 고약한 것이 되어버린다.

희망은 곧 꿈을 꾸는 것이기도 하다. 바라는 바, 원하는 바, 기대하는 바에 대한 갈망을 담아 이상적인 상태를 마음속으로 그려본다. 그러면 입가에는 미소가 번지고 눈은 반짝거리며 온몸에 생기가 돈다. 그러다 현실로 돌아오면 웃음은 사라지고 눈은 생기를 잃는다. 꿈과 현실의 괴리를 느끼며 괴로워한다. 이렇게 되지 않으려면 그 꿈을 이루려는 노력이 수반되어야 한다. 그 과정은 내게 고단함을 가져다줄 것이다. 하지만 현실화를 위한 노력이 있어야 비로소 꿈은 꿈의 역할을 할 수 있다.

지인 중에 늘 꿈을 꾸는 사람이 있다. 그의 꿈은 아주 구체적이다. '돈을 많이 벌어서 정독도서관만 한 공간에 철학, 경제학, 수학 세 개 분야의 기초학문 대학원을 설립하겠다. 국내 최고의 석학들을 모셔 최고 조건으로 우대하겠다. 학생들은 석사

이상의 학력 소지자만 선발하고 전액 장학생으로 지원하겠다. 졸업 후 그들은 최고의 학자가 되어 있을 것이다. 그들을 통해 국내 인문학을 세계 최고 수준으로 끌어올리고, 전 세계에 그들의 업적을 번역해 알리겠다. 그러기 위해 전문 번역 인력을 전속시켜 교수급 대우를 해주겠다. 그러면 영어로 강의하지 않아도 외국 학생과 학자들이 와서 같이 연구하고 공부하고 싶어 할 것이다. 그들이 오히려 한국어를 배워 한국어로 수업을 들을 것이다. 그리고 모국으로 돌아가면, 한국과 한국어를 알리는 전도사가 될 것이다. 그러면 영어 강의 '작전'으로 외국 학생들을 끌어들이는 유치한 작업 없이도, 우리 대학의 세계화가 자연스럽게 이루어질 것이다. 말하자면 겉치레 영어 강의가 아니라 경쟁력 있고 영향력 있는 인문 콘텐츠를 통해 대학의 국제화를 이룰 수 있다. 나는 이것을 꼭 실현하고 싶다.'

국내의 열악한 기초학문 연구 환경과 실속 없는 영어 강의 열풍에 기막혀 하면서 토해내는 열변이다. 내가 하고 싶은 말을 어느 정도 해주어서 속이 시원하지만, 한편으로는 씁쓸하다. 그 꿈을 위해서 그가 무엇을 하고 있는지를 너무나도 잘 알기 때문이다. 그는 아무것도 하지 않는다. 꿈을 위해 시간을 내기에는 너무 바쁘고 그것을 실현할 자본도 없다. 앞으로도 그가 그 많은 돈을 벌 수 있을 것 같지도 않다. 너무 바쁘기도 하지만 돈에는 영 관심이 없는 사람이기 때문이다. 누군가의 투자라도 받아야 하지 않겠느냐고 하면, 누가 그런 돈 안 되는 프로젝트에 투자하겠느냐며 오히려 발끈한다. 그래서 그의 꿈은 몽상이다. 아무런 의지도 수반되지 않은, 현실을 한탄하는 몽상일 뿐이다. 이런 꿈은 문제 해결 능력이 없다.

'희망하라, 또 희망하라'는 그래서 '꿈을 꾸고 더 나아지기를 원하라, 바라는 대로 이루어지도록 고민하고 고민한 바를 묵묵히 수행하라'라는 뜻이다. 의지의 노력을 촉구하는 경구인 것이다. 물론 희망을 품고 꿈을 꾸며, 그 꿈과 희망을 실현하기 위해 노력을 경주하는 것은 쉬운 일이 아니다. 때로는 내부의 힘이 고갈되기도 하고, 때로는 내 의지로 감당할 수 없는 불가항력에 뒷덜미를 잡히기도 한다. 내게도 그런 경우가 있었다. 그때 나는 나 자신에게 이렇게 말해주었다. '한계에 부딪치는 것이 바로 새로운 시작'이라고. '길이 없다고 느낄 때 바로 새로운 길이 열린다'고.

유쾌한 자존감 예찬

모든 민족과 언어가, 신화나 우주론이나 종교로써
세계의 심오한 부분을 탐지하려고 애쓰는 경우에도
도달할 수 있는 최후의 가장 높은 것은 명랑성이라네.
— 헤르만 헤세

내 마음의 병증을 치유해가다 보니 나를 기쁘게 해주던 또
다른 것이 그리워진다. 유쾌한 자존감이 그것이다. 유쾌한 자
존감은 자신에 대한 신실한 믿음과 진지한 긍정에서 나온다.
그것이 만들어내는 웃음은 밝고 쾌청하며 명랑하다. 그래서 그
것을 지닌 사람 자신을 행복하게 만들 뿐 아니라 좋은 에너지
를 퍼뜨려 옆 사람도 덩달아 즐겁게 한다. 책이든 음악이든 그
림이든 영화든, 그런 부분이 포착되기라도 하면 내 심장은 뛰
었다. 그런 미덕을 갖춘 사람을 만나기라도 하면 나는 금방 매
료되었다. 그리고 그 에너지의 수혜를 받을 수 있음을 기쁘게
받아들였다. 그 에너지의 파장을 한껏 즐겼다.

자존감은 자신의 존재에 대한 존중이자 사랑이다. 이 세상의 어느 누구도 아닌 '바로 나'라는 의식, '이런 나이기에 바로 나다'라는 의식, 그런 나이기에 자랑스럽고 그런 나이기에 '내게' 가장 귀한 보물이라는 의식, 나 자신을 그 무엇과도 바꾸려 하지 않는 의식이다. 이렇게 자존감은 자신에 대한 신실한 믿음과 사랑이다. 또한 자존감은 능동적 개방성이기도 하다. 마음을 열고서 다가오는 것들을 맞이한다. 그것들을 저항해야 하는 것이 아니라, 자신을 성장시키는 원동력으로 삼는다. 그의 '자기'는 그래서 늘 열려 있는 창조 과정이다. 결코 정체되지 않는다.

이런 자존감의 형성에는 자신을 '스스로 분만하는 예술 작품'이자 동시에 그것을 조형해내는 '예술가'로 믿는 것이 결정적 역할을 하는데, 이것에 대해서는 나중에 따로 말하려 한다. 자존감은 빼어난 능력이나 이루어낸 성과나 아름다운 외모 같은 조건이 충족되어야 생기는 것이 아니다. 물론 이런 요인들이 자존감을 높여줄 수는 있다. 하지만 그것이 충족된다고 자존감이 저절로 생기는 것은 아니며, 그것이 없다고 자존감이 생기지 않는 것도 아니다.

자존감은 자신의 실제 모습에 대한 진지한 긍정에서 나온다. 자신이 되고 싶은 이상적인 모습에 대한 긍정이 아니라, 현재 모습 그대로를 받아들이고 '나는 이렇게 이런 모습으로 사는 사람입니다'라고 인정하는 당당하고 자랑스러운 긍정 말이다.

부족하면 부족한 대로, 뛰어나면 뛰어난 대로, 건강하면 건강한 대로, 병이 들면 또 병이 든 대로 자신의 모든 것을 총체적으로 시인하는 것이다.

이런 시인과 긍정은 맹목적인 자기애나 자만심과는 다르다. 후자는 오히려 우울한 자존심을 형성시킨다. '맹목'이라는 말 그대로 그런 자기 사랑은 눈이 멀어 있다. 오로지 자신에게만 집중하고 자신에게만 집착한다. 그래서 자신의 성 안에 갇혀버리기 쉽다. 우물 안 개구리처럼 그 좁은 공간이 세상 전부인 양 으스댄다. 개구리의 시야로 개구리 세상에 갇혀 살고 있음을 깨닫지 못한다. 당연히 좁음과 편협이 활개를 치게 된다. 게다가 우물 안 성을 무슨 일이 있어도 지키려는 방어적 태도도 생긴다. 그러다가 무언가에 부딪쳐 금이라도 갈 것 같으면 공격 성향도 발휘된다. 그 방어와 공격이 실패하면 패배감에 빠진다. 실패에 대한 두려움 때문에 미리 물러서도 패배감은 이미 그를 압도해버린다. 그리고 우울이라는 늪에 빠져버린다. 이런 우울한 자존심은 결국은 자신을 망친다.

동료들의 수업에서 일어난 안타까운 사연을 들은 적이 있다. 한 학생이 강의마다 이런 태도를 보였다고 한다. 개강 초 교수에게 몇 차례 질문을 한다. 선생의 대답이 자기 의견과 맞지 않으면 불편해하며, 아무리 정성스럽게 설명을 해주어도 절대로 고개를 끄덕이지 않는다. 그러다 언제부턴가는 아예 신문을 펼쳐놓고 읽는다. 강의 시간 내내 그러고 있다. 마치 '당신에게 나는 아무것도 배울 것이 없소' 하고 시위하는 것 같은 분위기를 자아내는 통에 동료들은 머리를 절레절레 흔들게 된다고 한다.

그의 이야기를 들으면서 나는 마음이 아팠다. 우울한 자존심이 그를 괴롭히고 있다는 생각이 들었기 때문이다. 그렇다. 우울한 자존심은 수긍을 꺾임으로, 인정을 굴복으로, 겸양을 수치로 여기게 한다. 게다가 아무것도 아닌 일도 마치 그것이 자신의 존재 자체에 대한 검증인 양, 가뜩이나 예민한 촉각을 더 곧추세워 대응하게 한다. 그러니 그는 한편으로는 방어하면서 다른 한편으로는 공격하는 태세로 살아가게 된다. 이 얼마나 피곤한 일인가? 자기도 피곤하고 세상도 피곤하게 만든다. 이런 우울한 자존심은 자기 자신에 대한 좋지 못한 우울한 사랑이다.

유쾌한 자존감에는 그런 피곤증이 없다. 오히려 경쾌한 명랑성이 깃든다. 방어와 공격 대신에 시인과 개방이, 편협과 좁음 대신에 생산적인 포용력이 자리를 잡는다. 그러니 자신의 부족함을 알아차리고 고개를 끄덕일 준비가 되어 있다. 그 부족함이 스스로 만들어낸 자기 자신의 산물임도 부정하지 않는다. 그래서 어떤 심리적 피난처나 변명을 찾는 궁색한 정당화 기제도 필요하지 않다. 자신의 부족함이 자신에게 아픔을 안

겨도, 시도하지 않은 것보다는 낫다며 자신을 자랑스러워한다. 그 아픔이 알을 깨고 나올 때의 통증처럼 자신을 성장시킬 것이라는 믿음도 있다. 그래서 우울한 자존심처럼 자신을 방어하면서 실패하지 않으려 애쓰는 충동이 아니라, 자신을 열어놓고 실패의 위험에 당당하게 맞서는 개방적이고 능동적인 자존감이 만개한다. 이런 자기 사랑은 유쾌하다. 이런 자기 사랑은 명랑하다. 자신도 행복하게 하고 남들도 즐겁게 한다. 이것은 분명 우리의 미덕 중 하나다.

니체가 삶의 아픔과 고통, 추한 면과 외면하고 싶은 면까지도 품어버리는 '디오니소스적 명랑성'에 대해 그리스적 명랑성이나 아프리카적 명랑성을 예로 들어 철학적으로 예찬하는 것이나, 그런 니체를 모범으로 삼아 헤르만 헤세Hermann Hesse가 명랑성 찬가를 부르는 것은 놀라운 일이 아니다. "명랑하게 일생을 사는 것은 나에게나, 또는 나와 같은 많은 사람들에게 가장 높고 가장 고귀한 목표네. 이 명랑성은 희롱도 아니고 자기만족도 아니며, 사랑이자 온갖 현실에 대한 긍정이네. (중략) 시인이 쓸쓸한 고립자일 수도 음악가가 우울한 몽상가일 수도 있겠지만, 그 경우에도 그들의 작품은 모든 신과 별의 명랑성에서 힘을 얻는 것이지. 모든 민족과 언어가, 신화나 우주론이나 종교로써 세계의 심오한 부분을 탐지하려고 애쓰는 경우에도 도달할 수 있는 최후의 가장 높은 것은 명랑성이라네."(헤

세,《유리알 유희》)

명랑함이 깃든 유쾌한 자존감을 가져야 한다고 내 학생들에게도 나는 즐겨 말하곤 했다. '파테이 마토스'와 더불어 그것은 내 잔소리의 핵심이었던 것 같다. 그것이 얼마나 효과가 있었는지는 잘 모르겠다. 하지만 적어도 내 아이들의 표정은 밝고 웃음은 청명하며 맑은 힘이 느껴진다. 수업 발제에 부족한 부분이 있어 따끔하게 지적한 적이 있다. "죄송합니다. 제 준비가 부족했습니다"라면서도 밝은 표정으로 호호거린다. "이게 호호거릴 일이냐, 요놈아"라고 해도 여전하다. 다시 물었다. "뭐가 그렇게 즐겁다냐?" "이렇게 강의를 듣는 것이 너무 좋아요, 교수님. 교수님께 왕창 깨지는 것도 좋고요, 배워가는 것도 좋아요. 다 좋아요. 이렇게 살아가는 것이 너무 좋아요"라는 답변이 돌아온다.

'그래, 그러면 된 거지. 발표 한 번 미숙하게 했다고 뭐가 대수냐. 네 말대로 깨져가며 배우는 거고, 그러면서 커가는 거지. 그럴 수 있는 마음이면 된 거지. 그것을 즐길 수 있는 마음이면 된 거지. 너는 제일 중요한 것을 깨우쳤구나.' 내 마음의 응답이었다. 그러면서 나도 그 건강한 에너지에 취해 즐거워졌다. 유쾌한 자존감과 명랑한 의식. 자신도 행복해지고 타인도 즐겁게 만들어주는 묘약이다. 환자로 살아가면서 내게서 힘을 발휘하지 못하고 있는 그것이 새삼 그리워진다.

축제의 시작

극에 이르면 곧 돌아가고, 끝나면 다시 시작하니,
이는 모든 사물이 갖고 있는 바다.
— 장자

2012년 1월 23일. 설 연휴 이틀 뒤. 열한 번째 허셉틴을 맞으러 병원에 가는 날이었다. 허셉틴 주사를 맞는 날이면 늘 아침 일찍 전문 간호사가 전화로 몸무게를 확인한다. 몸무게에 맞춰 주사량을 미리 조절해놓아야 하기 때문이다. 그런데 어찌 된 일인지 전화가 없다. 이른 아침 산에서 내려올 때쯤이면 주사 맞는 날임을 상기시켜주던 그 목소리가 들리지 않는 것이다. 병원으로 출발해야 하는 시간이 되어도 전화는 울리지 않았다. 순간 엄습한 극도의 불안감. 1월 5일에 정기검진을 받았고 이번에 그 결과도 함께 알려준다고 했는데, 혹시 뭐가 잘못된 것이 아닐까? 대상포진과 식중독으로 한 달여를 거의 죽다 살아

난 직후에 정기검진이 있었기 때문에 내 불안감은 거의 공포에 가까워졌다. 별의별 생각이 꼬리에 꼬리를 물고 이어졌다.

아침도 넘기지 못한 채 집을 나섰다. 그런데 병원에 도착하자마자 갑자기 엄청난 허기가 밀려왔다. 오랜만에 느껴보는 거부할 수 없는 허기였다. 병원 식당 한구석에 자리를 잡고 동태찌개를 주문했다. 발병 이후 나는 외부 음식을 가급적이면 먹지 않으려 노력했다. 약해진 면역력 탓에 자꾸 탈이 났기 때문이다. 그러니 하루에만 구만 명 이상의 사람이 들락날락한다는 대형병원에 있는 식당은 더더욱 갈 엄두가 나지 않았다. 배고픔이 찾아오면 집에서 준비해 온 야채와 과일 도시락을 먹거나 집에 돌아가서 해결했다. 그런데 불안해진 마음 탓일까? 괴이한 심리적 허기를 이겨내지 못하고, 남편과 함께 말없이 몇 숟갈을 떴다. 전화가 없었다는 말에 남편도 뭔가 꺼림칙한 느낌이 든 모양이다. 내내 굳은 얼굴로 말이 없다.

두 시 사십 분, 초조와 공포로 잔뜩 위축된 채 유방외과 면담실로 들어갔다. 안녕하셨느냐는 인사말도 나오지 않았다. 무거운 침묵 속에서 주치의의 촉진과 문진이 여느 때처럼 이어졌다. 그리고 나서 주치의가 하는 말. "허셉틴 그만 맞으세요. 맞을 만큼 맞았습니다. 더 맞으면 득보다 실이 클 겁니다." 내 귀를 의심했다. 몇 가지 물어볼 게 분명 있었는데 아무 생각도 나지 않았다. 눈물만 핑 돌 뿐이었다. 나머지 사항을 알려주는 레지던트의 목소리가 노랫소리 같았다. 혈액검사 결과 모든 수치가 다 정상이고 다만 졸라덱스 부작용으로 요추 골감소증이 심해졌으니 칼슘 섭취를 늘리라는 요지였던 것 같다. 머리를 몇 번 흔들어 정신을 차리고는 진료실 문을 열었다. 남편의 초조한 얼굴이 내게 결과를 묻고 있었다. 혹시라도 좋지 않은 소식일까 겁먹은 그 눈이 내 얼굴을 확인하려 하고 있었다. "허셉틴 이제 그만 맞으래." 남편의 두 눈에도 눈물이 도는 것이 보였다. 하지만 얼굴은 환하게 웃고 있었다. "고생했어, 정말 고생했어, 여보." 대기실을 가득 메운 환우들이 보건 말건 꼭 안아주며 정말 좋아라 한다. 내 고통의 시간을 애달파하며 지켜보았던 남편이다.

허셉틴이라는 항암 표적제에 나는 유독 민감했다. 부작용 방지 주사액이 들어오는 순간 이미 나는 반쯤은 마취 상태가 되어버리고, 허셉틴이 투약되기 시작하면 그대로 정신을 잃곤 했다. 집에 돌아오는 내내 정신을 차리지 못했고, 며칠간은 침대에서 나오는 것도 힘들었다. 그리고 이런저런 부작용이 엄습했다. 오전에는 그럭저럭 견디다가도 오후가 되면 어김없이 찾아오는 죽을 것 같은 피로감. 판다 눈을 하고는 휘청거리다 억지로 저녁을 먹고 나면 곧바로 누워야 했다. 그런 증상들은 다음번 허셉틴을 맞기 직전까지 서서히 좋아졌지만, 하루 이틀 몸상태가 나아졌다 싶으면 또 그 과정이 반복되었다. 극기의 마음으로 그 과정을 견뎠다. 이런 것에 쓰러지면 안 된다며 나 자신을 추스르고 또 추슬렀다. 그 시간이 이제 끝난 것이다. 살다 보니 이렇게 좋은 날도 오는구나. 원래는 세 번을 더 맞아야 했다. 그래서 4월까지는 정상적인 생활을 포기했었다. 정말 뜻밖의 선물이었다. 일 년여의 긴 터널을 빠져나온 나 자신이 대견스러웠다.

이젠 점차 좋아지겠지. 컨디션도 조금씩 좋아지겠지. 머리도 맑아지겠지. 공부도 시작할 수 있겠지. 다음 학기엔 강의도 제대로 할 수 있겠지. 갑자기 신이 난다. 지인들에게 전화를 걸어 허셉틴 졸업 소식을 알렸다. "드디어 만날 수 있는 거예요?" 모두 기뻐하며 축하해준다. 사실 그 전에도 몇 시간 정도의 외출은 할 수 있었다. 그런데 외출 이후가 늘 문제고 말썽이었다. 집에 돌아오면 어김없이 어딘가 아파 끙끙거렸고 며칠은 누워서 지내야 했다. 그리고 이런저런 병원 순례가 다시 이어졌다. 그게 무서워 외출을 거의 하지 않았다. 그런데 이제 그런 후유증이 서서히 사라질 테니 외출을 두려워하지 않아도 될 것이다.

남편과 나, 두 사람의 발걸음이 경쾌해졌다. 남편에게서 콧노래가 흘러나왔다. 얼마 만에 들어보는 남편의 흥얼거림인지……. 허셉틴 주사를 맞는 일 년여 동안 남편은 몰라보게 홀쭉해져버렸다. 내가 인격의 두께라고 놀려대던 뱃살도 사라졌다. 그런데 젊어 보이기는커녕 오히려 대머리 아저씨 포스를 풍겨댄다. 워낙에 과묵한 사람이었는데, 그 적은 말수마저 더 줄어버렸다. 그만큼 지켜보는 사람도 고통스러웠던 것이다. 점점 말라가는 남편이 애처로워, 혼자 있고 싶으니 자주 오지 말라고 일부러 말하기도 했었다. 남편의 직장이 포항인 까닭이다. 그래도 그는 내 말을 듣지 않았다. 강의 시간과 겹치지만 않으면 어떻게든 나와 동행하려 했다. 그의 동료들도 우리의 상황을 많이 배려해주었다고 한다. 그 덕에 허셉틴을 맞는 날에 남편이 동행하지 않은 적은 단 한 번뿐이었다. "나보다 남편이 더 고생했지. 고마워 남편." 내 말에 남편의 눈에 또 한 번 눈물이 맺힌다. "아니야, 내가 더 고마워. 포기하지 않고 잘 이겨내 줘서 정말 고마워."

식구들이 둘러 앉아 케이크를 잘랐다. 엄마부터 귀염둥이 막내 유리까지 모두 모여, 집이 터져나갈 듯 시끌시끌 북적북적했다. 오랜만에 홀가분하고 기분 좋은 명랑함이 깃들었다. 나 때문에 늘 한구석 어두운 그늘을 떨치지 못했던 가족 모임이었다. 하지만 이번엔 달랐다. 말 그대로 축제였다. "수고했다, 엄마 딸"에 이어 엄마는 남편의 손을 꼭 잡고 "자네한테 다 맡겨버리고 아무것도 못 해주어 미안하네. 수고했네, 수고했어. 그리고 고맙네"를 연발하신다. 언니와 동생도 입을 모은다. "고마워, 형부." "고마워, 제부." 남편의 정성을 온 식구가 아는 터라 고맙다는 말이 절로 나오는 모양이다. 온 식구가 한목소리

윌리엄 블레이크, 〈요정과 함께 춤추는 오베론, 티타니아, 퍽〉(1786)

식구들이 둘러 앉아 케이크를 잘랐다. 엄마부터 귀염둥이 막내 유리까지 모두 모여, 집이 터져나갈 듯 시끌시끌 북적북적했다. 오랜만에 홀가분하고 기분 좋은 명랑함이 깃들었다. 말 그대로의 축제였다.

로 고맙다고 하니, 꼬맹이 유리마저 덩달아 영문도 제대로 모른 채 "고맙습니다, 이모부"란다. 덕분에 또다시 웃음이 터졌다. 웃음소리에 집안이 들썩거렸다. 축제는 시작되었다.

이젠 좋아질 일만 남은 거지

가라 옛날이여, 오라 새날이여.
나를 키우는 데 모두가 필요한 고마운 시간들이여.
―이해인

그러고 나서 한 달이 흘렀다. 마지막 허셉틴을 맞은 후로는 두 달째다. 결코 짧지 않은 시간이 흐른 것이다. 그래서인지 몸이 조금씩 가벼워지는 게 느껴지기 시작한다. 피곤과 무기력에 찌들어 있던 몸에 활기가 조금 도는 것 같다. 몸 여기저기서 느껴지는 통증도 이전처럼 허리가 혹 하고 휠 정도는 아니다. 오후 시간을 견디는 것도 약간은 수월해졌다. 이런 좋은 변화가 도대체 얼마 만인지. 이 정도만 되어도 살 것 같다는 생각이 든다. 기분도 덩달아 좋아진다. 머릿속 안개도 조금은 옅어지지 않았을까? 불현듯 이런 기대가 생긴다. 발병 전에 거의 다 써놓고 마무리만 남겨놓은 채 방치했던 논문 중 하나를 얼른 꺼내 읽어보았다. 눈의 통증과 어릿거림은 여전해도 짧게나마 집중이 된다. '된다, 돼. 진짜 된다.' 책상에 앉을 때의 괴로움도 약간은 완화된 것 같다. '세상에……. 내가 다시 돌아오려나 봐.' 진정 놀라운 변화였다. 그동안 항암제가 발휘했던 엄청난 위력에 다시 한 번 감탄(!)한다. 대단한 화학제다.

책상에 앉아서 뭔가를 집중해서 할 수 있다는 것, 비록 두어 시간이 전부라도 안개가 걷혀가는 의식으로 앉아 있을 수 있다는 것. 너무 행복하다. 다시 학자로 살 수 있겠다는 생각이 고개를 들기 시작한다. '나빠졌던 눈도 회복이 되려나? 허리 통증도 좋아지려나?' 하나 둘 욕심이 생기기 시작한다. 그러던 차에 개강을 했다. '강의도 더 나아지겠지?' 역시 그랬다. 조금씩 내 만족도가 높아진다. 흘러내리는 땀과 쉽게 지쳐버리는 것은 여전해도 생각이 끊기는 현상은 조금이나마 줄어든다. 지하철도 타보았다. 다음 날 하루 종일 뒹굴거려야 했지만 감기엔 걸리지 않는다. 이제 졸라덱스 주사만 끝나면 예전의 나로 돌아갈 수 있겠다는 자신감이 생긴다. 여전히 수면 장애와 허열 때문에 고생스러웠지만, 그 강도도 조금은 약해진 느낌이었다. 화학제가 덜 들어가니 견뎌내는 힘이 그만큼 강해져서 그런지도 모른다. 뭐가 되었든 신이 난다.

그렇게 한 학기를 보내고, 7월 17일 PET CT검사를 했다. 몸 전체를 스캔해서 암세포를 찾아내는 검사다. 방사선 노출의 위험성 때문인지 이 병원은 이제야 처음으로 시행한다. 불필요한 진료를 최소화하는 방식이 내 맘에 쏙 든다. 경희는 수술 직후에 다른 병원에서는 수술 전에 다 한다는 PET검사를 어째서 우리만 하지 않느냐고, 검사해달라며 주치의를 졸졸 따라다녔다고 한다. 불안해진 환자의 심리는 그런 것마저 그냥 넘길 수 없다. 혹시라도 뭔가 간과되는 것은 아닐까 하는 생각이 들기 때문이다. 우리는 그 이야기를 안주 삼아 경희를 놀려대곤 했다. 불필요한 진료는 안 하는 게 좋다. 방사선에 자주 노출되어 좋을 게 없지 않은가? PET검사 직전, 스물네 번째 마지막 졸라 덱스 주사를 맞았다. 그로써 모든 직접 치료가 종결되었다. 타목프렉스는 여전히 삼 년여를 더 복용해야 하지만, 이게 어딘가? 이젠 주사 맞으러 병원에 가지 않아도 된다. 병원을 내 집 드나들 듯 들락날락한 지 어느덧 이 년 하고도 육 개월이 지나고 있었다.

일주일 후 주치의의 진료가 있었다. 지난번 PET검사 결과도 듣는 시간이었다. 늘 그렇듯 촉진과 문진이 이어졌다. 그리고 이번엔 "그동안 고생하셨습니다, 축하합니다"라는 인사말이 덧붙여졌다. "내년 1월에 오셔서 정기검진만 받으시면 됩니다. 그리고 이젠 유방외과로 오지 마시고 암센터로 가십시오." 진짜 끝난 거였다. "야호!" 너무 좋아서 경희와 승미의 손을 잡고 팔짝팔짝 뛰었다. 우리 모두 잘 견뎠다. 이제부턴 시간 문제다.

졸라덱스 주사도 마친 상태니 시간만 흘러주면 이전의 모습을 되찾을 수 있다. 이젠 환자가 아닌 학자로 온전히 살아갈 수 있다. 수고했다며 내 등을 두드려주던 남편이 이내 병원 지하 꽃집에서 앙증맞은 화분 하나를 사 내게 들려 준다. 방사선 집중 치료가 끝났을 때, 마지막 허셉틴을 맞았을 때, 이런저런 검사 결과가 좋게 나왔을 때, 그때마다 집에는 작은 화분이 하나씩 더 들어왔다. 생명력 있는 것들을 곁에 더 많이 두겠다는 의미도 있었지만, 중요한 순간순간을 기념하고 싶었다.

그래, 이제부터 시작이다. 인내의 시간은 길었고, 몸이 완전히 회복되려면 또 그에 못지않은 인내의 시간이 필요하겠지만, 적어도 이젠 더 나아지기만 할 뿐 나빠질 가능성은 없다는 믿음이 가세한다. 그깟 기다리는 것쯤이야. 잠이 들 때마다 늘 새로운 하루가 기대된다. 내일은 더 좋아지겠지. 그 다음 날도 또 그 다음 날도 오늘보다는 조금이라도 더 나아질 거야. 이 기대는 늘 현실화되었다. 그래서 더 신이 난다.

건강해야 질병도 약이 된다

인간은 태어날 때부터 몸속에 백 명의 명의를 지니고 있다.
— 히포크라테스

질병이 갖고 있는 장점이 있다. 그것도 아주 많다. 우선 잊어버리고 있던 건강의 소중함을 깨닫게 된다. 자신을 좀 더 돌보고 사랑해주어야겠다는 생각도 든다. 계획한 것도 원한 것도 아니지만 짧게는 며칠, 길게는 몇 달간의 휴가도 주어진다. 중병일 경우 몇 년간 이어지기도 한다. 몇 달은커녕 단 며칠의 휴가조차 선뜻 자신에게 허용하기 어려운 우리나라 사람들에게 이런 종류의 강제성 휴가는 매우 큰 선물일 수 있다. 또 (이렇게 말하는 게 조금 민망하기는 하지만) 좋은 음식을 내게 지속적으로 제공할 '권리'도 생긴다. 병에 걸리지 않았다면 지갑 열기를 주저했을 고가의 유기농 먹거리와 건강식품 등을 말이다. 어디 이뿐이랴. 주변 사람들도 아픈 사람을 위해 무언가를 해주고 싶어 한다. 배려를 받는 것이다. 배려에 인색한 사람들도 건강을 잃은 사람에게는 넉넉해진다. 그래서 일상사의 고단함과 팍팍함이 조금은 가벼워진다. 그리고 무엇보다도, 질병은 삶에 대한 의지를 더 강하게 자극한다. '살고 싶다'를 외치게 하며, 그것도 지금까지와는 다르게 혹은 지금까지보다 더, 알차고 의미 있게 살려는 의욕을 불태우게 한다.

이렇게 늘어놓다 보니 내가 질병 예찬론자가 되어버린 것 같다. 질병이 약이 되는 경우만을 말했기 때문이다. 그런데 누구에게나 질병이 약이 되는 것은 아니다. 질병이 약이 되려면 건강을 되찾을 자생적 힘이 몸에 남아 있어야 한다. 그 힘이 부족하다면 자신을 건강하게 만들려는 의지라도 있어야 한다. 그 힘과 의지가 회복력으로 이어지지 않는 경우라면 질병은 결코 약이 될 수 없다. 자신을 건강하게 만들 힘도 의지도 없는 경우, 아니면 의지는 있어도 힘이 달려 회복이 어려운 경우에 질병은 극단적인 선택으로 이어지기도 한다. 그런 경우 질병은 그냥 병일 뿐이다.

몇 해 전, 행복 전도사로 불리며 활발하게 활동하던 분의 자살 소식을 들었다. 죽음을 선택하기 전에 칠백여 가지의 엄청난 통증을 동반하는 병증에 시달리고 있었다 한다. 그녀의 자살은 인간으로서 감당하기 어려운 극한적 상황에서 선택한 비극적 결단이다. 그 외의 다른 신변 상황에 대해서 나는 아는 바도 없고 알고 싶지도 않다. '칠백여 가지의 통증'이라는 말만으로 이미 이해가 되기 때문이다. 칠백은커녕 칠십 가지도 안 되는 통증과 고통 때문에 '이럴 거면 차라리 죽는 게 낫겠다'라고까지 생각했던 나 같은 사람도 있다. 그렇기에 칠백이라는 숫자는 가히 충격적이다.

그것은 한계상황이다. 어느 누구라도 넘을 수 없는 한계상황이다. 아무리 '밥은 굶어도 행복은 굶지 마라'를 평소 소신으로 삼고 살았다 하더라도, 그런 극한적 상황에서 소신 따원 무기력해졌을 것이다. 그녀도 인간이 아닌가? 그녀의 선택은 그 어떤 치료도 더 이상은 듣지 않고 모르핀으로 고통만 잠시 잠시 줄이는 말기 암 환자가 안락사를 선택하는 것과 같은 것이다. 그러니 '행복 전도사가 자살하는 아이러니'라는 촌평은 듣기에 불편하다. 그녀가 '연예인처럼 인기 상실로 좌절했고, 그것이 자살을 불렀다'는 추측도 마찬가지다. 그녀가 어떤 사람이고 연예인 병에 걸렸는지 아닌지는 중요하지 않다. 단지 그녀를 괴롭혔던 몸의 통증은 누구에게라도 한계상황이라는 분명한 사실만이 중요하다.

우리 몸에는 스스로를 치유할 수 있는 힘이 분명 있다. 손등의 상처에 새살이 돋아나는 것을 보라. 그런 일이 우리 몸 전체에서 일어난다. 좁아진 혈관 탓에 피가 잘 돌지 않던 증상도,

호흡이 어려울 정도의 폐 기능 장애도 적절한 치료가 도와주면 다시 정상성을 회복한다. 참으로 기특하고 기특한 몸이고, 참으로 대견하고 대견한 자기 치유의 힘이다. 그런 자기 치유의 힘이 있는 한 비록 어느 한 부분이 일시적으로 문제를 일으킨다 해도 건강하다고 말할 수 있다. 하지만 자기 치유의 힘 자체가 사그라져버리는 경우도 분명 있다. 아무리 도와주어도 이미 돌이킬 수 없는 방전의 상태 말이다. 이런 상태는 위험하다. 결코 건강하지 않다.

만일 칠백여 가지 통증이 엄습했더라도 자기 치유의 힘을 조금이라도 느꼈더라면, 행복 전도사였던 그녀는 결코 포기하지 않았을 것이다. 하지만 안타깝게도 그녀는 그 징후를 전혀 발견할 수 없었나 보다. 그녀의 의지가 아무리 강했다 해도 그런 육체적 한계상황을 의지의 힘만으로 되돌리기는 어려웠을 것이다. 육체의 고통이 얼마나 컸겠으며, 마음의 고통은 또 얼마나 컸겠는가? 그러니 그녀의 선택은 아이러니 따위가 아니다. 몸의 회복력이 없어져버린 절체절명의 순간에, 탈출구 없는 미로에서 어쩔 수 없이 택할 수밖에 없는, 인간적인 너무나 인간적인 선택, 최선의 선택이었을 것이다. 안타까운 마음으로 고인의 명복을 진심으로 빌어본다.

건강해야 질병도 약이 되는 법이다. 이 말은 우리의 정신 건강에도 그대로 적용된다. 고통이나 좌절도 치유의 힘이 남아 있을 때에야 '병가상사'인 것이다. 그러니 마음의 치유력을 잃지 않도록 해야 한다. 마음의 건강성을 늘 유지하도록 노력해야 한다. 그것은 오로지 자신만이 할 수 있는 일이다. 하루 한 번씩 자신에게 물어보자. 내 몸과 마음의 자연 치유력을 위해 오늘은 무엇을 해볼까?

몸의 정상성에 대한 감사

만일 무엇인가 신성한 것이 있다면 그것은 인간의 몸이다.
—휘트먼

이 년 구 개월 만에 생리가 돌아왔다. 며칠간 뜬금없는 피로감에 다시 침대를 끼고 살았다. 허리와 복부에 통증이 밀려왔고, 몸이 붓기 시작했다. 덜컥 겁이 났다. '무슨 문제가 생긴 것일지도'라는 강박이 또다시 엄습했다. 그러더니 이슬이 보이기 시작했다. '혹시나' 하면서도 '설마'가 앞섰다. 난소 억제제인 졸라덱스 주사를 사 주에 한 번씩 총 스물네 번 맞았고, 마지막 주사를 맞은 지 육 개월째다. 생리가 돌아오는 경우가 있다고는 하지만, 내 나이와 상태를 감안할 때 자연 폐경으로 이어지리라 예상했었다. 그런데 그 예상은 보기 좋게 빗나갔다. 설마 했던 생리가 진짜 시작된 것이다. 생리혈을 확인한 순간, 뭐라 형용할 수 없는 뭉클함이 나를 감쌌다. '아, 내 몸이 회복되었구나. 다시 정상이 되었구나. 고맙다, 몸아.' 당연하게 받아들였던 몸의 정상적인 활동이 이토록 큰 감동을 주고 감사의 대상이 된다. 정상성에 대한 감사, 이것도 회복이 주는 선물 중의 하나다.

아프기 전에 나는 생리가 빨리 끝났으면 하고 바랐다. 지독한 생리통 때문이었다. 초경 때부터 배를 잡고 데굴데굴 굴렀다. 백약이 무효했고, 그때그때 엄청난 양의 진통제로 견뎌야 했다. 평소 약이라면 질색하는 나였지만, 생리통에는 다른 방법이 없었다. 진통제 과다 투여로 탈진한 적도 있었다. 그때마다 '이놈의 생리는 언제나 끝난다냐?'라며 투덜거렸다. 그러다가 졸라덱스라는 난소 억제 주사를 맞게 되자 처음에는 그 치료가 달갑기까지 했다. 지긋지긋한 생리통과 진통제로부터의 해방을 의미했기 때문이다. '암 치료가 좋은 점도 있구먼!'

그러나 그 달가움은 내 어리석음을 입증한 것에 불과했다. 인위적인 폐경 조치가 불러온 몸의 고달픔은 생리통에 비할 바가 아니었기 때문이다. 난소에서 나오는 여성호르몬이 억제되자 갱년기 증상이라고 불리는 증상들이 나타나기 시작했다. 그것도 자연 폐경이 아니라 약물에 의해 강제로 단번에 행해진 것이기에 매우 강하게 한꺼번에 나타났다. 수시로 올라오는 열, 술을 마신 것처럼 붉어지는 얼굴과 목, 머릿속부터 줄줄 흘러내려 온몸을 흠뻑 적시는 땀, 게다가 열이 오르기 전에 엄습하여 손끝마저 마비시켜버리는 지독한 냉기, 그 과정이 반복되며 만들어내는 끝없는 피로감은 정상적인 일상생활을 방해했다. 옷을 입었다 벗었다 해야 하는 불편함은 아무것도 아니었다. 한겨울에 즐겨 입던 터틀넥 스웨터를 포기한 것 정도는 가벼운 위트였다. 제대로 잠을 자지 못해 걸으면서도 몽롱해하고 졸면서도 깨어 있어야 하는 것은 고난 그 자체였다. 밤에도 깨지 않고 잘 수 있는 시간은 삼사십 분 정도가 최대한이었다. 그러니 하루 종일 깨어 있지도 잠들어 있지도 않은 채로 유령처럼 살아야 했다.

병원에서는 수면제를 처방해주었지만, 한 번 두 번 수면제를 복용하다 보면 상습 복용으로 이어지고, 그것도 언제부턴가는 약효가 없어진다는 환우들의 경험담을 익히 들은 터라 쉽게 손을 대지 못했다. 다음 날 강의나 강연이 있을 때만 한 알씩 복용하면서 버텼다. 가장 하고 싶은 일이 뭐냐고 주변 사람들이 물어오면 주저 없이 푹 자고 싶다고 말할 정도로 잠은 내게 문젯거리였다. 온욕, 좌욕, 진정 오일, 따뜻한 우유 등 온갖 요법을 총동원했고, 배가 부르면 잠이 오지 않을까 싶어 일부러 늦은 시간에 있는 힘껏 과식을 해보기도 했다. 조금씩은 효과가 있을 법도 하건만, 그 모든 것이 다 허사였다. 여전히 내 머릿속 알람 장치는 삼사십 분마다 작동되었다. '생리가 다시 시작되면 좋아질 텐데. 빨리 생리를 했으면 좋겠다.' 이런 바람이 생기기 시작했다. 그런데 이제 그 바람이 이루어진 것이다. 생리통도 함께 돌아왔지만 예전보다 강도가 훨씬 약해졌다. 게다가 그 통증마저도 예전과는 다르게 느껴진다. 마치 산모의 통증처럼 감사의 대상이 되어버렸다.

생리대를 사러 가면서 친구들에게 전화를 걸어 내 변화를 말해주었다. 자기 일인 양 환호성을 지른다. "축하해, 정말 축하해. 네가 몸 관리를 잘해서 회춘하는 건지도 몰라. 잘됐다, 정말." 물론 의학적 관점에서는 꼭 좋은 일만은 아니다. 항호르몬 치료를 받던 삼중 양성 환자에게 여성호르몬 재분비는 재발 가능성을 높이는 것이기 때문이다. 그 사실을 모르는 것은 아니었다. 하지만 재발 가능성보다는 몸이 정상으로 돌아온 것이 내게는 더 크게 다가왔다. 나름 관리를 열심히 하고 있으니 여성호르몬이 나와도 암으로 이어지지는 않을 거라는 자신감도 있었다. 그러곤 생리를 즐겼다.

생리 사흘째 되던 날, 눈을 떠보니 밖이 환했다. 얼른 시계를 보았다. 여덟 시. 이럴 수가. 정말이지 깜짝 놀랐다. 내가 잠을 잔 것이다. 그것도 아침 여덟 시까지. 삼 년여의 시간 동안 그토록 희망했던 것이 하루아침에 갑자기 이루어진 것이다. 분명 지난밤에도 몇 번인가 깨어 들락날락했었다. 그러다가 어느 순간부터 그야말로 '자버린' 것이다. 그것은 곧 삼사십 분 간격의 머릿속 알람이 더 이상 작동하지 않았다는 것을 의미한다. 게

에드몽 프랑수아 아만 장, 〈공작과 소녀〉(1895)

이 년 구 개월 만에 생리가 돌아왔다. 뭐라 형용할 수 없는 뭉클함이 나를 감쌌다. '아, 내 몸이 회복되었구나. 고맙다, 몸아.' 당연하게 받아들였던 몸의 정상적인 활동이 이토록 큰 감동을 주고 감사의 대상이 된다. 정상성에 대한 감사, 이것도 회복이 주는 선물 중의 하나다.

다가 여덟 시라니. 여덟 시는 그동안 내게는 대낮이나 마찬가지였다. 늘 새벽 네 시쯤이면 완전히 깨버렸기 때문이다. 삼 년여 동안 나의 하루 일과는 그렇게 네 시에 시작되었다. 그런데 여덟 시란다. 벅찬 희열이 오른다. '이제 정말 정상이 되나 보다.' 그렇게 시작된 잠의 정상화는 세 번째 생리가 끝나자 삼사십 분 알람을 완전히 중지시켜버렸다.

그러자 낮에도 '그분'의 방문이 잦아들었다. 어쩌다 한 번, 잊을 만하면 살짝 고개만 내밀다 그냥 가버리신다. '그분'으로부터 해방되니 몸도 마음도 훨씬 가볍다. 상쾌한 느낌이 다시 찾아들고, 피곤함도 덜 느끼고, 눈 밑 시꺼먼 판다 음영도 어디론가 가버렸다. 게다가 기억력도 거의 돌아왔다. "이모, 그분은 지금 어디 계셔?" 어느 날 유리가 자기와 한 시간 이상 놀면서도 땀도 흘리지 않고 힘들어하지도 않는 내게 묻는다. "그분은 이제 안 오셔. 집에 가셨대. 대신 유리랑 재밌게 놀래."

당해봐야 안다던가. 여성호르몬 하나가 그렇게까지 큰 역할을 한다니, 인체의 신비로움이 경이롭기까지 하다. 그러니 우리 몸을 구성하고 있는 수많은 호르몬과 세포와 기관들, 그 어느 것 하나 없어서는 안 될 소중한 부분들이다. 어느 가수의 노래처럼, 우리의 '머리부터 발끝까지' 모두 다 '핫 이슈'다. 모두가 없어서는 안 되는, 꼭 있어야 하는 것이니 소중하게 지키고 보호해주자. 그리고 그들의 정상적 활동에 늘 감사하자.

4부
___

삶, 그 좋은 것

너 자신을 창조할 수 있어야 세계가 네 작품이 된다. 너 자신의 주인이 되어야 세계
도 지배할 수 있다. 너 자신을 사랑하고 긍정할 줄 알아야 세계가 네 화원이 된다.
너 자신에 대한 긍지를 지녀야 세계도 경외의 대상이 된다. 그러니 먼저 너 자신이
되어라Werde, wer du bist! 건강한 너 자신이, 위대한 건강을 지닌 너 자신이. 그대
다가오는 존재들이여, 그대들이 바로 이런 존재가 아닌가?

—백승영

한가함을 즐기기 시작하다

휴식이란 '하지 않으면 안 된다'가 사라져버린 상태다.
휴식이란 다름 아닌 행위의 부재를 의미한다.
—라즈니쉬

치료 기간의 하루하루는 비슷하게 되풀이되었다. 최소한의 활동으로 구성된 나날이다. 병원 다녀오기, 먹거리 만들기, 쉬면서 잠을 청해보기, 뒷산에서 산보하기, 내가 살고 있는 공간 깨끗하게 하기, 가끔씩 벗들과 통화하기, 무언가 집중해서 읽거나 써보려 노력하기……. 내 삶에서 이렇게까지 단조로운 시간은 처음이었다. 수술 후 집중 치료를 받는 환자에게는 필요한 과정이라고 생각하면서도 무의미하다고 느껴질 때가 많았다. 창조적인 활동을 전혀 하지 못하고 있기 때문이다. 거기에 반복이 주는 지겨움도 한몫을 했다.

하지만 하루하루의 삶이 아무리 비슷하다고 해도 엄밀하게 말하자면 반복은 아니다. 매 순간이 새롭고 단 한 번뿐인 찰나들이다. 더구나 그 찰나들은 내가 스스로 만들어가는, 나 스스로 의미를 부여해야 하는 그런 시간들인 것이다. 그런데 그런 의미 부여가 한동안은 전혀 되지 않았다. 이전과는 다른 삶을 살아야만 하고, 이제 학자가 아니라 환자라는 사실을 받아들이고, 환자의 삶을 구성하는 계기들에서 의미를 찾아내야 했건만, 나는 그러지 못했다. 환자로서의 삶은 정말 싫은 것이었다. 오랜 시간을 눈물로 지내야 했다.

왜 나는 환자로서의 삶에서 아무런 의미를 찾을 수 없었을까? 환자의 삶은 전 존재로 뛰어들기에는 너무나도 아픈 것이기 때문이었을까? 하지만 삶은 신비로운 그 무엇이 아닌가? 삶은 매 순간 새롭고 매 순간 다른 가능성이 모두 열려 있는 미지의 것이자 누구에게도 얼굴을 다 보여주지 않는 것이다. 그 미지의 것을 자신의 것으로 만드는 것, 그것이 바로 살아가는 것이 아닌가? 또한 그 열려 있다는 점이야말로 삶을 살아볼 만한 것으로 만드는 것이 아닌가? 환자로서 사는 시간도 마찬가지다. 결코 예외일 수 없다. 그런데 나는 그것을 부정하려 했었다. 환자의 삶은 삶이 아니라고 여겼으며, 그렇기에 '무의미'가 나를 지배해버린 것이다.

이런 상황에서 벗어나는 데는 역설적이게도 '시간'이 큰 역할을 했다. 강제로 마련된 여가를 즐기게 되면서 생각이 달라진 것이다. 흔히 '아무것도 하지 않는 것보다는 무엇이든 하는 게 좋다'고 말한다. 그럴듯하게 들린다. 노동과 일의 의미와 중요성을, 그리고 부지런함의 미덕을 일깨워준다. 그런데 잠시 숨을 돌리면 의문이 든다. 어째서 늘 무언가를 해야만 하는 것인가? 마음을 비우고 생각도 비우고 아무것도 하지 않는, 몸과 마음의 한가함은 허용되어서는 안 되는 것인가? 그뿐만이 아니다. 우리를 한번 돌아보자. 아무것도 하지 않을 때 우리는 안절부절못한다. 무언가를 놓치고 있다는 생각에 불안감마저 든다. 그래서 스마트폰이라도 만지작거리면서 하잘것없는 정보라도 쳐다보게 된다. 어떻게 해서든 몸도 마음도 아무것도 하지 않는 상태로부터 벗어나려 한다. 어째서 우리는 아무것도 하지 않는 상태를 그다지도 견디지 못하는 것일까? 아무것도 하지 않는 한가로움이 왜 그다지도 불안한가?

휴식을 할 때도 마찬가지다. 휴식을 취한다면서 실제로는 '분주한 너무나도 분주한' 휴식을 추구하기 일쑤다. 바빠서, 때를 놓쳐서 보지 못했다며 책과 영화를 몰아서 보고, 오랫동안 못 만났다며 친구들을 한꺼번에 만나서 수다를 떤다. 이 정도는 그래도 양호한 편이다. 더 심하게는 타인에게 내보이기 위한 휴식을 추구하는 경우도 있다. 휴식이 '생활'의 연장이 되는, 그래서 '여가 생활'과 동일시되는 경우가 바로 그것이다.

원래 여가란 일을 하지 않는 시간을 가리킨다. 그러나 우리가 '여가 생활'이라고 말하는 것에는 대중성과 소비성이라는 두 원칙이 작용하고 있는 것 같다. 여가를 보내는 방식이 소비 문화의 하나가 되어버렸기 때문이다. 그래서 여가를 즐기는 것이 상품화, 획일화 같은 대중문화의 특성을 공유하며, 하나의 산업이 되어가고 있다. 유행 심리와 모방성, 추종, 그리고 과시적이며 소비적인 여가에 대한 선망이 여가 생활의 내용을 결정짓는다. 여기에 지나치게 향락적인 여가 문화도 가세한다. 노래방과 PC방에 가고 도박과 음주, 성적 쾌락을 즐기면서 우리는 휴식을 한다고 생각한다. 그것이 과연 휴식일까? 캠핑장 한구석을 차지하느라 몇 달 전부터 예약을 하고 약속이나 한 듯 바비큐를 먹고 술을 마시고, 각종 텐트가 줄지어 늘어선 텐트촌에서 내 텐트와 남의 텐트를 비교하고, 원하지 않아도 옆 텐트에서 일어나는 일을 보고 들으며 지내는 이박 삼일의 일정이 진정 휴식일까?

이런 분주함, 대중적이고 소비적이며 애를 써야 하는 여가 생활은 분명 노동의 새로운 형태다. 휴식과 여가는 한가로워야 한다. 여가leisure는 그리스어 스콜레scholé, 라틴어 오티움otium과 리체레licere에서 연유한 말이다. 오티움은 아무것도 하지 않는 것doing nothing, 리체레는 자유로워지다to be free라는 뜻이다. 스콜레는 비록 자기 계발의 의미를 갖고 있기는 하지만, 어디까지나 정지, 중지, 평화, 평온 속에서의 자기 향상을 말한다.

이렇듯 이 단어들은 정도의 차이는 있을지라도 정신적 활동과 육체적 활동 일체가 정지된 상태와 평화로운 상태를 내포하고 있다.

여가는 그런 것이다. 모든 생각을 내려놓고, 무언가를 하겠다는 의지와 욕망도 잠시 잠재우고 몸과 마음을 그냥 쉬게 해주는 것. 이때 공간은 큰 의미가 없다. 그냥 쉴 수 있는 곳이라면 어디든지 좋다. 주차장에 세워둔 차 안도 좋고, 집 안도 좋다. 그게 쉽지 않으면 뒷산도 좋고, 공원의 산책로도 좋다. 늘 문을 열어놓고 있는 성당이나 법당이라면 더욱 좋다. 그곳에서 그냥 한번 있어보라. 아무 생각 없이, 어떤 생산적인 행위도 하지 말고 그냥 있어보라. 누군가는 이런 형태의 휴식을 가리켜 게으름이라며 핀잔을 줄지도 모른다. 하지만 평생을 무언가를 하면서 사는 우리 아닌가? 그런 열심과 바쁨의 삶에서 중간 중간 게으를 수 있는 권리 정도는 누려도 되지 않을까? 아니, 게으름이라는 것이 비난받아야 할 악덕이기만 한 것일까? 한가로움을 즐기는 것이 게으름이라면, 나는 기꺼이 게으르고 싶다.

나 또한 한가함을 악덕쯤으로 여기고 살았다. 일요일도 없고 휴가도 없었다. 명절이나 연말연시 그리고 집안 어른들 생신 정도가 내가 스스로에게 허용한 쉬는 날이었다. 동료들은 '워커홀릭의 전형'이라며 혀를 찼고, 엄마는 '무슨 재미로 사냐?'

클로드 모네, 〈브종의 초원〉(1874)

여가는 그런 것이다. 모든 생각을 내려놓고, 무언가를 하겠다는 의지와 욕망도 잠시 잠 재우고 몸과 마음을 그냥 쉬게 해주는 것. 그냥 한번 있어보라. 아무 생각 없이, 어떤 생 산적인 행위도 하지 말고 그냥 있어보라. 한가로움을 즐기는 것이 게으름이라면, 나는 기꺼이 게으르고 싶다.

며 안쓰러워하셨다. 기계처럼 일하다 지치면 며칠 끙끙거렸고, 기력이 회복되는 즉시 미뤄두었던 일을 하느라 몇 배의 노동 강도를 감수해야 했다. 그렇게 살다 보니 휴식이나 여가도 내게 허용된 며칠의 시간 안에서 해결해야 했다. 지금 내가 불만스러워하는 바로 그런 휴식이었던 것이다. 휴식과 여가가 또 하나의 새로운 노동이 아니라, 그야말로 내가 내게 주는 선물이자 일상의 사치로서 즐기는 것임을 알게 된 것은 그리 오래되지 않았다. 그러니까 강제 휴가를 받고 나서야 이 사실을 깨닫게 되었다. 산은 바라보는 것이지 오르는 것이 아니라는 둥, 쉬는 것은 잠자는 것으로 충분하다는 둥, 이런 나의 속류 발언은 진정 부끄러운 것이었다.

내가 사는 곳은 관악산의 끝 줄기인 삼성산 자락이다. 서울에서 가장 열악하다는 지역의 서민 아파트지만 산이 정원 역할을 해주는 매우 살기 좋은 곳이다. 아파트 입구에서 몇 발자국만 떼면 바로 산이 시작되는데도 그곳을 다니기 시작한 것은 강제 휴가를 받고 나서다. 나지막한 산이라 와병 중인 환자가 산책하기에 적당했다. 처음에는 십 분 걷는 것도 힘이 들었다. 현 단계 서양 의술에서 시행하는 치료법이 모두 동원된 탓이었다. 한 발 한 발 떼는 일에 기운과 의지를 온통 집중시켜야 하는 상황이니 나무와 풀과 꽃과 암석이 눈에 들어올 리 없었다.

그러기를 몇 달, 어느 순간 산이 눈에 들어왔다. 그러더니 또 어느 순간 눈에 들어오는 풍경과는 무관하게 의식이 맑아지기 시작했다. 의식에 대한 의식이 없는 상태가 찾아온 것이다. 생각 일체가 내려놓이는 상태가 말이다. 일부러 의도한 것은 아니었다. 그냥 내게 찾아들었다. 내가 걷고 있다는 것도 더 이상 의식되지 않고, 눈앞에 펼쳐진 풍경도 분명 보고는 있으되 의식되지 않는 상태. 보통은 어떤 생각이든 떠올랐으며 그것이 정상이라고 여겼다. 꽃과 나무를 보면서는 그것의 생김새와 생명력에 대해, 나를 보면서는 내가 받고 있는 치료와 내 미래에 대해, 산자락을 걸으면서도 늘 무언가를 생각하고 또 생각했다. 하지만 생각을 내려놓겠다는 생각은 해본 적이 없었다.

그런데 어느 순간, 내가 아무것도 생각하지 않은 채로 꽤 오랜 시간을 보낸 것을 깨달았다. 뭐라 설명하기도, 적확하게 표현하기도 어려운 진기한 느낌이 찾아왔다. 의식이 깨끗해지는 느낌, 비워지는 느낌, 무언가가 걷히는 느낌, 환해지는 느낌, 편안한 느낌들이 합쳐진 상태랄까. 그런 상태에 대해 내가 애써 찾아낸 표현은 '평정과 평온 그리고 가벼움'이다. 물론 마음에 차지는 않는다. 몇 마디 말로 실제 그 느낌을 다 보여줄 수는 없기 때문이다. 언어의 한계를 절감하면서도 생각해본다. 그런 마음의 평정과 평온 그리고 가벼움의 회복. 이것이 휴식이 주는 선물 아닐까.

내게 찾아든 그 상태가 불가에서 말하는 '무념無念'이라는 것에 비할 만한 것인지는 모르겠다. 그리고 요즘 주목받는 여가학Leisure Studies의 관점에서 보면 그것은 진정한 여가가 아닐 수도 있다. 내가 경험한 휴식과 여가는 사회적 참여나 자기 계발이나 기분 전환같이 어떤 목적을 추구하는 활동이 아니기 때문이다. 하지만 분명한 것은 생각이 비워지고 내려놓이는 순간이, 아무것도 하지 않는 그 시간이 내게는 진정한 휴식이었다는 점이다. 애를 쓰고 노력을 해야 하는 일로부터의 자유로움도 내게는 휴식이었다. 그래서 비록 강요된 휴가였지만 나는 잘 쉴 수 있었다. 아프기 전보다 더 건강해진 것 같은 느낌에는 이런 휴식의 힘이 컸다고 믿는다.

아주 작은 것이 보여주는 위대한 생명력

어느 날 민들레 씨앗도 날아왔을 것, 안았을 것, 얼굴을 비볐을 것,
깊게 한숨을 몰아쉬었을 것. 씨앗, 꼼지락대며 고개를 내밀었을 것. 하늘 열렸을 것.
지금 민들레는 모션을 취하고 있다.
아, 저 팽창. 민들레 피었다. 민들레가 아스팔트를 들어 올리고 있다.
─조문경

죽어가던 화분 한 귀퉁이에서 추운 겨울 어느 날 생명력이
꿈틀댄다. 동향집이기도 하고 아파트 옆 동과의 각도 때문에
겨울에는 볕이 충분히 들지 않아 특별히 더 많은 관심을 주면
서 키우는 생명들. 하나씩 집에 들여놓다 보니 책과 음악 CD
외엔 아무것도 없고 인테리어가 없는 것이 인테리어인 집 안
을 제법 사람 사는 집답게 단장해주고 있다. 화분째로 집에 들
여놓으면, 낯선 근거지에 적응하려는 몸부림인지 한 번씩 몸살
들을 앓는다. 커피 찌꺼기 말린 것도 넣어주고, 계란 껍데기나
말린 자투리 채소도 곱게 갈아 먹여주고, 천 원에 열 개짜리 영
양제도 주사해주고, 빛의 방향에 맞춰 화분을 조금씩 돌려주고

하며 정성을 기울이면, 한 달 정도 시들거리다가 다시 원기를 회복한다. 그러곤 거실과 방과 베란다에서 피톤치드와 산소를 엄청 뿜어내 준다. 정말 예쁜 녀석들이다.

그런데 유독 내 마음을 몰라주는 녀석이 하나 있었다. 일차 정기검진을 통과한 기념으로 장만했던 오손이. 제법 튼실한 듯 보여 얼른 집에 데리고 왔다. 그런데 이사 몸살을 앓는구나 했더니 그대로 사그라져버렸다. 몇 달을 기다렸지만 허사, 결국 비쩍 말라버린 줄기와 가지를 모두 잘라내 버리고 화분만 덩그러니 베란다 한구석에 처박아 두었다. 그런데 그 안에서 작은 생명이 꿈틀거리고 있었을 줄이야.

유난히 추운 날이 이어지던 2011년 겨울. 그 작은 생명에게는 가혹한 추위였을 텐데 아주 작은 새싹을 삐죽 내미는 모습이 대견하다 못해 감동적이었다. 싹은 아주 조금씩 조금씩 자라났다. 겨울 햇살이 그나마 가장 오래 드는 안방으로 옮겨놓고, '장하다, 장해. 조금만 더 힘을 내라. 싹 틔우느라 수고했다'라고 말도 걸어주면서 요놈의 정체가 무엇일지 기대해보는 재미가 쏠쏠했다. 이 년이 다 되어서야 그 녀석이 천리향이라는 것이 밝혀졌다. 꽃향기가 천 리를 간다고 해서 붙여진 이름이라는데 오손이 화분에서 어떻게 천리향이 나온 건지 무척이나 신기했다. 아마도 흙 속에 두 녀석의 종자가 같이 있었던 게지.

나는 식물에 특별히 관심을 두는 사람은 아니다. 어릴 적에는 마당의 꽃밭과 길가 여기저기서 귀한 대접을 받지 못하면서도 세상을 밝혔던 채송화, 봉숭아, 맨드라미, 해바라기 들을 보며 자라긴 했다. (그러고 보니 요즘에는 이 꽃들을 보기가 어렵다. 우리 어릴 적에는 지천에 널린 게 채송화, 맨드라미, 해바라기였다. 언제부터 그 꽃들이 골목길에서 사라져버린 것일까?) 뒷산에 나가 놀기를 좋아했기에 이런저런 야생화와 나무들, 넝쿨들, 잡초들을 자연스럽게 식별할 수 있었다. 유실수를 좋아해서 지금도 가꾸고 계신 엄마 덕에 감나무, 모과나무, 대추나무를 열매가 달리지 않아도 구별할 정도는 되었다. 그냥 그 정도였다. 늘 곁에 있던 것들이라, 내가 어디에 살든 몇몇 식물은 으레 함께 지냈다. 그런데 너무나 친숙하고 너무나 일상적이어서였을까. 특별히 감탄하거나 감동받거나 하는 일은 없었다. 녀석들의 특성에 맞게 물을 주고, 이런저런 것들을 퇴비 삼아 먹여주면서 잘 자라주어 고맙다는 인사말 하는 게 다였다.

그런데 독일 유학 시절 작은 에피소드 하나가 식물에 대한 내 관심이 다른 사람들의 그것과 조금은 다를지 모른다는 생각을 하게 했다. 우리나라 식으로 치면 인문대학 사 층은 철학과 교수 연구실과 조교실, 비서실이 연이어 있는 공간이었다. 그곳에서 나는 지도 교수 연구실 옆방을 내 연구실로 받는 행운을 얻었다. 선생님의 조교 역할을 맡았기 때문이다. 어느 날 복도 끝 휴지통 옆에서 누군가가 버린 작은 생명체 하나가 눈

알마-타데마, 〈보르게세 정원의 봄〉(1877)

나는 그 작고 어린 새순을 살짝살짝 건드리면서 감촉도 느껴보고, 그 생명력에 놀라워도 하면서 감격의 나날을 보냈다. 그 작은 생명체에 온 우주가 그대로 담겨 있다는 사실을 깊이 절감하면서 생명 에너지에 대한 신실한 경외감도 생겨났다. 병을 앓으면서 내게 일어난 놀라운 변화 중의 하나다.

에 띄었다. 다가가 보니 행운목 비슷하게 생긴 것이 누렇게 떠서 허리 부분이 동강 잘린 채 누워 있었다. 흙에 맞닿았던 부분을 살펴보니 아직은 숨이 붙어 있는 것 같았다. 얼른 화분 하나와 좋은 흙을 구해 와 허리에서 뿌리에 이르는 부분만 다시 세워놓고 물을 주며 기다렸다. 몇 주가 지나자 잘린 허리 부분 바로 아래에서 변화가 감지되었다. 그러더니 새순이 쑥 밀고 올라오는 것이 아닌가? 며칠 후 이번에는 다른 곳에서, 또 다른 곳에서 마치 경쟁이나 하듯 새순들이 쑥쑥 올라왔다. 복도에 놓아두었으니 지나가던 사람들이 모두 보았던 것 같다. 나중에 이야기를 들으니 복도 끝 마지막 방 어느 교수 비서실에서 죽은 식물이라고 생각해 청소하는 분께 치워달라 내놓은 것이라고 했다. 원기를 회복한 그 녀석은 다시 옛 집으로 돌아갔다.

그 뒤로 나는 한동안 녹색 엄지손가락이라는 뜻의 '그뤼네 다우멘Grüne Daumen'으로 불렸다. 그것은 초록빛 엄지를 땅에 쑥 꽂기만 해도 그 자리에서 이런저런 꽃과 나무들이 자라난다는 존재의 이름으로, 식물 가꾸기를 좋아하고 잘 하는 사람을 부르는 별칭으로 사용되는 말이다. 그런 좋은 별칭을 받았어도 별 감흥은 없었고, 잘 자라나준 그 녀석이 내게 큰 의미로 다가오지도 않았다. 그저 다시 살아나 주어 고맙다는 마음만 들었을 뿐이다.

그리고 몇 해 전 동네 대형 마트 개장 기념으로 작은 로즈마리 화분 하나를 선물로 받았다. 살짝 건드려주면 그윽한 향을 뿜어내는 허브다. 이 녀석이 그야말로 무럭무럭 자라더니 큰 화분으로 옮겨주자 야생 넝쿨마냥 커져버렸다. 나와 함께 받았던 언니의 로즈마리는 말라버린 지 오래였다. 언니가 보고는 "이게 그때 그거란 말이야?"라며 무척 놀라워했던 기억이 난다. 그때에도 나는 잘 자라주어 고맙다는 말을 해주었을 뿐 별다른 느낌은 없었다.

그런데 이번에는 다르다. 그야말로 무한 감동이 밀려오기 시작했다. 나는 그 작고 여린 새순을 살짝살짝 건드리면서 감촉도 느껴보고, 그 생명력에 놀라워도 하면서 감격의 나날을 보냈다. 생명에 대한 진정한 관심이 내게 생겨났기 때문일 것이다. 그 작은 생명체에 온 우주가 그대로 담겨 있다는 사실을 깊이 절감하면서 생명 에너지에 대한 신실한 경외감도 생겨났다. 병을 앓으면서 내게 일어난 놀라운 변화 중의 하나다.

"듣는가? 사방 곳곳에서 들려오는 아주 은밀한 생명의 소리들을."(김영천, 〈생명의 소리〉)

골목 시장의 슬픔과 위로

우리 삶 속으로 걸어 들어오는 사람은 모두 스승이다.
— 앤드류 매튜스

내가 사는 동네에 작은 골목 시장이 있다. 할머니 네 분이 나
란히 앉아 푸성귀를 파시는 시장 입구는 내게 삶의 아픔과 슬
픔을 느끼게 해준 곳이기도 하다. 매일 거르지 않고 나오시는
그분들. 한여름의 불볕더위도 한겨울의 매서운 바람도 그냥
몸으로 맞으신다. 허름한 옷차림, 굽은 허리, 손님이 있거나 없
거나 잠시도 쉬지 않고 푸성귀를 손질하는 거친 손, 흥정할 때
에야 비로소 듣게 되는 투박한 한두 마디 말, 도시락이나 컵라
면으로 늦은 점심이나 이른 저녁을 드시는 모습, 가끔씩 듣게
되는 손님들과의 투닥거림, 어쩌다 한 할머니 자리에 손님이
두셋 정도라도 모이면 살짝 올라가는 다른 할머니들의 눈초

리. 이 모든 것이 내게는 아픔으로 다가왔다. 그분들이 짊어진 삶의 무게를 감히 다 알 수는 없지만, 그런 모습들에서 그 삶의 고단함과 고생스러움이 조금이나마 느껴졌기 때문이다. 살아내기 위해 억세어지는 우리 인생의 신산함을 눈앞에서 보는 듯해 무어라 형용할 수 없는 아픔을 느끼곤 했다. 하지만 내가 알지 못한 것이 있었다. 삶의 무게 뒤에서 그에 못지않은 강한 생명력과 의지가 늘 나를 위로해주고 있었다는 것을 말이다. 그분들이 보여주는 삶에 대한 사랑과 강인한 의지가 내게 좋은 약이 되고 있었음을 깨닫지 못했던 것이다.

병을 앓기 전에는 일부러 그곳까지 가서 이런저런 야채들을 사 오곤 했다. 다른 물건을 사러 갔다가도 그분들 앞을 그냥 지나치기는 쉽지 않았다. 대충 한 움큼 집어주시는 천 원, 이천 원어치 콩나물, 상추, 파, 마늘, 부추, 고추, 깻잎, 고구마 줄거리 등등을 받아 들고 돌아왔다. 제법 자주 모습을 보이는 나를 알아보시고 덤으로 무언가를 더 얹어주시기도 했다. 그러면 괜스레 죄송한 마음이 들어 굳이 필요하지 않은 것들도 덩달아 사게 된다. 그분들에게서 가져오는 푸성귀들은 조금씩 시들어 있기 일쑤였다. 실온에서 며칠씩 두고 팔아야 하는 경우가 많으니 생기는 일일 테지. 두 식구가 먹기에 필요 이상으로 많은 양을 가져와서 결국엔 근처에 사는 친정 식구들이나 아파트 청소와 경비를 맡아주시는 분들께 인심을 쓰는 경우도 많았다.

그냥 버려지는 것들도 있었다.

그러다가 치료가 시작되면서 더는 골목 시장에 나가지 않았다. 몸이 부실해진 탓에 농약 걱정도 해야 하고, 불필요한 지출은 최소화해야 하는 상황인데 그 어르신들 앞을 그냥 지나치기가 어려울 것 같기도 했지만, 가장 큰 이유는 고통이나 아픔이나 슬픔 등의 감정을 느끼고 싶지 않아서였다. 환자들은 치료 과정 중에 웃음을 잃어버리기 쉽다. 하지만 웃음이 주는 효과가 크기에 억지로라도 웃으라고 권유를 받는다. 그래서 가급적이면 유머가 섞인 말들을 서로 나누려 한다. 텔레비전도 개그 프로그램같이 웃음이 있는 것 위주로 보고, 책이나 영화도 마찬가지다. 나도 조금이라도 심각한 내용은 애써 외면하고, 웃을 수 있는 상황을 만들려 노력했다. 할머니들의 골목은 그런 내게 너무 무거웠다.

그러다가 몸과 마음이 몹시 지쳐버려 아무런 의욕도 아무런 생각도 나지 않던 어느 날, 내 무심한 발길이 그곳으로 향했다. 근 일 년만이었던 것 같다. 할머니 네 분은 여전히 그곳에 계셨다. 마치 어제 보고 오늘 본 것 같은 느낌이었다. 변함없이 씩씩한 모습으로 연신 바쁜 손을 놀려 좌판을 정리하면서 손님을 맞고 계셨다. 늘 느끼던 아픔 대신 이번에는 대단하신 분들이라는 감탄사가 먼저 나왔다. 이른 새벽부터 저녁나절까지 쪼그려 앉은 채 감내하는 강도 높은 노동은 그분들의 몸에 많은 타격을 입혔을 것이 분명하다. 그래도 꿋꿋하게 이어지는 강철 같은 의지. 하루도 쉬지 않고 고단한 몸을 다시 일으켜 세우는 힘. 아마도 그 힘과 의지는 삶에 대한 사랑이 없었다면 꺾여버렸을 것이다. 그분들이 그것을 의식하는지 아닌지는 내게 중요하지 않다. 단지 그분들의 삶에서 그 고단함에도 불구하고, 아니 그 고단함을 넘어서는 엄청난 힘과 삶에 대한 의지를 목격한 것으로 충분했다. 감탄이 절로 나오는 삶에 대한 의지를 말이다. 치료의 부작용 정도에 모든 의욕을 상실해버리고, 차라리 죽는 게 낫겠다고까지 말하며 좌절했던 내가 부끄러워졌다. 내 삶에의 의지는 얼마나 초라한지. 내 내적인 힘은 또 얼마나 약해빠졌는지.

그런 생각을 하며 멍하니 서 있는 나를 한 분이 알아보신다. "색시, 오랜만에 나왔네." 그러고 보니 그분은 늘 나를 "색시"라고 부르셨다. 아무리 색시가 아니라고 해도 그 명칭은 변하지 않았다. "네, 어디 좀 다녀왔어요. 잘 지내셨어요?" "우리야 뭐 달라질 게 있나. 잘 지내고 있지. 오늘은 뭐 사러 온 거여?" 물건을 둘러본다. 늦겨울이라 마음이 갈 만한 것이 별로 없다. 마침 봄동이 눈에 들어온다. "그런데 어디 아픈 거야? 안색이 별로야." 그 사이 내 안색을 살피셨나 보다. "감기약을 먹었더니 기운이 달리나 봐요. 괜찮습니다. 봄동 주세요"라고 하자 그 말은 들은 체 만 체, "젊은 사람이 그깟 감기약 가지고 그래. 이겨내야지. 기운이 빠지면 안 돼. 기운이 제일 중요해. 기운 차리려면 먹기 싫어도 잘 먹어야 해. 이거 가지고 가서 새콤하게 무쳐서 뜨거운 밥에 된장찌개 몇 술 넣고 쓱쓱 비벼 먹어. 밥만 잘 먹으면 몸에 기운이 다시 돌아” 하신다. 봄동 한 봉지를 받아 들고는 인사치레로 “날씨도 좋지 않은데, 힘들지 않으세요? 너무 무리하지 마세요”라고 하자, 특유의 구시렁이 날아온다. “이까짓 게 뭐가 힘들어. 편하게 앉아서 일하는데. 나 아직 힘 있어. 힘들다고 생각을 하니까 힘이 드는 거야.” 그분의 힘은 도대체 어디서 나오는 것일까? 잘 먹는다는 것이 뜨거운 밥에 봄동 쓱쓱 비벼 먹는 것이 전부인 그분의 힘 말이다. 몸에 좋다는 것은 모조리 다 먹어대면서도 그 힘 하나 회복하지 못하고 있는 나는 도대체 뭐란 말인가? 다시 한 번 얼굴이 붉어진다.

몸과 마음이 지치고 무력감이 들 때, 골목 시장에 가보라고 권하고 싶다. 삶의 선배들이 우리에게 무언의 채찍질을 하고 계시니.

좋은 것은 다 입으로

생명은 생명의 희생으로 이루어진다.
—몽테뉴

'먹지 마세요, 피부에 양보하세요.' 화장품 광고 문구다. 나는 그 반대로 생각한다. '피부에 양보하지 마세요, 좋은 것은 다 입으로'가 맞는 것 같다. 전문 영양학자는 아니지만, 피부로 흡수되는 것보다 위장으로 흡수될 때 비교도 안 될 만큼 효과가 클 것 같기 때문이다. 천천히 꼭꼭 씹어 두뇌를 자극한 후 위와 장이 받아들인 영양물질을 몸 구석구석 필요로 하는 부분에 적절히 공급해주는 신진대사의 힘을 나는 믿는다. 물론 '음식으로 고칠 수 없는 것은 약으로도 못 고친다'는 허준 선생님과 히포크라테스의 말을 철석같이 믿기 때문이기도 하다.

나 자신 '좋은 것은 다 입으로'의 덕을 톡톡히 보았다. 나는 먹는 것을 그다지 좋아하지 않았었다. 먹는 시간이 아깝기도 했고, 먹는 것은 의무에 가까운 귀찮은 일이었다. 아니, 먹는 것에 대한 존중 자체가 없었다. 그러니 먹는 양도 많을 리 없었다. 힘을 잃지 않을 만큼만 먹었다. '새 모이만큼 먹고 어떻게 사느냐'는 타박도 많이 들었다. 그러던 내가 이젠 자발적 먹보가 되어 있다. 좋은 것만 보면 우선 입으로 가져간다. 나는 몸으로 공부를 했다. 내가 먹는 것이 나를 만든다는 것을. 음식이 가장 귀한 보약이라는 것을. 하지만 좋은 것을 내 입으로 가져가기 위해서는 많은 노력이 필요했다.

퇴원하면서부터 나의 최대 관심사는 먹거리였다. 퇴원 전 병원에서 실시한 교육 프로그램에서도 치료 과정 중 음식 섭취의 방법과 중요성에 대해 들을 만큼 들었고, 병원 친구들과도 항암 효과가 있는 먹거리에 관한 정보를 넘칠 만큼 주고받았다. 어디 나뿐이겠는가? 무엇을 먹고 무엇을 먹지 말아야 하는지가 환우들 모두에게 가장 큰 관심사였다. 우리 몸에 침투하게 될 항암제의 성분이나 치료의 유해성에 대한 관심보다도 무엇을 먹어야 암을 이겨내는 몸을 만들 것인가에 대한 관심이 더 큰 것 같았다. 실제로 암 환자들이 먹거리를 가장 중요하게 생각한다는 조사 결과가 발표된 적도 있다.

진단 직후 마련한 내 음식 노트에는 방사선 치료 때에 특히 필요한 음식, 면역력 증강에 필요한 음식, 피해야 하는 음식 등

등 여러 경로로 수집한 먹거리 관련 정보들이 빼곡히 적혀가고 있었다. 거기에 조리 기구와 조리 방법 등 지켜야 할 수칙도 수없이 많았다. 아무리 좋은 식재료라 해도 조리 기구와 조리 방법이 잘못되면 허사일 터였다. 또 음식 재료는 유기농 제품이어야 했고, 최소한 무농약으로 재배된 것이어야 했다. 수확과 동시에 영양소 파괴가 시작된다니 신선한 것으로 골라야 했다. 이렇게 내가 먹을 것을 장만하기 위해 고려해야 할 사항은 엄청났다. 살림에 익숙한 주부에게도 부담이 될 만한 과업이었으니, 나 같은 무늬만 주부였던 사람에게는 더욱 큰 무게로 다가왔다.

무엇부터 시작해야 한다? 하나하나 적어보기로 했다. 먼저 식단 구성. 내 몸에 맞는 것과 맞지 않는 것을 구분하고, 몸이 가장 필요로 하는 것을 택한다는 것이 원칙이 되었다. 우선 마시는 물의 종류를 결정해야 했다. 몇 가지 추천 목록이 있었지만, 상황버섯, 차가버섯, 생강, 강황, 마늘, 겨우살이, 우엉차를 교대로 마셔보기로 했다. 아무리 좋은 것이라도 과유불급에는 예외가 없을 것 같았다. 아침은 당근과 토마토와 생강으로 만든 수프와 사과와 오리 알 하나, 간식은 고구마나 호박, 점심과 저녁은 생선이나 닭고기 혹은 오리고기, 여러 가지 나물 반찬과 생야채, 그리고 자기 전에 케일과 신선초와 비트를 혼합한 야채즙 한 잔. 이것이 기본 식단이었다. 여기서 몸의 필요에 따라 그때그때 뭔가가 추가되거나 빠지기도 했다.

　이번엔 조리 기구다. 주방에 가서 내 살림살이를 살펴본다. 가스레인지가 먼저 눈에 들어온다. 불완전연소가 되는 경우 발생한다는 엄청난 양의 일산화탄소, 특히 라돈이라는 폐암 유발 인자가 다량 포함된 유해 가스가 우리가 무심코 사용하는 가스레인지에서 나온다고 했다. 이것부터 바꿔야 한다. 그리고 상황버섯이나 겨우살이 등이 갖고 있는 항암 성분을 잘 살리려면 금속성 냄비는 사용해서는 안 되었다. 철 성분이 들어간 분쇄식 녹즙기는 비타민을 파괴한다고 하니, 영양소 파괴를 최소화하는 착즙 방식의 새로운 도구가 필요하다. 기름을 사용해 튀기거나 볶는 방식보다는 찌거나 굽는 방식이 몸에 부담을 주지 않는다고 하니, 전기 오븐도 필요하다. 하나하나 둘러보다 보니 한숨만 나왔다. 지금까지 문제없다고 여겼던 것들이 다 문제가 되어 있었다. 먹거리 재료를 마련하는 것만 해도 보통 일이 아닌데, 필요한 주방용품도 너무 많다. 한숨을 내리쉬지만 답이 나오지 않는다.

　이리저리 고민하다 내가 유난을 떨고 있는 게 아닐까 하는 생각이 들었다. 환우들이 개설해놓은 인터넷 사이트에 들어가보았다. 친구들에게도 전화를 돌려보았다. 결과는? 다들 같은 고민을 하고 있었다. 아프면 귀가 얇아지는 탓도 있겠지만, 다시는 아프고 싶지 않다는 바람이 자연스럽게 같은 고민을 하게 만든 것이다. 주방을 통째로 바꾼다고 할 정도로 많은 것이 새로 들어오고, 많은 것이 내보내진다고 했다. 주방 기구 때문에 홈쇼핑 애청자가 되어버렸다는 사연도 있었다. 경희와 승미 역시 같은 고민에 빠져 있었다. "바꿔야겠지? 사야겠지? 그래, 지르자 질러." 뜻을 모았다. 어차피 사기로 했으니 최대한 비용을 절감하면서 가장 급한 것부터 진행해야 했다. 경희가 착즙용 녹즙기를 사러 간다고 해서 공동 구매로 내 것도 부탁하고, 가스레인지는 검색의 도움을 받아 최대한 저렴한 인덕션으로 대체했다. 약차를 위해 중탕이 가능한 황토 용기도 하나 장만하고, 나머지는 삼 년에 걸쳐 하나하나 바꾸어나갔다.

이번엔 친환경 제품 직거래를 위해 정보를 모아야 한다. 곡류와 과일류는 기본이고, 케일과 비트와 깻잎과 브로콜리는 항암 작용이 뛰어나서, 시금치와 섬초(비금도에서 자라는 앉은뱅이 시금치)는 치료 중에 자동으로 손실되는 칼슘 보충을 위해 매일 조금씩이라도 섭취해야 하니 농장과 직거래를 해야 한다. 비용 면에서도 그게 나았다. 하지만 양이 문제다. 소량 판매를 하지 않기 때문이다. 마침 깨끗한 먹거리를 원하는 주변 분들이 있어, 그분들과 공동 구매를 하기로 했다. 그런데 유기농이나 무농약 인증을 일일이 두 번 세 번 확인하고, 주문을 하고 다른 농장의 것과 비교하는 등의 일은 오로지 내 몫이었다. 내가 제일 한가했기 때문이다. 일 년 넘는 시간이 소요된 후에 맞춤식 농장 리스트를 마침내 손에 쥐게 되었다. 에너지와 노력이 많이 들어가는 일이었지만 해야 했다. 다시는 아프지 않기 위해서.

이런 일들을 하다 보니, 농작물을 자식처럼 키우는 농부의 정성을 마음에 담을 수 있게 되었다. 그 정성이 맺어내는 결실에도 고마움이 들었다. 깻잎 한 장, 미나리 한 줄, 콩 한 알도 허투루 보지 않게 되었다. 자식처럼 돌보는 농부의 정성이 맺어낸 생명들, 그 생명들이 나를 위해 자신의 생명을 바치는 것이니 말이다.

음식보약

가치 있는 일은 시간과 정성이 들어가기 마련이다

—타샤 튜더

내게 필요한 제대로 된 음식을 만들려고 하니, 공부가 필요했다. 재료의 성분과 다른 재료와의 궁합도 고려해야 하고, 조리법도 제대로 알아야 한다. 하다못해 맛을 내기 위한 조미료도 신중하게 결정해야 한다. 자연식 밥상을 위한 책자들을 모으고, 인터넷 정보를 검색하고, 친구들에게 물어보고 하면서 제법 많은 시간을 할애해야 했다. 음식 솜씨가 뛰어난 엄마 덕에 나도 음식 만드는 일에 완전히 무능하지는 않았다. 어릴 적부터 엄마 옆에서 보조 역할을 도맡아 하면서 간 맞추는 방법이나 재료의 배합 등을 눈대중으로 익혔다. 게다가 손도 빨랐다. 힘들이지 않고도 뚝딱 완성되었고, 그럭저럭 먹을 만은 했던 것 같다.

그러고 보니 독일 유학 시절에도 내 뚝딱 음식은 친구들에게 제법 인기가 있었다. 호박전을 만들자 그 자리에서 순식간에 접시를 비워버리고는, 자기가 만든 오이전을 들고 와 왜 그 맛이 나지 않느냐던 친구도 있었다. 어쩌다 김치를 담가 기숙사 공동 부엌 한구석에 놓아두면 금세 줄어들곤 했다. 친구들이 독일의 검정 빵 사이에 김치를 끼워 먹는, 일명 김치샌드위치라는 희한한 음식을 고안해냈기 때문이다. 참으로 진기한 입맛이었다. 어쨌든 외국인도 그럭저럭 먹을 만한 것을 내놓을 실력이 된다며 음식 만들기를 어려워하지 않았고, 결혼을 하면서도 요리 걱정은 하지 않았다. '뚝딱' 해주면 남편도 내 외국 친구들이 그랬듯 '대충' 먹어주었다. 일주일에 한두 번 정도가 고작이었지만 말이다. 그런데 이젠 내 몸을 위한 맞춤 음식을 해야 한다. 대충 뚝딱할 성질의 것이 아니었다. 잘할 수 있을까? 걱정이 되기 시작했다.

한쪽에 책과 노트를 펼쳐놓고 어설프기 짝이 없는 음식 만들기에 들어갔다. 앞치마를 두르고 전기밥솥 대신 새로 마련한 압력솥을 꺼낸다. 현미 찹쌀에 기장, 율무 그리고 세 종류의 콩까지 넣어 밥을 안친다. 아직은 낯선 압력솥과 인덕션의 조합에 길이 들 때까지 때로는 질고 때로는 선 밥을 몇 차례 먹어야 했다. 인덕션은 불을 끈 뒤에도 잔열을 활용할 수 있는 경제적인 화기다. 압력솥에서 쉭쉭 소리가 나고 김이 나면서 뚜껑에 달려 있는 동그란 단추가 완전히 올라와 두 번째 선이 나타나면 불을 끄고 뜸을 들이면 된다. 인덕션 잔열이 다 사라질 때까지 그냥 놔두면 저절로 뜸이 든다. 이 간단한 이치를 몇 번을 실패한 후에야 비로소 터득했다. 때론 너무 일찍 불을 꺼버리고, 때론 너무 일찍 뚜껑을 열고, 실수를 거듭하면서 밥 짓기를 배워갔다.

이번엔 반찬 만들기. 신선한 제철 재료들을 준비한다. 여기까지는 쉽다. 하지만 그 다음이 문제였다. 유기농과 무농약 재료들을 구해놓고도 얼마나 씻어댔는지 상추나 케일은 흐물거리기 일쑤였고, 껍질째 먹기로 한 고구마의 얇은 껍질은 벗겨지기 일쑤였다. 그나마 토마토나 사과는 조금 나은 편이었지만, 대신 손바닥이 빨개져버렸다. 무엇이 그리 안심이 되지 않았는지 손바닥에 열이 오를 정도로 빡빡 문질러댔기 때문이다. 어쩌다 불가피하게 저농약 제품이라도 들어오면, 식초와 레몬즙과 베이킹 소다를 1:1:1로 섞은 물에 삼십 분 이상 담가놓은 후에 최선을 다해 세척했다. 화학 성분의 티끌 하나도 남길 수 없다는 오기 같은 것이 발동했다. 그러니 씻는 단계에서 나는 이미 지쳐버렸다.

조리 시간도 당연히 길어졌다. 한번은 섬초 된장국을 끓이려 했다. 시금치는 수산 때문에 데쳐야 한다고 들었다. 그래서 시

조지 던롭 레슬리, 〈사과 덤플링〉(1880)

내게 필요한 제대로 된 음식을 만들려고 하니, 공부가 필요했다. 재료의 성분과 다른 재료와의 궁합도 고려해야 하고, 조리법도 제대로 알아야 한다. 하다못해 맛을 내기 위한 조미료도 신중하게 결정해야 한다. 잘할 수 있을까? 걱정이 되기 시작했다.

금치 무침을 할 때는 살짝 데친 후 깨끗하게 씻어서 양념한다. 그러니 된장국이라고 해서 생시금치를 쓰면 안 될 것 같았다. 먼저 섬초를 살짝 데쳐 몇 번을 씻어내고 물기를 뺀다. 그 사이 옆 냄비에서는 다른 일이 진행된다. 된장이나 청국장을 너무 오래 끓이면 좋은 성분이 다 파괴된다는 말을 들은 터라, 다시 마를 찬물에 담가 하루 이틀 정도 보관해둔 육수에, 마늘과 생강과 조개를 넣고 한소끔 끓인다. 그 후에 물기를 뺀 시금치와 된장을 투하하고 지켜 섰다가 보글거리기 시작하면 이내 불을 꺼야 한다. 한 번에 해도 될 것 같은 일을 두 개의 냄비를 사용해가면서, 자리를 뜨지도 못한 채 오랫동안 만들고 있는 나를 보면서 식구들은 의아해했다. "왜 그렇게 복잡하게 해?"

맛을 내는 것도 만만치 않았다. 다시마와 멸치와 표고버섯을 곱게 갈아 만든 나만의 천연 조미료, 들깨 가루, 강황 가루, 함초, 천연 꿀, 거기에 마늘과 생강과 간장, 최소한의 들기름. 이것이 내가 사용할 수 있는 조미료의 전부였다. 소금과 설탕, 맛술이나 조청, 젓갈류 등 기타의 것들은 사용해서는 안 되었다. 집에 있던 밤꿀을 넣고 부추나 미나리를 무쳐내니 맛이 괴상했다. 도저히 먹을 수가 없었다. 할 수 없이 다른 꿀을 장만해야 했다. 그 사이엔 엄마표 매실액이 잠시 빈 곳을 메웠다. 버섯볶음을 만들려고 하다가 결국엔 버섯탕을 먹어야 하는 경우도 있었다. 기름을 사용하지 않고 볶으려니 물이 필요했고, 거기에 버섯에서 나온 물이 더해졌기 때문이다.

남편이 좋아하는 빵도 마찬가지였다. 통곡물 가루로 천연 발효 빵을 만들어보겠다고 빵집 출입 금지령을 내려놓곤 국적 불명, 범주 불명의 빵을 내놓았다. 이스트 없이, 설탕과 소금과 계란과 버터와 유화제도 사용하지 않고, 사과를 일주일 발효시켜 만든 천연 발효종으로만 구워냈다. 그러면서 으스댔다. 이게 바로 '독일식' 건강 빵이라고 허풍을 치면서 말이다. 내가 먹어도 맛은 없었다. 몇 번인가 시행착오를 거친 후에 말린 과일과 견과류로 어느 정도 먹을 만하게 된 빵을 내놓자 남편이 그제야 '이건 맛있네'라고 한마디 한다.

대체로 맛을 내지 못한 음식들로 채워진 식탁에서 나는 남편에게 쿨하게 말했다. "원래 몸에 좋은 건 맛이 있기 어려운 거야. 둘 중에서 선택해. 몸에 좋은 거? 맛있는 거?" 이 뻔뻔한 당당함이 '몸에도 좋고 맛도 좋고'가 된 건 시간이 한참이나 지난 후였다. 물론 그 사이 우리 입맛이 내 음식에 적응해버렸기 때문일 수도 있다.

칼질을 매일 하다 보니 손에 생채기가 없는 날이 없다. 주의를 한다고 해도 칼날은 어떤 식으로든 문제를 일으켰다. 오븐에 데는 것도 다반사였다. "사방이 다 흉기야 흉기, 쯧쯧" 혀를 차면, "이모, 장갑 좀 끼고 하지. 왜 안 끼고 그래?"라며 유리가 옆에서 잔소리를 해댄다. 그 귀여운 잔소리에도 서투름은 금방 나아지지 않았다. 어디 그뿐인가? 모든 먹거리를 내 손으로 하려니 주방에서 종종거리는 시간이 길어졌다. 먹거리에 관심이 생기면서 즐겨 보게 된 음식 관련 프로그램은 점점 더 '우리 먹거리는 내 손으로' 원칙을 강화시켰다. 도대체 믿고 먹을 만한 바깥 음식이 하나도 없는 것 같았다. 그러니 먹거리에 소요되는 시간과 에너지가 점점 더 늘어난다. 하지만 어쩔 수 없었다. 내가 직접 해야 안심이 되니. 그 덕을 나는 톡톡히 보았다. 내가 열심히 만든, 맛은 좀 엉성한 먹거리들이 나를 건강하게 만들어주었기 때문이다.

그런데 생각지 못한 역효과도 발생했다. 다시 정상적인 삶이 시작되면서 바깥 음식을 먹어야 했을 때, 전보다 훨씬 엄격해진 잣대 탓에 어려움을 겪은 것이다. 대부분의 음식은 내게서 불합격 판정을 받았다. 음식을 두고 이건 이렇고 저건 또 저렇고 하는 군소리가 늘어났다. 그러니 먹으면서도 기분이 좋을 리가 없다. 식사 후 맛있게 드셨냐는 주인의 질문 아닌 질문에도 굳이 필요치 않은 '아니오'가 튀어나오곤 했다. 공짜로 먹는 것도 아니고 돈을 지불하면서 왜 이런 음식을 받아야 하느냐는 불만의 표현이었다. 물론 정말 고마운 마음이 드는 음식을 먹게 되는 경우도 있었다. 그러면 '좋은 음식 잘 먹었습니다. 고맙습니다' 인사를 하고 나왔다. 하지만 안타깝게도 그런 경우는 드물었다.

아프기 전에도 나는 음식 관련 범죄나 장난질에 대해서는 강경론자였다. 사람들 입에 들어가는 것을 오로지 수익을 위해 허투루 취급하는 것을 범죄 중의 범죄라고 여겼다. 특히 먹어서는 안 되는 것을 음식에 넣는 행위에 대해서는 법정 최고형을 적용하거나 그런 일을 한 사람이 죽을 때까지 그 음식만 먹도록 해야 한다는 비인간적인 발언도 서슴지 않았다. 그렇게 강력하게 대처해야 음식 관련 범죄가 사라질 것 같았다. 이젠 음식 재료를 생산하거나 음식을 만들어 제공하는 분들의 마음에 간절히 호소하고 싶다. 그 재료나 음식이 당신의 자식이나 부모의 입으로 들어가는 것이라고 생각해달라고 말이다. 자신이 정성껏 만든 음식이 누군가가 건강을 회복하는 데 도움이 되고, 누군가의 기분을 좋게 만들어주고, 누군가를 행복하게 만들어준다면 그것은 진정 복을 짓는 일이며, 또 복을 받을 일이 아니냐고 말이다.

판결하려 하지 말고 그저 바라보라

차라리 아무 말도 하지 않는 것이 낫다.
그렇게 하면 상대는 있는 그대로의 상태에 따라 판단하게 된다.
그리고 우리는 아무것도 가미하지 않는 것이 되는 것이다.
—파스칼

성경을 보면 '판결하지 말라'라는 말이 나온다. 물론 '판결당하지 아니하려거든'이라는 조건이 은밀히 붙어 있기는 하지만, 그 조건 때문에 판결하지 말라는 권유에 흠이 가는 것은 아니다. 판결하려는 욕구의 정체는 무엇일까? 판결하려는 것은 내 욕심이다. 내가 나의 척도와 규칙을 잣대로 대상을 저울질하려는 욕심이다. 자신의 방식으로 살아가는 상대를 나에 맞추어 변경했으면 하는 욕심이기도 하다. 그 욕심은 나의 척도와 규칙이 단지 '내'가 만들어낸 '관념이자 허상'이라는 점을 간과하기 때문에 생긴다. 그리고 그것은 내게 보이는 것과 내게 들리는 것에 내가 종속되는 바보스러움이기도 하다. 우리는 누구나 자신만의 지평을 갖기 마련이다. 그리고 그 지평 안에서 보고 듣는다. 자신이 쳐놓은 거미줄에 걸리는 것만 잡을 수 있는 거미처럼, 우리는 자신의 지평 안에 그물을 치고, 그 그물에 잡히는 것만 보고 듣는다. 내게 비치는 것은 그물 속의 것에 불과하다. 그러니 판결하려는 것은 얼마나 바보스러운 욕심인 것인가.

이제, 그런 욕심을 버리고 바보스러움에서도 벗어나자. 상대를 내 관념적 허상으로 재지도 말고, 상대를 바꾸거나 다른 무엇으로 대체하려는 의도도 버리고, 부정이나 비판도 하지 말고, 상대의 모든 것을 그대로 놔둔 채 조용히 바라보기만 해보자. 그러면 놀라운 일이 생긴다. 상대가 '비로소' 눈에 들어오는 것이다. 상대의 '존재'가, 그 존재의 유일성과 특수성이 서서히 밝혀진다. 내 잣대가 적용되어서는 안 되는 다른 이유들도 드러난다. 그에 대한 내 판단이 내 그물 속 단순한 허상이라는 점도 다시 한 번 확인된다. 그에 대한 내 판단이라는 것은 그저 '나'의 판단이기에, 그에 대한 '나의 판단'을 '그'와 동일시해서는 안 된다는 것도 알게 된다. 그러면 '내 판단'에 지배당하거나 종속되지 않게 된다. 이렇게 대상의 존재 자체가 내게 드러나고, 나의 한계도 나 스스로 인식하는 체험을 할 수 있다.

그러니 누군가를 진정 알고 싶다면, 판결하려는 욕심을 내려놓고 가만히 주시하라. 그러면 그의 비밀이 내게 말을 걸어올 것이다. 그 말에 조용히 귀를 기울이면, 내 비밀도 나에게 말을 걸기 시작한다. 내가 나 자신이 만들어낸 온갖 허상을 내려놓았기 때문이다. 그를 바라보면서 나 자신도 알게 되는 것이다. 판결하려는 욕심을 버리면 이렇게 좋은 일이 생긴다. 좋은 일은 이것뿐만이 아니다. 상대와의 관계도 좋아진다. 타인을 향하는 우리의 시선에서 냉랭함이 사라진다. 판결욕이 없기 때문이다.

하지만 그 시선에는 어떤 불꽃도 담기지 않는다. 일부러 좋게 보아주고 좋게 평가하려는 의도도 없다. 불꽃같은 애정이나 좋은 의도도 결국은 판결욕의 소산으로, 그 애정이나 의도가 사라지고 나면 대상이 초라해 보이기도 한다. 불같은 연애가 끝난 뒤에 '저런 사람에게 내가 그렇게 빠졌던 거야? 겨우 저 정도의 사람에게?'라고 느끼는 것은 상대에 대한 좋은 의도가 사라진 뒤에 나타나는 심리적 함정이다.

하지만 냉랭함도 불꽃도 없는 시선이라고 해서 그것이 무관심은 아니다. 그저 담담하게, 담담하고 또 담담하게 바라보는 시선이다. 모든 더러운 것을 받아들이지만 자신은 결코 더러워지지 않은 채 그것들을 품는 바다의 시선이며, 모든 것을 어루만지지만 어루만지기를 결코 의도하지는 않는 바람의 시선이자, 모든 것에 골고루 생명을 불어넣어 주지만 그것을 자랑하지 않는 태양의 시선이다. 바다와 바람과 태양의 시선에 어떤 의도나 욕망이 담겨 있던가? 그것들은 그냥 그곳에서 그저 비추어주고 받아들여 주고 어루만져주면서 존재할 뿐이다. 언제나 변함없이. 그리고 모든 것이 그 활동의 수혜를 입는다. 예외도 없고 특별 대우도 없다. 모든 것이 동등하게 그 시선의 선물을 받고 살아간다. "하늘의 그물은 넓고 넓어서 엉성한 듯해도 빠뜨리는 것이 없다"는 노자의 말처럼.(노자,《도덕경》)

우리의 시선이 바다와 태양과 바람의 시선을 닮으면, 우리의 시선이 향하는 곳에서는 좋은 일이 생긴다. 그 시선이 향하는 존재가 성숙해지는 것이다. 나를 앞세우지 않고, 내 눈에 들어오는 상대의 모습이 내가 만든 허상임을 인지하며 바라보는 것, 그저 바다처럼 태양처럼 바람처럼 바라봐주는 것. 그것은 '왜?'라고 묻지 않고 '그랬어? 그랬구나' 하면서 바라보는 것이다. '왜?' 라는 물음은 상대에게 합리화 기제나 정당화 기제를 꾸며내게 하는 추궁이 될 수 있다. 반면에 '왜?'를 멈추고 '그랬구나'를 계속 하다 보면, 상대가 스스로 자기 자신을 평가한다. 그 역시 자신의 존재를 솔직하게 바라보게 된다. 어떤 외적 평가나 잣대 없이 자기 자신을 자각하고, 그 자각은 자기반성을 부르며, 자기반성은 곧 존재의 성숙으로 이어진다. 스스로의 힘으로 이루는 존재의 성숙 말이다. 이렇듯 우리의 '그냥 바라보기'는 존재의 성숙이라는 놀라운 결실을 맺는다. 이런 시선이야말로 우리 모두에게 필요한 좋은 에너지가 아닐까?

생각하는 나? 감탄하는 나!

감탄하는 것, 이것은 모두가 손에 쥘 수 있는 행복이다.
—마리 드 엔젤

감탄을 해주면 존재는 더욱 빛이 난다고 한다. 그런데 왜 우리는 자기 자신에 대해서, 또 타인에 대해서 감탄사를 아끼는 것일까? 자신에 대한 감탄은 겸손하지 않고, 타인에 대한 감탄은 자존심 상하는 것이어서?

'부러우면 지는 거다.' 방송에서 자주 듣게 되는 이 말은 늘 귀에 거슬린다. 부러워하는 것은 좋은 것이다. 자신도 부러워하는 대상처럼 되고 싶어 하며, 그 욕망은 자연스럽다. 예쁜 사람을 보면 나도 예뻐지고 싶고, 공부를 잘하는 사람을 보면 나도 공부를 잘하고 싶다. 그래서 노력한다. 그게 부러움의 공적이다. 그런데 부러움은 감탄에서 시작한다. 대상에 대해 '우와!'를 외치는 것에서 말이다. 물론 감탄과 부러움이 질투와 시기로 이어지기도 한다. 아니, 질투와 시기가 감탄과 부러움의 공적을 능가해버릴 때도 있다. 이 경우에는 '부러우면 지는 거다'가 적용된다. 자신의 변화를 꾀하는 노력은 기울이지 않은 채, 대상에 차갑고 삐딱한 시선을 보낸다. 흠집이 나기를 바라는 부정적 심리가 그 속에서 작동할 수도 있다. 이것은 성숙을 가져오는 긍정적인 부러움도, 감탄도 아니다. 그것들을 억제하는 병리적 현상이다.

감탄은 대상을 가장 환하게 밝혀주는 것이다. 그 대상이 사람이라면 그에게 충족감을 주고 자존감을 높이며, 결국엔 자긍심과 자기애를 끌어올린다. 감탄을 받는 사람은 얼굴도 빛이 나고, 내면도 빛이 난다. 그 빛으로 세상을 환하게 밝힌다. 꼬맹이 조카 유리를 보면서 나는 감탄의 힘을 실감했다. 어린아이를 키우는 가정이 흔히 그러하듯, 우리 집도 온 식구가 유리 덕택에 감탄사를 달고 산다. '우리 유리 대단하네!' '우리 유리 정말 잘하네!' 그래서인지 유리의 언행에는 유쾌한 자존감과 자기애가 배어 있다. "저는 신유리니까요." 누군가에게 "너 정말 착하구나"라는 칭찬을 듣자 그 작은 입에서 나왔다는 응답이다.

감탄은 대부분 경이로움과 함께 일어난다. 깜짝 놀랄 정도로 신기하고 신비하며 진기하다는 느낌 말이다. 그것은 일종의 충격이고, 황홀감이며, 압도의 느낌이기도 하다. 그래서 감탄의 순간에 '아, 대단하다'를 능가하는 더 적절한 표현은 찾기 어렵다. 경이로운 느낌은 아이에게서만 받을 수 있는 것이 아니다. 우리 모두가 경이의 대상이다. 어디, 인간만 그러한가? 그 안에 온 우주를 품고 있는 이름 모를 작은 꽃 한 송이, 태풍으로 폐허가 되어버린 콘크리트 잔해 아래서 굳건히 견디고 있는 풀 한 포기, 봄과 여름과 가을과 겨울이라는 계절의 순환, 수많은 별들의 마치 짜 맞춘 듯한 군무에 이르기까지, 어느 것 하나 경이롭지 않은 것이 없다. 존재하는 모든 것이 이처럼 다 경이의 대상이다. 감탄의 대상이다.

우리도 예외가 아니다. 이렇게 태어나서 이렇게 살아 있다는 것, 이렇게 유일하고도 독특하게 살아가고 있다는 것, 번개에 맞을 확률보다도 더 낮은 확률로 만난 바로 '그' 사람들과 인연의 고리를 형성하고 있다는 것. 특정한 누군가를 사랑하고 특정한 누군가에게 사랑을 받는다는 것. 이 모든 것이 다 경이와 감탄을 자아낸다. 그리고 '저렇게도 살 수 있구나'에서 시작해서 '저러니까 저렇게 되는구나'를 거쳐 '저 모습은 정말 근사하다'에 이르기까지, 온갖 종류의 감탄이 쏟아져 나오게 된다. 특히 주목받을 만한 결실을 내놓은 사람이라면 그 경이로움과 감탄이 더 커진다. 그러는 것이 당연하다.

그런데 우리는 감탄을 극도로 절제한다. 좋게 말해서 절제지, 나쁘게 말하면 감탄할 줄을 모른다. 참으로 희한한 일이다. 감탄을 많이 하면 사람이 모자라 보이거나 어벙해 보이나? 경이로움을 많이 표현하면 손해를 입어서 그럴까? 이런 의문이 들 정도로 우리는 감탄에 인색하다. 언제부터 이렇게 되었는지는 모르겠다. 그게 중요한 것도 아니다. 그저 감탄과 경이의 마음을 제대로 표출할 수 있기를, 그것이 병리적 현상으로 퇴화되지 않기를 바랄 뿐이다. 누군가에게 감탄사를 쏟아내는 것을 당연하게 여기고, 서로 감탄사를 주고받으며 서로를 밝은 빛으로 인도하면서, 모두가 환해지는 그런 경험을 하면서 살고 싶을 뿐이다.

인간은 생각하는 힘이 제대로 형성되기 전부터 감탄하는 존재로 출발했다고 나는 생각한다. 한두 살 때 유리에게 온 세상이 다 경이와 감탄의 대상이었던 것처럼 말이다. 유리는 모든 것에 '우와!'로 반응했다. 뽀로로 그림이 그려진 빵을 보고도, 고인 빗물이 발을 적셔도, 낙엽이 손에서 버스러져도 '우와!'였다. 그러더니 어느 날부터 '왜'냐고 묻기 시작했다. 밥을 먹자고 하면 "왜 먹어야 하는 거야?", 내가 공부해야 한다고 하면 "왜 공부해?", 비가 오면 "왜 비가 오는 거야?" '우와'의 시기가 '왜?'의 시기로 대체된 것이다. 유리처럼, 우리도 따지고 재고 평가하는 '생각하는 나'가 득세하기 이전에는 '감탄하는 나'였을 것이다. 이 나를 되살려보자. 매 순간 나 자신에 대해 '우

와!', 매 순간 마주하는 사건들에 대해 '우와!', 매 순간 맺어지
는 아주 특별한 인연에 대해서도 '우와!' 해보자. 그러면 세상
이 밝아진다.

불현듯 철학적 사유의 불씨는 '세계에 대한 경이thaumazein'라
고 했던 아리스토텔레스의 생각이 그리워진다. 데카르트적 비
판과 회의의 정신을 앞세우기 전에 경이의 마음으로 세상을
바라보면, 조금은 더 따뜻하고 건강한 철학이 생겨나지 않을
까?

즐겁게 사는 것은 나의 권리

마침내 나는 살아야 할 유일한 이유가
삶을 즐기는 데 있음을 알았다.
—리타 매 브라운

즐기자. 즐길 수 있는 한 즐기자. 어째서 즐기지 못하는가?
짧은 한평생 즐기다 가는 것은 내 권리다. 자유나 평등만이 권
리가 아니라, 삶을 즐기는 것도 내 권리다. 이렇게 말하면 '철
학자가 쾌락주의나 옹호하다니……'라는 비난을 받을지 모른
다. 그러면 어떤가? 나는 내 생각을 바꿀 생각이 조금도 없다.
그리고 엄밀히 말하면 나는 무분별한 쾌락을 예찬하려는 것이
아니다. 단지 삶에 대한 태도를 말하고 싶은 것뿐이다.

왜 삶을 즐기면 안 되는가? 내가 만들어가는 내 삶, 내가 예
술가가 되어 조각하고 조형해가는 내 삶이 아닌가? 내가 만든
내 삶이라는 예술 작품을, 그리고 그 예술 작품을 공들여 만들

어가는 과정과 절차 자체를 요동치는 심장과 고양된 정신으로 즐길 수 없다면 우리가 '삶의 예술가'인 까닭이 도대체 무엇이란 말인가? 화가가 그릴 대상을 공들여 선택하고, 신중하게 구도를 잡고, 빛의 상태를 고려해 한 획 한 획 색채를 입혀가는 그 과정을 즐기지 못한다면 말이 되는가 말이다. 생각대로 되지 않아 머리를 싸매고 한숨을 내쉬더라도 그 고통스러운 분만의 과정을 즐길 수 없다면 그는 제대로 된 화가가 아닌 것이다.

내 삶을 즐기는 것은 나의 권리다. 내가 다름 아닌 나라는 예술 작품을 조형해가는 예술가이기에 가질 수 있는 권리다. 하지만 그것은 천부인권처럼 인간이라면 누구에게나 주어지는 자연적 소여가 아니다. 자격증이 있는 사람에게만 부여되는 일종의 획득 권리다. 여기서 자격증이란 예술가라는 존재 방식을 실제로 수행하는 것이다. 즉 자기 삶이 춤추는 별처럼 반짝일 수 있도록 실제로 공을 들여야 삶을 즐길 권리를 획득할 수 있다.

화강암처럼 좋은 재료로 자신을 다지고, 햇살보다 찬란한 색채를 입히고, 비바람을 맞아도 끄떡없게 단단하고 장엄하게 자신을 설계하고 건축하는 것. 자신이라는 건축물을 세우는 단계 하나하나에 심혈을 기울이고 온 힘을 다 쏟는 것. 이 과정 가운데 어느 하나도 우리 삶의 예술가에게는 뺄 수도, 제외해버릴 수도 없는 소중한 계기들의 연속이다. 이렇게 자신을 만들어가면서 우리는 그 과정 하나하나를 즐길 수 있게 된다. 기쁨의 연

빈센트 반 고흐, 〈별이 빛나는 밤〉(1889)

내 삶을 즐기는 것은 나의 권리다. 하지만 자기 삶이 춤추는 별처럼 반짝일 수 있도록 실제로 공을 들여야 삶을 즐길 권리를 획득할 수 있다. 화강암처럼 좋은 재료로 자신을 다지고, 햇살보다 찬란한 색채를 입히고, 비바람을 맞아도 끄떡없게 단단하고 장엄하게 자신을 설계하고 건축하는 것. 이렇게 자신을 만들어가면서 우리는 그 과정 하나하나를 즐길 수 있게 된다.

속이 된다. 이렇게 만들어진 우리의 삶은, 그 모양새가 어떻든 지 간에 남의 것과 비교할 수도 없고, 바꾸려는 마음도 생기지 않을 정도로 우리 각자에게 소중한 보물이 되는 것이다. 들판의 이름 모를 작은 꽃이 화원 속 화려한 난초와 자신을 비교할 것이며, 자신의 존재를 바꾸려고 하겠는가?

그러니 나를 즐기고, 내 삶을 즐기고, 이렇게 저렇게 공들여 만들어가는 과정을 즐기자. 그렇지 못하면 우리의 삶이란 정도의 차이는 있을지라도 결국 한탄의 골짜기 외에 무엇일 수 있겠는가. 아무런 기쁨도 즐거움도 느끼지 못한 채 단순히 의무로서 살아가는 삶, 타인의 삶에 대한 무분별한 선망으로 채워가는 삶, 매 순간 자신을 부정하고 미워하면서 자신의 삶도 똑같이 학대하는 삶. 이렇게 살아간다면 그것은 이 짧은 우리의 삶에 대한 배반이다.

하지만 삶이 힘겹고 팍팍하다면 즐기며 살기는 어려워진다. 자신이 예술가라는 사실도 잊힌다. 나도 그랬다. 환자로 살게 되어 깊은 좌절에 빠졌을 때, 내 삶을 내가 꾸리고 내 삶에 내가 색채를 입힌다는 생각은 어디론가 사라져버렸다. 그 시기의 의미를 찾을 수 없었기 때문이다. 그저 하루하루 시간이 빨리 흐르기를 바라면서 생명을 유지시켰을 뿐이다. 그 시기가 빨리 지나가야 정상적인 삶을 다시 살 수 있을 것 같았다. 그 시기가 지나가야 다시 내 삶의 예술가가 될 수 있을 것 같았다. 그래서 그 시기는 의미가 무의미로 대체되어버린, 죽은 시간이었다.

내가 치료 과정을 글로 적기 시작한 것은 그런 무의미가 지배하는 시간을 더는 허용하고 싶지 않았던 까닭도 있다. 어느 순간, 내 삶에서 빼버리고 싶었던, 부정해버리고 싶었던 그 시간들이 너무나 아까워졌다. 내게 고통을 주기 위한 시간이 아니라, 고난을 통해 지혜를 얻게 해주는 시간이라는 의미 부여를 시작했다. 그 의미 구도 안에서 하루하루가 어떻게 수행되고 있는지를 되돌아보는 것도 예술가로서의 나 자신을 회복하는 길이라 생각했다. 있는 그대로 기록하다 보니 예전에는 생각하지 못했던 것들에도 생각이 미쳤다. 그러다 보니 조금은, 아주 조금은 사색적인 글이 되어갔다. 그리고 이 기록이 누군가에게 조금이라도 도움이 되었으면 좋겠다는 바람도 가지게 되었다. 이렇게 글을 써나가면서 나는 다시 내 삶의 예술가가 되었고, 내 삶의 주인이 되었다. 그리고 다시 즐기게 되었다.

아무리 힘들어도, 아무리 고통스러워도 의미를 찾아보자. 의미를 부여해보자. 무의미라는 단어를 정복해버리면, 인생에서 맞이하는 어떤 시련의 시기라도 즐길 수 있게 된다. 예술가로서의 힘도 회복할 수 있다.

나를 죽이지 못하는 것은
나를 더욱 강하게 만든다

나를 죽이지 못하는 것은 나를 더욱 강하게 만든다.

— 니체

우연히 링컨의 생애에 관한 글을 접했다. 미국인들이 역대 대통령 가운데 최고로 꼽는 사람. 대통령으로서 링컨은 성공한 사람이다. 그런데 그의 연대기를 마주하니 가슴이 찡해온다. 그의 성공은 말 그대로 평생에 걸친 '고난'이 만들어낸 것이었기 때문이다. 공식적으로 기록된 것만 해도 그의 '실패'는 스물일곱 번에 이른다고 한다.

가난한 구두 수선공의 아들로 태어나 학교는 구 개월밖에 다니지 못했다. 아홉 살에 어머니가 세상을 떠났다. 스물두 살에 사업을 시작했으나 실패. 스물세 살에 주 의회 의원 선거에 출마했으나 낙선. 스물네 살에 다시 사업을 시작했으나 실패해 십칠 년 동안이나 빚을 갚아야 했다. 스물일곱 살에는 신경쇠약과 정신분열증에 시달렸다. 스물아홉 살에 주 의회 의장 선거에, 서른한 살에 대통령 선거위원 선거에 나섰으나 실패했다. 서른네 살에 하원의원 선거에 출마했으나 낙선. 서른일곱 살에 드디어 하원의원에 당선되었지만, 서른아홉 살에 다시 낙선. 마흔여섯 살에는 상원의원 선거에, 마흔일곱 살에는 부통령 선거에 출마했지만 낙선. 마흔아홉 살에 다시 상원의원 낙선. 그러다 쉰한 살에 도전한 대통령 선거에서 당선되어 제16대 미국 대통령이 된다. 그리고 최고의 대통령이 되었다.

이 정도면 고난의 아이콘이라 할 만하다.

또 다른 좌절담도 있다. 1968년에 컴퓨터 마우스를 발명한 엥겔버트Douglas Engelbart는 '실리콘밸리의 레오나르도 다빈치'로 불리던 천재였음에도 정부나 기업의 후원과 투자를 전혀 받지 못했다. 자신이 세운 로지텍 사에서 마우스를 판 돈으로, 나중에는 몇몇 후원자들의 십시일반 모금으로 근근이 연구 공간을 유지했다. 자신의 연구를 인정받지 못하는 현실에 절망한 엥겔버트는 자신이 이십여 년 동안 이룬 성과마저 실패로 여길 정도로 좌절을 겪었다고 한다. 그러나 포기하지 않고 계속 도전한 그는 결국 자신의 천재성을 입증해 보였으며, 인터넷의 기반을 다진 선구자로 평가받고 있다.

링컨과 엥겔버트의 연이은 좌절이 '실패'였을까? 그들은 오히려 성공한 삶의 아이콘이다. 뛰어난 업적을 남기고 후대에 높은 평가를 받았기 때문만은 아니다. 자신이 원하는 바를 계속 추구했으며, 결코 물러서지 않았기 때문이다. 연이은 좌절과 고난은 우리의 기를 꺾어버리기 쉽다. 그래서 자신이 원하는 것이 아니라 세상이 원하는 것을 추구하는 것으로 방향을 틀어버리기도 한다. 하지만 링컨은 원하는 바가 좌절되었을 때마다 더 높은 목표를 설정하는 방식으로 꿈을 지켰으며, 엥겔버트는 연구 공간을 어렵게 지켜내면서 천재적 영감으로 오늘날의 인터넷 세계를 만든 주역이 되었다. 두 사람이 겪은 고통과 좌절은 그들을 물러서게 만들지 못했다. 오히려 "나를 죽이지 못하는 것은 나를 더욱 강하게 만든다"는 니체의 말처럼 그들을 더욱 강하게 만들었다.(니체,《우상의 황혼》)

링컨이나 엥겔버트와는 비교할 수조차 없는 평범한 사람이지만, 나 또한 대학의 인사에서 지금까지도 고전을 면치 못하고 있다. 박사 학위를 받은 시점이 불행하게도 IMF 관리 체제가 막 시작된 때라 인문학 전반이 침체에 빠져들고 있었고, 그 상황은 철학 교수직의 절대 축소를 야기했다. 철학 교수 초빙 공고가 일 년에 한 번 날까 말까 하는 상황이 수년간 이어졌고, 그 후 간간이 기회가 주어졌지만 그것은 다른 누군가를 위해 마련된 것이었다. 여성 철학자가 절대적으로 불리한 상황에서 참여정부 시절 국립대학 여성 교수직 삼백 자리가 창출되어 철학계에도 서너 자리가 마련되었지만, 그것도 나를 위한 것은 아니었다. 몇 안 되는 그 자리는 각 국립대학의 동문 여성 철학자에게 돌아갔다. 게다가 채용 절차가 도중에 중단되기도 하고, 끝까지 진행되었다가도 무산되는 경우도 많았다. 아마도 내가 철학계에서 최종 면접을 가장 많이 본 사람일 것이다. 늘 이등이었다. 어쩌다 일등이 되어도 이런저런 학내 사정으로 취소되기도 했다. 그럴 때마다 나보다 더 안타까워하시던 어느 노교수님의 "인사에서 이등은 필요 없어"라는 말씀처럼, 이등이나 취소나 둘 다 탈락인 것이다. 하지만 어쩌랴, 우리 대학의 현실이 그런 것을……. 최종 면접이 취미가 되어버린 나는 어느덧 실패의 아이콘처럼 되어 있었다.

하지만 나는 단 한 번도 실패했다고 생각해본 적이 없다. 다만 소요된 시간이 아쉬웠을 뿐이다. 한 달이 넘는 기간 동안 인터넷 원서 접수, 본심사 서류 접수, 프레젠테이션, 학과 면접, 그리고 총장 면접이나 이사장 면접에 이르기까지, 긴장을 풀지 못한 채로 제법 많은 준비를 해야 하기에 다른 일을 병행하는 것이 쉽지 않았기 때문이다. 내가 실패라고 생각하지 않는 이유는 간단하다. 무엇보다, 내 공부가 전임 교수를 지상 목표로 하는 공부가 아니기 때문이다. 전임이 아니라는 것이 학자로서의 자존감에 상처를 줄 수도 없기 때문이다. 전임이든 전임이 아니든 교수는 학자다. 학자 아닌 교수는 교수가 아니다. 그리고 학자는 글로 말한다. 연구로 말하고 강의로 말한다. 그러니 부끄러워할 이유가 없다. 좌절할 이유도 없다. 납득하기 어려운 인사에 맞닥뜨릴 때마다 몇 차례 툴툴거리기는 해도, 그것이 내게 타격을 입히지는 못한다. 언제 그런 일이 있었냐는 듯 내 공부는 다시 이어진다. 학문의 발전에 자양분이 될 만한 글을 써내고 싶은 마음은 여전히 살아 있다.

우리의 삶에는 크고 작은 실패들이 있기 마련이다. 한 번도 실패를 해보지 않은 삶이 얼마나 되겠는가? 그런데 한두 번의 실패는 대부분의 사람들이 대체로 잘 이겨낸다. 문제가 되는 것은 실패가 지속되는 경우다. 기가 꺾이고 결국엔 좌절하기 쉽다. 마음에 병이 생기기도 한다. 자신을 알아주지 않는 현실에 주먹질도 하게 된다. 이럴 때 '나를 죽이지 못하는 것은 나를 더욱 강하게 만든다'고 되새겨보자. 악천후를 겪지 않고 하늘 높이 자라는 나무가 없듯이, 난관을 극복하면서 난관이 가져오는 고통을 이겨내면서 나는 더욱 성장한다. 고난을 통해 지혜를 얻는다pathei mathos. 그러면 마음에 병을 심지 않으면서 나 자신을 지켜낼 수 있다.

이것이 어렵다면 차선책도 있다. 자신에게 이렇게 말해주자. "어떤 시대가 위대한 정신을 알아보지 못하고 주목하지 못한다면, 그것은 그 시대의 탓이 아니다. 아마도 그 정신은 더 멀리 떨어져 있는 세계에 빛을 비추도록 정해져 있을지도 모른다. 나 자신이 바로 이런 정신이다."(니체,《유고》)

괴물과 싸울 때는
자신이 괴물이 되지 않도록 조심해야 한다

남을 해칠 마음을 갖지 말고, 원한을 품지 말고, 성내는 마음을 두지 말라.
남의 흠을 애써 찾지도 말고, 약점이나 단점을 들추지도 말고,
항상 자기 자신을 잘 단속하여 의로써 자신을 살펴나가라.
—《아함경》

살아가면서 우리는 수없이 공정하지 않은 사태에 직면한다.
아니, 우리의 삶 자체가 공정과는 거리가 멀다. 태어나는 순간
부터 불공정은 시작된다. 누구라도 부러워할 만한 부모와 좋은
조건을 갖추고 태어나는 행운의 주인공이 있는가 하면, 도망칠
수만 있다면 도망치고 싶은 환경에서 태어나는 사람도 있다.
출생 시의 이런 불공정은 내 선택이 아니기에 내 책임도 아니
다. 그렇다고 다른 누구에게 책임을 물을 수도 없다. 부모의 탓
도, 신의 탓도 아니다. 세상의 어느 부모가 자식들이 행운의 주
인공이 되기를 바라지 않겠는가? 그렇다고 신에게 따질 일도
아니다. 신이 존재한다면 그의 마음은 부모의 마음 이상일 테

니 말이다. 그러니 출생 시의 공정하지 않음은 어느 누구에게
도 책임이 없는, 존재의 숙명일 뿐이다. 그런데 이 존재의 숙명
은 내가 생명을 받았기에 생긴 것이다. 생명은 모든 부조리와
모든 불공정을 상쇄할 수 있는 유일한 것이다. 모든 가치를 넘
어서는 유일한 것이다. 생명을 받은 것보다, 내가 여기에 이렇
게 존재하는 것보다 더 좋은 일이 어디 있는가? 만약 내가 존
재하지 않는다면, 이 세계는 무엇이며 공정하지 않음은 또 무
슨 의미가 있겠는가? 그러니 출생이 공정하지 않다고 투덜거
릴 이유가 없다. 생명을 받은 것으로 이미 그 값을 치르고도 남
았다. 또한 출생의 공정하지 않음은 싸움의 대상이 아니다. 일
단 받아들이고, 그 상황을 자신에게 유리하게, 자신을 행복하
게 만드는 기제로 변화시키면 그만이다.

그런데 다른 유형의 불공정함도 있다. 우리가 커가고 생활인
이 되면서 맞닥뜨리는 이런저런 불편한 경우들이 여기에 속한
다. 그것은 사람 사이의 관계에서부터 국가적 사안을 넘어 국
제 관계에 이르기까지 다양하게 일어난다. 편법이나 특혜의 폐
해를 겪으면서 우리는 억울한 눈물을 흘린다. 인맥 학맥 지연
에 얽매이고, 영향력 있는 부모의 존재가 배경이 되는 등, 역량
외의 것들이 좌우하는 인사 문제, 기득권층의 이해관계에 따라
결정되는 국가 중대사를 보노라면 맥이 빠지고, 자기 힘으로는
도저히 어찌할 수 없다는 패배감을 느끼기도 한다. 강대국의

명분 없는 패권적 침략 전쟁이 공언하는 '휴머니즘 공갈'은 인간에 대한 좌절감마저 불러일으킨다. 결국 정의의 부재를 외치게 된다.

이럴 때 우리는 두 가지 중 하나를 선택한다. 공정하지 않은 사태에 대해 싸움을 선포하거나 아니면 무기력하게 순응하는 것이다. 순응은 허무주의나 냉소주의로 이어질 수 있기에 위험하다. 싸움 선언은 상황을 적극적으로 타개하려는 의지의 산물이지만, 이것도 위험하다. 현실에서 불이익과 견제를 받기 때문만은 아니다. 더 큰 위험이 도사리고 있다. 스스로를 문젯거리로 만드는, 위험 중의 위험 말이다.

니체가 "괴물과 싸우는 사람은 그 과정에서 자신이 괴물이 되지 않도록 조심해야 한다"(《도덕의 계보》)고 경고했듯, 자신이 또 다른 괴물이 되어버리는 것, 그것이 바로 가장 큰 위험이다. 특권 구조를 없앤다면서 인맥과 학맥을 총동원해 또 다른 특권 로비를 펼치는 것, 억울함을 호소하거나 누명을 벗기 위해 스스로 복수심의 지배를 받는 것, 폭력에 맞서 또 다른 폭력으로 대응하는 것……. 드물지 않게 마주하는, 스스로를 괴물로 만드는 모습들이다. 그런데 괴물이 되지 않고 싸우기란 정말 어렵다. 현실에서 대가를 치러야 하기 때문이다.

소소하지만 비슷한 경험이 내게도 한 번 있었다. 악의가 깃든 꾸며낸 말이라는 괴물에 호되게 당한 적이 있다. 철부지 시절의 일이 아니라, 사십 대 중반에 고약하게 뒤통수를 맞은 경우다. 사십 대 중반이라는 나이는 삶의 무게와 고통을 어느 정도 체험하고 옆 사람에 대한 측은지심이 자연스럽게 형성되는 시기다. 그래서 그런 이상한 일이 벌어지리라고는 꿈에도 생각하지 못했다. 동료 중에 허언을 많이 하는 이가 있었다. 처음에는 그러려니 했다. 시간이 흐르면서 허언의 실체가 드러나기 시작했다. 특히 학위에 관계된 사실이 다른 동료에 의해 우연히 밝혀지면서 나는 그의 말을 더 이상 신뢰하지 않기로 했다. 하지만 그 일을 입에 담지는 않았다. 내가 상관할 문제도 아니었고, 그런 일에 신경을 쓰기에는 내 일상이 너무나 바빴다.

그런데 어느 날부터 나를 대하는 주변 사람들의 눈길이 달라지는 것이 느껴졌다. 친밀한 관계는 아니어도 눈인사 정도는 주고받던 어느 교수님은 갑자기 냉랭한 시선을 보냈다. 혹여 내가 실수라도 한 걸까? 돌이켜보았지만 그럴 만한 일은 기억나지 않았다. 몇 달이 지난 후에야 이유를 알게 되었다. 나를 포함한 몇몇이 자신의 치부를 알고 있다는 것을 눈치 챈 그가 내 신망을 떨어뜨릴 만한 헛소문을 퍼트린 것이었다. 그제야 내가 받은 냉랭한 시선이 이해가 되었다. 처음에는 문제의 그 사람에게 화가 났고, 다음에는 그의 거짓말을 믿고 태도를 바꾼 사람에 대한 당혹스러움이 찾아왔다. 게다가 나를 위해 나서서 그를 질책한 사람이 아무도 없었다는 사실에 충격을 받왔다. '아, 내가 잘못 살았구나' 하는 자조가 밀려왔다. 그가 꾸며낸 이야기가 흥미로워서? 누군가의 흉을 보며 수군거리는 것이 재미있어서? 아니면 남의 일에 관여하기를 꺼리거나, 그럴 여유가 없어서 그랬는지도 모른다.

어쨌든 선택을 해야 했다. 적극적으로 대응하거나, 시간이 흐르기를 기다리며 인내하기. 나는 후자를 택하기로 했다. 이 나이에 삼자대면 같은 유치한 일을 할 수는 없다는 생각도 한 몫했지만, 무엇보다 진실이 드러나 그의 진면목이 알려졌을 때 그에게 일어날 일에 내 이름이 같이 거론되는 것이 싫었다. 그의 삶의 부정적 흐름에 어떤 식으로든 연결되고 싶지 않았다. 몇 달이 흐른 뒤에야 그를 조용히 불러내 그러지 말아달라는 부탁을 했다. 나 혼자 피해를 입는 것에 그치지 않고 소란을 일으킨 당신 역시 피해를 입게 되리라는 말을 덧붙였다. 그래야 설득력이 있을 것 같았다.

그가 내 의도를 파악했는지는 중요하지 않다. 그는 내게 사과했고, 그러면 된 것이었다. 나는 그가 자신의 발언을 공개적으로 철회하기를 바랐다. 양심이 있는 사람이라면 응당 그래야 한다고 믿었다. 하지만 그는 그러지 않았다. 이로써 나는 단지 나 자신을 괴물로 만들지 않는 데만 성공한 셈이었다. 그의 말 꾸미기와 진실 은폐의 결과는 구설수의 형태로 여전히 나를 따라다니고 있다. 같이 괴물이 되는 것만큼은 피하고 싶었기에 내가 치러야 하는 대가다.

별로 유쾌하지 않은 이 이야기를 하는 것은, 괴물이 되지 않고 괴물과 싸우는 것이 작은 일상에서도 얼마나 어려운 일인지를 보여주기 위해서다. 의혹의 눈초리도 받아야 하고, 현실적 피해도 감수해야 하고, 화병이 나지 않도록 자신을 돌보아야 하며, 미움이나 원망이나 복수심 같은 부정적 감정이 생기지 않도록 마음의 건강을 유지하려 노력해야 한다. 하지만 이런 어려움을 감수하는 것이 나 자신을 괴물로 만드는 것보다는 낫다.

내 피해가 부정당할 때

운명적인 피해는 사람들을 결속시키지만,
부정당한 피해는 불화를 일으킨다.
— 에밀 부르너

자연재해 같은 불가항력의 피해를 당했을 때, 사람들은 수긍한다. '도대체 왜?'냐고 묻다가도 곧 받아들인다. 그런 일을 당해 힘들어하는 사람들에게는 묻지도 따지지도 않고 도움의 손길이 내밀어진다. 그러면 수긍은 했더라도 어쩔 수 없이 나오게 되는 깊은 탄식도 조금씩 수그러든다. 외부의 인정을 통해 위로를 받는 것이다. 독도 문제로 일본과 촉각을 곤두세우고 있었을 때에도 우리나라 사람들은 지진과 해일과 원전 사고라는 세 가지 악재의 합동 공격을 받은 일본에 도움을 보냈다. 운명적인 피해는 사람들을 결속시킨다고 했던 신학자 부르너Emil Brunner의 말이 생각나는 대목이다.

다른 종류의 피해를 당했을 때는 어떤가? 자연재해와 달리 납득하기도 수긍하기도 어려운 피해라면? 누군가의 정당하지 않은 이익을 위해 내가 불이익을 당하는 경우처럼 말이다. 이럴 때는 자연재해를 입었을 때보다 어쩌면 더 괴롭고, 무엇보다 더 억울하다. 이때도 외부의 공감과 인정은 좋은 치유제이지만, 자연재해로 인한 피해였을 때보다 더 강력하고 더 적극적이어야만 힘을 발휘할 수 있다. 그래서 피해를 입은 사람은 누구라도 붙잡고 사정을 호소하거나 피켓을 들고 일인 시위를 하기도 한다. 공식적으로 항의하거나 법적 절차를 밟기도 한다. 또는 기도를 하면서 신이라도 자신의 억울함과 피해를 알아주기를 바란다. 신이든 이웃이든 정부든 자신이 받은 피해를 누군가가 알아주고 인정해준다는 느낌, 부정당하지 않는다는 느낌이 위안을 주는 것이다. 그 위로와 위안을 통해, 억울한 감정이나 이것이 유발하는 마음의 상처가 조금씩 아물어간다. 격한 마음도 누그러진다.

그런데 피해가 부정당하는 경우에는 상황이 완전히 다르다. 누군가에게 호소해도 공감을 얻지 못하고, 공적 절차에서도 외면당하는 등 자신이 받은 피해를 피해로 인정받지 못할 때, 그 어떤 위로 기제도 작동하지 않을 때, 당사자의 괴로움과 억울함은 이루 말할 수 없이 커진다. 그리고 문제가 발생한다. 부정당한 피해가 불화를 일으키는 것이다. 우선 당사자가 무척 불행해진다. 그의 날선 내면은 자기 자신을 끝없이 공격한다. 자신의 무력함에 대해 자책하고 화를 내면서 자신에게 상처를 입힌다. 그의 공격성은 그의 내면을 결국 전쟁터로 만들어버린다. 외부 세계로도 공격성이 뻗어나간다. 공격의 대상은 자신의 피해와 상처를 알아주지 않는 사람들에서부터 기관이나 단체, 그리고 국가 전체로까지 확대될 수 있다. 2008년 2월 10일에 일어났던 숭례문 화재 사건처럼 말이다. 당시 방화자는 토지 재개발 보상 정책에 불만을 품은 노인이었다. 그 비극은 그의 공격적 충동 때문에 일어난 것이었다. 자신의 피해를 인정해달라는, 부정하지 말아달라는 외침이 극단적이고도 무차별적인 공격성으로 표출된 것이다.

그 노인에게 처음부터 정신적인 문제가 있었는지는 잘 모른다. 하지만 그의 말에 진심으로 귀를 기울여주고, 그에게 어떤 방식으로든 '당신의 피해 입은 심정, 억울한 마음, 우리가 압니다'라는 메시지가 전달되었다면, 적어도 그의 공격성이 외부로 뻗치는 것을 어느 정도는 막을 수 있지 않았을까? 누구나 그 노인과 유사한 상황에 처할 수 있다. 어느 누구도 내 억울함에 귀 기울여주지 않고 인정해주려 하지 않는 경우 말이다. 그럴 때 이렇게 생각해보는 것이 도움이 될 수 있다. '인정해주지 않아도 상관없다. 나는 누군가에게 위안을 받아야만 할 정도로 그렇게 약하지 않다.'

하지만 내면이 이렇게 강한 사람은 흔치 않다. 그리고 아무리 강한 사람이라 해도 그를 무너뜨려버리는 상황은 분명 있는 것이다. 그러니 주변 사람들이 도와야 한다. 도움은 들어주는 일에서 시작된다. 그냥 조용히 들어주는 것, 시간이 없더라도 잠시 짬을 내어 들어주는 것. 여기서 이미 치유가 시작된다. 누군가가 자신에게 집중해서 마음을 같이 나누려 한다는 사실이 외로움을 조금이라도 줄여주기 때문이다.

그런데 마음을 다해 들어주는 것은 그리 쉬운 일만은 아니다. 일단 판결하려는 마음을 접어야 한다. '당신이 그러니까 그렇게 된 거지'라는, 내 잣대를 앞세우는 습관을 버려야 한다. 앞서도 얘기했듯이 그것은 내 욕심일 뿐이다. 판결하려는 마음을 버렸다면 그다음은 인내해야 한다. 억울한 마음이 크면 클수록 같은 말을 반복하는 횟수도 늘어난다. 술주정을 하듯 하고, 하고, 또 한다. 좋은 말도 자꾸 들으면 질리는 법인데, 되풀이되는 호소를 계속 듣다 보면 짜증이 날 수 있다. 그래도 들어주고, 또 들어주자. 이번 한 번만 참으면, 또 이번 한 번만 참으면, 계속해서 '이번 한 번'만 참으면 된다. 내가 또 한 번 들어주는 그 작은 일이 그에게 큰 변화를 일으킬 수 있다면, 그까짓 또 한 번쯤이야.

그런데 이렇게 판결하는 마음을 내려놓고 인내하며 들으려면 무엇보다도 상대에 대한 관심이 있어야 한다. 그 사람에게 눈길을 보내야 한다. 시선을 주어야 한다. 시선과 눈길은 에너지다. 좋은 결과를 낳는 좋은 에너지다. 그 눈길을 받는 것만으로도 상대의 날선 내면에 변화가 일어날 수 있다.

화를 내지 않으려 했는데도 화가 난다

남의 잘못을 보지 말자. 남이 행하고 행하지 아니하는가를 살피지 말자.
오직 자기를 돌보아 법도에 맞는지 안 맞는지를 살펴보자.
항상 자기부터 점검하는 사람이 되자.
—《법구경》

　　중병에 걸리면 사람이 유순해진다고 했던가? 웬만해선 부정적인 감정을 갖지 않으려고 노력한다. 몇 번인가 실패도 했었다. 하지만 짜증이나 불쾌나 화의 감정이 결국 마음과 몸의 건강을 해친다는 것을 알았고, '이해하려는 좋은 의지'도 자연스럽게 자리를 잡으면서 이제 웬만한 일에는 꿈쩍도 하지 않게 되었다. 바깥출입이 많지 않기에 마음을 상하게 하는 일이 자연스럽게 줄어든 덕도 보았을 것이다. 어쨌든 '오죽하면 그랬을까'라는 생각이 들기도 하고, '죽음의 문턱까지 다녀왔는데 이런 일 정도야'라는 생각이 들기도 하면서 마음이 많이 편해졌다. '아, 이래서는 안 되는데'라고 생각되는 사태에, 특히 그런 판단이 드는 정치 현안에 맞닥뜨려도 '이러면서 발전하는 거지'라는 마음으로 바라보게 되었다. 마음공부가 저절로 된 것 같았다. 그런데 십년공부 도로 아미타불이다. 화가 났다. 정말 분개했다.

2011년 3월 11일, 일본 후쿠시마에서 디스토피아 영화 속 한 장면 같은 대재앙이 실제로 일어났다. 지진과 해일이 일어나고, 이로 인해 원전 사고가 발생한 것이다. 방사능과 오염수 유출이 초래하는 파괴력이 상상을 초월할 정도로 막대하다는 것을 우리 세대는 1987년의 체르노빌 원전 폭발을 통해 이미 학습했다. 원전이 꼭 있어야 하는가, 대체 가능성은 없는가를 두고 온 세상이 다시 한 번 들썩거렸다. 인간의 욕심이 결국 인간에게 재앙이 되어 돌아온 현실에 대한 개탄과 반성도 이곳저곳에서 들려왔다. 이런 관심과 반성이 계속 유지되었다면 세상은 지금보다는 더 살기 좋은 곳이 되었을 것이다. 인간만 살기 좋은 곳이 아니라, 도롱뇽도 두꺼비도 살기 좋은 곳 말이다. 이런 관심과 반성은 '인간이 세상의 중심이 아니다'라는 평범한 의식에서 비롯된다.

이성의 힘으로 만물의 영장이 되면서 인간은 세상의 지배자가 되었다. 지배자가 되자 세상의 '유일한' 주인이라는 의식도 강해졌다. 그러니 자연의 모든 식물과 동물, 하천과 바다, 땅과 하늘이 인간의 필요에 따라 사용 가능한 도구가 되어버렸다.

도구이니 잘 사용되어야 한다. 인간의 쓸모와 요구에 맞추어 그것들은 본연의 모습을 잃어간다. '경작'과 '개발', '사육'과 '조절'이라는 미명 아래 말이다. 그러다 활용 가치가 떨어지면 폐기되기도 한다.

이런 일들을 보면서 우리는 왜 자연이 인간에게 한낱 도구여야 하는지 묻지 않았다. 당연히 그래야 한다고 생각했다. 그 결과가 바로 지금 우리가 겪는 심각한 환경문제로 나타나 자연뿐만 아니라 인간에게도 위협을 가하는 것이다. 대안을 찾으려는 학계와 시민단체, 환경보호단체의 노력이 있어왔고, 철학에서도 한동안 이 문제가 주요 쟁점이었다. 인간중심주의의 폐해에 대한 통렬한 비판, 그리고 인간중심주의를 벗어난 생태론의 등장은 그 결실이다. 이런 노력들에 찬사를 보내면서 나도 생각하곤 했다. 시작은 생각을 바꾸는 것이라고, '인간만이 주인'이라는 의식을 '생태계의 모든 존재가 함께 주인'이라는 의식으로 바꾸면 된다고 말이다. 그러면 도구 역할을 벗어버린 원래의 존재들이 다시 눈에 들어오고, 그들과 함께 공존하는 방식도 자연스럽게 찾게 될 것이기 때문이다.

일본의 불행한 소식을 들은 시점은 공교롭게도 내가 한창 방사선 치료를 받던 때였다. 그러니 나와 친구들의 관심이 조금은 더 각별할 수밖에 없었다. 뉴스를 열심히 챙겨 들으며 우리는 안타까움과 반성의 마음을 나누기도 하고, '남들은 피하려고 애를 쓰는 방사선을 우리는 돈을 지불하면서 쏘이는구나'라며 씁쓸해하기도 했다. 하지만 무엇보다 그런 재난을 겪고 있는 일본인들에 대한 염려가 가장 컸다. 아마도 우리나라 국민은 거의 다 그랬을 것이다. 일본에 제일 먼저 도움의 손길을 내민 곳이 바로 우리나라였다. 독도에 대해 어거지 주장을 하면서 우리를 도발하는 일본이었어도 우리 국민은 당연히 도와야 한다고 생각한 것 같다. 참으로 착하디착한 국민들이다. 나는 그렇게 착한 사람은 아니지만 그래도 일본인들이 처한 비극적 현실에 대해서는 많이 안타까워했다.

그런데 이젠 화가 난다. 화가 나는 것을 어찌해볼 방법이 없다. '그럴 수도 있지'라거나 '그런 정도 일쯤이야'라고 하기에는 사안이 너무 중차대하다. 수많은 생명을 죽음에 이르게 할 사안이다. 지금 당장의 죽음이기도 하고, 오랜 시간 동안 서서히 진행되는 죽음이기도 하다. 그래서 도저히 이해도 되지 않고 용납도 되지 않는다. 일본이 방사능 오염수를 이 년간이나 계속 바다로 흘려보내고 있었다는 것이다. 사실을 축소해 발표하고, 꼭 알아야 할 정보를 왜곡하고 은폐하면서 전 세계를 우롱하고 있었던 것이다. 그러면서도 일본 총리라는 사람은 '안전'하다고 했단다. 이 정도면 뻔뻔스러움이 하늘을 찌른다고 해야겠다. 그런데 더 괴이한 것은 이렇게 비상식적이고 몰염치한 '안전' 발언을 그대로 믿고 2020년 올림픽 개최지로 도쿄를 선정해준 국제올림픽위원회의 결정이다. 물론 후쿠시마와 도쿄는 거리가 상당하기에 직접적인 오염수 유입은 일어나지 않을지 모른다. 하지만 자국 국토의 한 부분에서 엄청난 재난 상황이 추가로 발생하고 있다는 사실을 숨기고 나온 '안전'하다는 발언이 매우 몰상식하면서도 위험한 발언임을, 거짓의 냄새가 난다는 것을 충분히 짐작할 수 있지 않았을까. 그러나 알고 있었다고 해도 돈에 의해 움직인다고 정평이 난 국제기구이니 결과는 달라지지 않았을 것이다.

이런 상황에 분개한 것은 나 혼자만은 아니었다. 프랑스의 한 주간지는 일본의 올림픽 유치 결정과 관련해 후쿠시마 원전 오염수 유출을 풍자한 삽화를 실으면서 불편한 심기를 여과 없이 보여주었다. 여기에 대해서도 일본 정부는 우리나라의 수산물 수입 부분 통제 결정에 대처했던 것과 유사한 반응을 보였다. 우리 정부에게는 WTO에 제소한다고 위협하고, 프랑스 주간지에는 사과를 요구한 것이다. 다행히 일본의 양식 있는 국민들이 자신들의 정부를 부끄러워하고 있는 것 같아 조금은 위안이 되지만, 그래도 이놈의 화는 좀처럼 수그러질 기미가 보이지 않는다.

이런 곤란한 상황은 어떻게 타개해야 하나? 화를 내봤자 내 손해라는 것을 주지시켜도 안 되고, 합리적으로 이해할 수도 없고, 이해하려는 의지를 발동시켜도 무용지물인 상황이다. 좋은 방책은 없는 것일까? 마음에 앙금이 남지 않도록 차라리 화를 폭발시켜버려? 이럴 땐 폭발시키는 것이 현명하다는 생각이 든다. 그런데 관건은 폭발의 양태다. 화의 폭발은 생산적이어야 한다. 소모적이거나 피해를 입히는 파괴적 폭주여서는 안 되는 것이다. 그랬다가는 상대에게 상처를 입히고 공격성을 자극해 또 다른 파괴가 일어날 수 있다. 어떤 경우에는 사람들의 분노와 적개심을 불러일으켜 미움의 연쇄사슬을 끝없이 이어지게 할 수도 있다. 게다가 나 자신에게 여파가 밀려올 수도 있다. 내면의 평화가 깨져버리기 때문이다. 그러니 내가 화를 내면서 결국엔 나 자신도 다치게 된다. 이처럼 화는 잘못 폭발될 경우 가공할 파괴력을 가지게 된다. 그렇다면 생산적인 폭발이 되려면 구체적으로 어떻게 해야 하지? 생각을 모아보지만, 정해진 답이 있을 리 없다.

그런데 구체적인 방식을 찾으려고 곰곰이 마음을 쏟아붓고 있으려니, 어느새 화의 격렬함이 누그러져 있다. 즉각적인 광기의 맹습이 늦추어진 까닭이다. 분노와 적개가 실리지 않게 화를 푸는 방식을 찾다 보니 화가 저절로 누그러진 것이다. 화를 푸는 방식 하나를 제대로 알게 되었다.

건강한 삶, 영원히 반복되기를 바라는 삶

건강이 있는 곳에 자유가 있다.
건강은 모든 자유 중에서 으뜸가는 것이다.
—앙리 프레데리크 아미엘

우리 삶에서 최고 덕목은 건강이라고 생각한다. 몸의 건강과 마음의 건강을 모두 포함하는 총체적 건강 말이다. 우리는 몸과 마음이 불가분의 관계로 연계되어 서로 교호하는 살아 있는 유기체이고, '나'라는 명칭은 이 유기체를 총칭하는 말이다. 그러니 내 건강은 몸과 마음이 모두 건강해야 비로소 가능하다. 내 삶의 건강성도 내 모든 것이 건강해야 확보된다.

그런데 건강이 최고 덕목이라고 하면, '철학자가 한다는 말이 결국 건강인가' 하는 뜨악한 눈길을 받기 쉽다. 철학자라면 삶의 이상이나 덕목도 남달라야 한다고 생각하는 것이다. 하지만 철학은 곧 삶이다. 삶의 문제에서 출발하고, 삶의 문제에 응답하는 학문이다. 그래서 진리를 추구할 때에도 '진리 그 자체를 위한 진리'보다는 '삶을 위한 진리'가 철학의 더 근원적인 문제의식이다. 여기서의 삶은 단순한 삶이 아니라, 건강한 삶이다. 염세주의나 허무주의 철학을 제외하면 어떤 철학도 병리성을 건강성보다 우위에 놓지 않는다. 만일 반대로 말하는 철학이 있다면 그것은 철학이 아니라 현학이다. 그래서 우리의 삶을 건강하게 유지하는 진리를 '구성'해내는 작업이 진리 그 자체를 '발견'하려는 노력보다 더 큰 의미를 가지게 된다.

그렇다면 몸과 마음의 건강성은 무엇으로 확인되는가? 몸이 건강한 상태는 일단 몸 구석구석 자연적 기능이 원활하게 정상적으로 이루어져 문제가 발생하지 않는 상태다. 몸의 문제는 의학적·생리학적 검사와 검진으로 비교적 쉽게 확인할 수 있다. 그런데 마음의 건강은 몸을 검사하는 방식으로는 확인되지 않는 경우가 대부분이다. 그렇다면 건강한 마음의 상태를 알아보는 방법은 없을까? 나는 무엇보다 '자기 자신에 대한 사랑'의 유무가 기준이 될 수 있다고 생각한다. 자신에 대한 사랑은 유쾌한 자존감과 긍지, 주인으로서의 의식, 타인에 대한 존중을 통해서도 확인되지만, 이 모든 것의 토대는 자신이 예술가라는 사실에 대한 긍정이다.

우리의 삶은 우리 자신의 작품이다. 삶의 모든 계기 하나하나가 스스로 직접 만들고 조형해가는 자기 자신의 작품이다.

삶에서 겪는 실패의 순간도, 질병이라는 질곡도 마찬가지다. 그러니 성공이나 기쁨의 순간만을 자신이 만든 삶으로 인정하는 반쪽짜리 관점은 취하지 말아야 한다. 삶이라는 작품을 만들어내는 나는 예술가다. 이런 '나-예술가'를 존중하지 못할 이유가, 자랑스러워하지 못할 이유가, 사랑하지 못할 이유가 무엇인가? 그런데 우리는 잘 알고 있다. 자신을 사랑할 줄 알아야 타인도 사랑할 수 있으며, 세계도 사랑하게 된다는 것을. 자신에 대한 존중과 긍지를 지녀야 타인도 세계도 경외의 대상이 된다는 것을. 그러니 나-예술가에 대한 사랑이 출발점이다. 건강한 개인과 건강한 관계, 건강한 세계를 만드는 출발점 말이다.

그런데 삶이 문제시되면, 당연히 그 삶의 질에 대해 고민하게 된다. 우리가 살아야 할지 죽어야 할지를 고민하는 것도 삶의 질 때문이다. 삶의 질에 대한 평가는 개인의 주관에만 전적으로 의존하는 것도, 사회의 가치 목록에만 의존하는 것도 아니다. 우리가 사회적 존재인 한에서 어느 정도는 사회적 가치 기준에 입각해 자신의 삶을 평가하지만, 나름의 개인적인 평가 기준도 분명히 존재한다. 한국 사람이라면 누구나 부러워할 만한 사람들이 죽음을 선택하는 경우를 보라. 세간의 평가 기준으로는 '도대체 왜?'라고 물을 정도로 부와 명예를 풍족하게 누리던 사람들이 삶을 포기한다는 것은 그들에게 세상의 잣대와 다른 나름의 평가 기준이 있기 때문이다.

그래서 삶의 질에 대한 평가는 결국은 개인의 몫이다. 내 삶은 어떤지, 마음에 드는지, 만족하는지 한번 자문해보자. 바로 답하기 어려우면, 다음과 같은 사유 실험을 해보라. "어느 낮이나 어느 밤에 한 악마가 가장 고독한 고독감에 잠겨 있는 네게 살며시 다가와 다음처럼 말한다면 너는 어떻게 하겠는가? '네가 과거부터 지금까지 살아온 이 삶을 너는 다시 한 번 그리고 셀 수 없이 여러 번 살아야만 한다. 거기엔 아무것도 새로운 것이 없을 것이다.'"(니체,《즐거운 학문》)

'네 삶이 지금 모습 그대로 아무런 변화의 가능성도 없이 영원히 지속된다'는 그 목소리가 축복의 메시지로 들리는가, 저주의 목소리로 들리는가? 만일 삶의 매 순간이 자신에게 의미가 충만하고 자랑스러운 것이라면, 그래서 그것의 영원한 지속과 반복과 회귀를 바랄 정도의 것이라면, 그 목소리는 단연 최고의 축복이다. 반면, 영원히 반복되는 것은 고사하고 단 한 번만 반복된다 해도 저주로 여겨지는 삶도 있을 것이다. 자기 마음에 차지 않는 삶, 자신에 대한 존중도 일어나지 않을 정도로 부끄러운 삶, 부정할 수만 있으면 부정하고 싶은 삶이 그런 경우일 것이다.

두 경우 가운데 어떤 삶을 선택할 것인가? 전자를 선택하는 것이 바람직하지 않겠는가? 마땅히 자신의 삶을 사랑하고 긍

스위스의 실바플라나 호수에 있는 일명 차라투스트라 바위. 니체가 '영원회귀' 사상을 떠올린 곳이라고 한다.

어느 낮이나 어느 밤에 한 악마가 가장 고독한 고독감에 잠겨 있는 네게 살며시 다가와 다음처럼 말한다면 너는 어떻게 하겠는가? "네가 과거부터 지금까지 살아온 이 삶을 너는 다시 한 번 그리고 셀 수 없이 여러 번 살아야만 한다. 거기엔 아무것도 새로운 것이 없을 것이다."

— 니체, 《즐거운 학문》

정하고 그것의 영원회귀를 바랄 정도로 의미 있는 것으로 여겨야 하지 않겠는가? 니체가 우리에게 사유 실험의 형태로 '삶의 영원회귀'를 제시한 것은 바로 그런 이유에서였다. 우리에게 두 가지 선택지를 주면서 실존적 결단을 내리라고 요구하는 것이다. 영원히 되돌아오기를 바랄 만한 삶, 영원히 되돌아오기를 바라지 않을 수 없는 삶을 살라고 권하는 것이다.

니체의 요청대로 실존적 결단을 내리려면 스스로 능동적 주체가 되어, 예술가가 되어 삶을 꾸려나가야 한다. 삶을 작품처럼 꾸려나가는 자기 자신의 힘을 믿고 그 힘을 십분 발휘해야 한다. 그래야 그의 삶에서도 "있는 것은 아무것도 버릴 것이 없으며, 없어도 좋은 것은 없다"가 실현된다. 이렇게 삶의 계기 하나하나가 절대적인 긍정의 대상이 될 때, 그런 삶은 당연히 나-예술가에게 만족스럽고, 긍지의 대상이 된다. 자기 자신에 대한 충만한 사랑도 깃들게 된다. 나-예술가에 대한 사랑 말이다. 이것이 삶의 건강성의 시작이다.

여러 변수들에 발목을 잡혀 넘어졌을 때, 자기 자신도 사랑할 수 없고 자신의 삶도 사랑할 수 없게 될 때, 자기에 대한 유쾌한 긍지가 사라져버릴 때, 차라투스트라를 모범 삼아 마음속으로 물어보자. '너는 그런 네 삶과 그 모든 것이 영원히 반복되어도 좋은가?'

건강한 경쟁, 윈윈 게임의 효과

적을 갖되 증오할 가치가 있는 적만을 가져야 한다.
경멸스러운 적은 갖지 말도록 하라.
너희들은 적을 자랑스럽게 생각해야 한다.
그렇게 되면 적의 성공이 곧 너의 성공이 될 것이다.
— 니체

"우리가 경쟁 사회에서 살고 있기 때문에 힐링을 필요로 하는 상태가 된 거라고 하던데요?" 경쟁의 이점을 신나게 설명하던 내게 어느 청중이 질문을 하신다. 그렇다. 경쟁이 스트레스를 유발하고 병도 만든다고, 나도 귀에 못이 박이게 들었다. 하지만 그분께 나는 이런 답을 돌려드렸다. "경쟁이 문제가 아니라 건강하지 않은 경쟁이 문제인 것입니다."

경쟁은 어디서든 이루어진다. 심지어는 가족 내에도 작은 경쟁이 있다. 가족들 사이에 무슨 경쟁이냐고 되물을 수도 있지만, 형제자매들 사이에 크고 작은 경쟁은 늘 존재한다. 부모의 관심을 더 받기 위해서나 자신이 원하는 바를 얻기 위해서 자

342

녀들은 형제자매보다 더 돋보이려고 애를 쓴다. 심지어는 천진난만한 서너 살 아이들에게서도 경쟁은 발견된다. 동생이나 친구가 옆에 있을 때 아이의 변화를 보라. 아이는 매사 더 적극적이 된다. 경쟁자가 생겼기 때문이다. 같이 밥이라도 먹일 양이면, 아이가 혼자일 때 써야 하는 에너지보다 훨씬 작은 에너지만 있으면 된다. 동생이나 친구에게 시선을 주고 예쁘다고 해주면, 얼른 달려와 자기에게도 해달라고 한다. 이런 경쟁은 좋은 것이다. 서로 상승 효과를 발휘하기 때문이다.

하지만 경쟁에 부정적 감정이나 태도가 끼어들기 시작하면 경쟁의 의미는 퇴색되어버린다. 이런 부정적 경우의 전형은 질시와 미움이다. 경쟁을 한 결과 자기가 패배했다고 느낄 때, 경쟁을 하면 자신이 패배할 것이라고 예견될 때 질시와 미움이 등장하기 쉽다. 어떤 경우에는 질시와 미움 때문에 경쟁이 생기기도 한다. 그런데 이런 부정적 감정은 화의 파괴적 폭주만큼이나 상대를 해치며 더불어 자기 자신도 해치게 된다. 패배에 대한 예감이나 생각 때문에 꼼수를 부리기도 하고, 무슨 수를 써서라도 이기려는 마음이 게임의 규칙을 무의미하게 만들기도 한다. 그러면 건강한 경쟁은 물 건너가고, 그때의 경쟁은 우리를 지치게 한다.

여기서 알아야 할 것이 있다. 누군가를 질시하거나 미워할 때 우리는 그 상대를 자신보다 못하다고 평가하지 않는다는 것이다. 대부분 자신보다 못하다고 생각되는 사람들에게는 관대하다. 번거로워하거나 귀찮아할 수는 있어도 질투와 미움의 감정은 들지 않는다. 우리가 미워하고 시기하는 사람들은 최소한 우리 자신과 동등하거나 더 낫다고 우리 자신이 평가하는 사람들이다. 동등한 경쟁 상대이거나, 경쟁하면 그에게 패배할 것이 확실하다고 바로 '우리 자신'이 평가하는 사람들인 것이다. 최소한 동등하거나 더 나은 사람이라는 평가가 그 사람에 대한 인정과 존경을 불러일으키는 대신 질투와 미움을 불러일으킨다. 이것이 경쟁을 왜곡한다. 건강한 경쟁을 망친다.

경쟁은 상호 간의 윈윈 게임일 때 빛이 난다. '네가 죽어야 내가 산다'가 아니라 '네가 살아야 나도 산다'가 원칙으로 작용할 때 경쟁은 생산적이 된다. 상대의 힘이 커지면 커질수록 그 상대보다 나아지려는 내 의지도 커진다. 경쟁자가 훌륭할수록 나를 발전시키려는 욕구가 더 커지기 때문이다. 이런 상황은 나에게 진정한 적은 곧 진정한 벗이라는 공식을 도출시킨다. '진정한 적=진정한 벗'의 관계야말로 경쟁의 건강성을 형성하는 것이다. 이런 상황에서 나는 경쟁자를 인정하고 상승하려는 그의 노력을 촉구하지 않을 수 없다. 건강한 경쟁에서는 상대가 잘되어야 나도 잘되기 때문이다. 이런 경쟁은 좋은 것이다. 상호 간 발전의 원동력이 된다. 상대에 대한 인정과 평가가 질시와 미움으로 귀착될 때 바로 이런 건강성이 파괴된다.

질시와 미움은 부정적 감정이다. 에너지를 소모시키는 위험하고도 파괴적인 격정이다. 먼저 그것은 상대를 해치고 타격을 가하며 무력화한다. 질시와 미움은 늘 드러나기 마련이다. 상대에 대한 날카로운 시선으로, 폭력적인 말로, 그리고 거짓말의 유포 같은 공격적인 행위로서 말이다. 이때 상대는 당황하고 불안하며 혼란스럽다. 그런 감정은 내면의 평화를 깨트린다. 때론 억울하다는 마음이 들 수도 있다. 그러면 분노나 보복심 같은 또 다른 파괴적 감정이 그에게서 생길 수도 있다. 그러다 보면 면역 체계가 교란되어 몸도 정상 궤도를 벗어나기 쉽다. 그의 몸도 그의 마음도 약해진다.

그런데 상대를 약하게 만드는 것으로 끝나는 게 아니다. 부정적 감정을 보내는 자신의 마음도 편치 않다. 질투와 시기와 미움을 남에게 보낼 때 자신의 마음도 얼마나 괴로운지를 우리는 잘 알고 있다. 우리 마음의 평화와 평정이 깨져버린다는 것을 말이다. 그 여파가 당연히 자신의 몸에도 미친다. 어디 그것뿐인가? 경쟁의 건강성이 망가져버리고 결국 경쟁 자체를 병리적 상태로 이끌고 간다. 자기 자신의 상승 의지와 발전 욕구도 약해져버린다. 그 결과는 상대와 나의 상승적 원원이 아니라, 퇴행적 원원이다. 이것은 소모적이다.

경쟁을 하면서 미움과 질시라는 괴물이 고개를 들려고 하면, 즉시 스스로에게 물어보자. '나는 나를 발전시키고 싶은가 아니면 퇴행시키고 싶은가?' 그러면 답이 나올 것이다. 경쟁의 건강성도 회복된다. 원치 않는 미움과 질시가 뒤통수를 칠 경우에는 스스로에게 말해주자. "사람들은 경시하고 있는 한 미워하지 않는다. 동등하거나 더 낫다고 평가할 때에야 미워한다." (니체, 《도덕의 계보》) 차라리 이것이 병든 눈초리 때문에 괴로워하는 것보다는 건강을 유지하는 더 그럴듯한 방식이다.

기개라는 날개를 단 정신이 그립다

그 지위를 잃지 않는 자는 오랫동안 머무르는 자이나,
죽어서도 잊히지 않는 자는 오랫동안 살아 있는 자다.
—노자

자신의 신조와 원칙을 지키려고 하면, '너무 강한 가지는 쉽게 부러진다'며 제어한다. 이 말만큼은 꼭 해야겠다고 하면, '모난 돌이 정 맞는다. 둥글둥글 살아라'라며 질색한다. 모두가 동의해도 내 생각에는 아닌 것 같다고 하면, '너만 잘났냐?'라고 비야냥거린다. 내 몫이 아니니 받지 않고 편법이라 쓰지 않겠다고 하면, '아직 배가 덜 고픈 모양이군' 하며 혀를 끌끌 찬다. 네 것이 아니니 탐하지 말라고 권유하면, '네가 뭔데?'라며 화를 낸다. 능력에 따라 인정하고 대우해주어야 하며 집단 이기주의를 버려야 한다고 하면, '너 혼자 살 수 있는 세상이 아니다. 끼리끼리 뭉쳐야 한다'며 세상 이치를 모르는 사람이라고 무시한다. 그런 세상이 잘못되었고 바뀌어야 한다고 역설하면, '절대 바뀌지 않을 테니 어디 해봐라. 결국 너만 손해지'라는 조소 가득한 눈길을 보낸다. 도대체 언제부터 이렇게 되었을까? 도대체 무엇이 이렇게 만든 것일까?

사회학자나 역사학자들이 들으면 무슨 소리냐고 펄쩍 뛸지도 모르지만, 나는 이런 생각을 하곤 했다. 그게 다 선비 정신이 실종된 탓이라고. 우리에게는 선비 정신이라는 것이 있었다. 정신적 기개를 표현해주는 이것을 나는 조선 시대에만 한정시키고 싶지 않다. 우리 역사에서 선비 정신은 늘 살아 있었다. 비록 정치적 사대주의와 문화적 사대주의, 붕당주의와 집단 이기주의에 의해 좀먹기는 했어도, 그 정신은 공적으로나 사적으로 자존감 지키기와 주체성 지키기의 형태로 발휘되었다.

의로운 일이라는 판단이 들면 왕 앞이라 해도 주저하지 않고, 도리라고 생각되면 죽음도 불사하며, 자신의 명예를 그 무엇과도 바꾸려고 하지 않는 것. 이런 정신이 정치의 영역에서는 정치적·문화적 속국화에 대항하는 마음과 행위로 표출되기도 했다. 정치적 굴욕과 더불어 패배주의가 팽배했던 일제 강점기에도 독립운동이라는 살아 있는 정신을 통해 그것은 존속되었다. 이런 정신적 기개는 단연 최고의 가치였고, 당연히 사회적 존경의 대상이었다. 그 앞에서 온 국민의 고개는 저절로 깊이 숙여졌다.

그러다가 가치의 전도가 일어났다. 그것은 두 가지 흐름의 합동 작전이었다. 우선 우리에게 근대 '민주주의'라는 정치체제가 전달되면서, 자유와 평등 이념도 함께 보급된다. 그것은 우리 스스로 쟁취한 것이 아니었다. 한반도의 지정학적 위치와 세계 정치 판도상 그냥 우리에게 '보급'된 것이었다. 자유와 평등이 어째서 숭고한 가치이며, 그것을 위해서 무엇을 해야 하는지를 생각하고 반성하는 시민 계층이 형성되기 이전에 체제가 먼저 주어져버린 것이다. 자유와 평등이 많은 피를 대가로 요구하고 시민들의 자발적 의무를 동반하는 권리라는 것을 몸소 체험해보기도 전에 말이다. 시민이 무엇이고 시민 의식이 무엇인지 채 생각해보기도 전에, 갑자기 변해버린 사회체제에 적응하는 것만으로도 우리는 너무도 정신이 없었다.

　　그 혼돈의 시기에 최고 가치로 등장한 것이 돈과 권력이다. 너무나 가난했던 대한민국, 원조를 받아야만 했던, 보릿고개를 넘어야 했던 작은 나라의 국민은 이제 그것을 최고 가치로 삼게 된다. '잘 살아보세'의 내용은 바로 그것이었다. '잘 살아보세'는 정신적 품위를 일컫는 말이 아니었다. 한 푼이라도 더 버는 것이, 어떻게든 권력을 쥐어보는 것이 인생의 목표가 되었다. 그것을 꿈꾸는 데는 신분상의 제한을 두지도 자격을 따지지도 않았으며, 모든 역량이 그 꿈을 실현하는 데 집중되었다. 그런데 '잘 살아보세'가 언제부턴가 '무조건' 잘 살아야만 한다가 되어버렸다. 가치의 다양성에 대한 고려 대신에 그것 하나에 대한 맹목이, 다른 가능성을 찾으려는 대안적 사고 대신에 그것 하나에 대한 무비판적 추종이 일어난 것이다.

그런 맹목과 무비판적 추종 아래 더 기괴한 일도 발생했다. 오로지 나만을 생각하는 기이한 이기주의가, 수단과 방법을 가리지 않고 부만 축적하면 된다는 기형적 자본주의가, 네가 죽든 말든 나와는 상관없다는 소름 끼치는 원자적 개인주의가, 거짓과 위선과 불법과 탈법도 걸리지만 않으면 된다는 파렴치한 사기꾼 심리가, 국민을 수단으로만 여기는 괴물 같은 권력의 화신이 득세하게 된 것이다.

그것들이 자존감과 자기 자신에 대한 긍지, 옳고 그름에 대한 주체적 판단, 정의에 대한 추구를 억눌러버렸다. 근근이 명맥을 유지해오면서 우리 역사를 지탱해주었던 정신이 흔들린 것은 당연했다. 기개라는 날개를 달고 있는 그 정신이 말이다. 대나무처럼 꼿꼿하고 소나무처럼 청정하며 매화처럼 향기로운 그 정신이 말이다. 그 정신에 대한 존중도 당연히 흔들렸다. 가치의 전도가 확실하게 일어나버린 것이다. 친일파들이 기득권을 잃지 않고 떵떵거릴 수 있었던 것도 그런 요상한 시대에서는 당연한 일이었을지도 모른다.

하지만 우리 국민들이 누군가? 늦게 배워도 금세 최고가 되는 역량의 소유자들이다. 한 번도 정치권력의 중심에 서보지 못했고, 한 번도 권리를 스스로 획득하지 않았던 시민 아닌 시민들이 어느덧 '시민'이 되어 있다. 독재에 끊임없이 저항하면서, 자유를 지켜내고 증진시키려 열망하면서, 미래를 걱정하고 책임져야 한다는 순수한 염려를 표출하면서 말이다. 그런 의식 자체가 우리에게는 시민혁명이었다. 가치의 전도로 인해 죽어버린 줄만 알았던 정신적 기개가 꿈틀거린 것이다. 민주화 운동이나 촛불 시위나 안녕에 대한 외침 등은 그것의 표현이었다.

하지만 아직도 길은 멀게만 느껴진다. 기개라는 날개를 단 정신에 대한 사회적 존경이 완전히 회복되지는 않은 것 같기 때문이다. 그런 정신적 가치에 '최고 가치'라는 지위를 부여하는 일도 여전히 드물다. 그것이 최고 가치라고 동의하는 척 하다가도 경제적 가치나 권력적 가치가 등장하면 슬쩍 뒤로 밀어버리기 일쑤다.

우리의 일상에서 기개라는 날개를 단 정신을 보고 싶다. 그런 정신들이 존경받고, 그런 정신들이 젊은이의 멘토가 되고, 그런 정신들이 사회의 원로가 되는 것을 보고 싶다. 그런 정신들과 교류하고 그런 정신들과 함께 살고 싶다.

나이를 먹는다는 것은
최고의 시기가 이어진다는 것

모든 그때는 절정이다. 모든 나이는 아름답다.
― 박우현

사십 대 중반을 조금 넘긴 시점, 병과 조우하면서 이 글의 소재가 내게 다가왔다. 이 책을 마무리할 때쯤이면 나는 오십 대로 진입한다. 불현듯 오십이라는 숫자가 큰 무게로 다가온다. 오십이라는 나이를 가리켜 공자는 지천명知天命이라고 했다. 하늘의 뜻을 아는 나이, 인생의 의미를 아는 나이라는 의미다. 플라톤도 폴리스를 통치하는 이성적 존재인 철인왕哲人王이 되려면 나이 오십은 되어야 한다고 했다. 힌두교에서는 오십 세의 나이에 바나프라스타vanaprastha가 시작된다고 한다. 바나프라스타란 산을 바라보기 시작하는 때라는 뜻으로, 사 주기로 나뉜 인생의 길에서 '수행을 하는 시기'를 일컫는다. 세상살이에

352

서 물러나 금욕하면서 은둔할 수 있는 시기를 말한다. 물론 우리 현실에서 나이 오십에 일상의 속박으로부터 벗어난다는 것은 어려운 일이다. 하지만 그런 의미보다는 마음을 열고 마음을 비우는 태도가 바나프라스타에서는 더 중요하다. 오십이라는 나이는 이렇게 좋은 나이다. 육체의 기능과 힘은 서서히 떨어져도, 그것과 무관하게, 아니 그것과 반비례한다고도 할 수 있을 정도로 우리의 정신은 성숙하고 지혜로워진다.

그런데 오십이라는 숫자를 가벼운 마음으로 받아들이기가 쉽지는 않다. 괜히 움츠러들고 우울해지기도 한다. 자신감도 떨어진다. 왜 그럴까? 그렇게 좋은 나이라고 입을 모아 말하는데도 반갑지가 않은 이유가 무엇일까? 더 이상은 청춘이 아니어서? 아니면 오십에 걸맞은 성숙한 마음을 갖추지 못해서? 후자라면 부끄러움을 없애려는 노력이 뒤따르니 박수칠 만한 일이겠지만, 우리는 대부분 더 이상 청춘이 아니라는 사실에 먼저 주목한다. '청춘', 듣기만 해도 가슴 설레는 말이다. 환한 빛, 푸름, 힘과 생명력과 열정이 담긴 말이다. 그런 청춘이기에 우리에겐 인생 최고의 시기로 각인된다. 내 청춘은 아팠다고 말하면서도 그 청춘을 그리워한다. 하지만 인생 최고의 시기는 늘 현재다. 그런 의미에서 우리는 언제나 청춘이다.

이십 대에 나는 오십 대를 상상할 수 없었다. 아니, 미리 생각하고 싶지 않았다. 젊음의 소진은 내게 두려운 일이었다. 그냥 젊은 것이 좋았고, 젊어서 다행이라고 생각했다. 청춘이 갖고 있는 어설픔과 미숙은 고려의 대상이 아니었다. 대학에 들어가면서 '나는 이제 다 컸다'고, 드디어 '어른'이 되었노라 생각했던 것 같다. 어른 흉내를 내면서 살았다. 내 이십 대의 사회는 암울한 정치적 혼돈의 장이었고 많은 아픔을 안겼어도, 최소한 학교 안의 내 작은 현실은 정직했고 공정했다. 독일 유학 시절에는 더욱 그랬다. 공부한 만큼 노력한 만큼 인정을 받았고 합당한 대가와 대우도 주어졌다. 나는 그런 정직하고 공정한 과정에 만족했다. 내 청춘은 아름다웠고, 나는 그 청춘을 즐겼다. '인생 최고의 시기'라고 생각했다.

서른둘에 인생의 전환점을 맞았다. 박사 학위를 취득하면서 학생 신분과 이별했다. 내가 배운 것을 대학에서 맘껏 펼치면서 나는 이제야 내 최고의 시기를 맞았다고 생각했다. 서른의 삶은 치열했다. 하고 싶은 것도 많았고 해야 할 것도 많았다. 그런데 '공정하고 정직했던 내 작은 세계'는 더 이상은 없었다. 의혹과 좌절이 밀어닥쳤다. 그래도 '인생 최고의 시기'였다. 내가 하고 싶은 것을 하면서 살 수 있었기 때문이기도 했지만, 무엇보다도 내 정신의 나무가 튼실하게 성장해갔기 때문이다. 고난과 역경을 자양분으로 삼는 나만의 방법을 깨우치면서, 정신에 씨를 뿌리는 사람은 한참이 지나야 열매를 맺는 나무를 심는 것이라는 사실을 체득하면서, 인내라는 미덕의 향기를 맡을 줄 알아가면서 말이다. 그러면서 '내 작은 세계'에 만족했던 나를 반성할 줄도 알게 되었다. 그때의 내 '어른 의식'이 얼마나 미숙한 것이었는지도 알게 되었다. 잠시 후면 대학을 떠날 제자들을 바라보며, '아이고, 저렇게 어린데 직장인이 되고 교사가 되고 엄마나 아빠가 되겠네, 어쩐다냐'라며 못내 마음을 졸이기도 했다. "걱정 마세요, 선생님. 저희들도 다 컸습니다." 그들의 답변이었다. 나도 그랬었다.

불혹의 나이에 접어들면서 나는 약간의 흔들림을 경험했다. 숫자는 아무것도 아니라고는 하지만, 3과 4의 차이가 매우 크게 느껴졌다. 더 이상 젊지 않다는 생각은 쓸쓸함마저 자아냈다. '아줌마'가 내 공식 명칭이 되었다. 그 말을 들을 때마다 아줌마이고 싶지 않다는 마음이 들곤 했다. 하지만 신기하게도 사십 대 아줌마에게 또 한 번의 '인생 최고의 시기'가 펼쳐졌다. 모든 일이 뜻대로 이루어져서는 아니었다. 인정과 보상이 일치되어서도 아니었다. 오히려 그 반대였다. 이름을 얻고 나를 찾는 곳은 더 많아졌어도 그것이 정당한 대우와 합당한 보상으로 돌아오지는 않았다. "시샘을 많이 받아서 그런가?"라는 학계 원로의 진단이 나올 정도로, 현실은 너무 팍팍했고 아팠다.

그래도 나는 이십 대 못지않은 청춘기를 누렸다. '아프니까 청춘'이라서가 아니었다. 내 정신의 나무가 계속 성장해주었기 때문이다. 몸으로 직접 체득한 삶의 기술이라는 가지에, 그늘을 만들어주고 바람을 막아주는 잎들이 자라난 것이다.

우선 이전보다 훨씬 자유로워졌다. 내려놓는 일이 수월해졌기 때문이다. '이게 아니면 안 돼'가 '아니라도 괜찮아'로 바뀌었다. 애착과 집착이 점점 수그러들었다. 특정한 그 무엇에 대해서도 나 자신에 대해서도……. 그게 진정 좋았다. 세상을 바라보는 시선도 좀 더 따뜻해졌다. 어느 순간 학생들에게 '애고, 내 새끼'라고 할 수 있게 되었다. 그건 마음으로부터 우러나온 진심이었다. 엄마의 마음이 저절로 들기 시작한 것이었다. 그런 마음이 드는 것이 정말 좋았다. '내 새끼'의 범위는 점점 넓어져갔고, 그와 함께 내 것을 그냥 주어버리는 일도 점점 많아졌다. 내 '것'에 대한 갈망이나 소유욕이 옅어져갔다. 내 책, 내 옷, 내 가방, 심지어는 내 지식이었던 것들이 더 이상 '내 것'이 아니게 되었다. 이렇게 미약하게나마 비움과 애정과 자유로움이 가세하니 내 정신의 나무가 더 쑥쑥 자라난다. 내가 사는 공간이 점점 넓어지는 기분 좋은 덤도 따라왔다. 주고 싶은 마음이 자꾸 생기는 덕이다. 여기에 내 강의와 글에 힘을 얻는다는 고마운 말도 더 자주 듣게 되었다. 그 말에 대한 고마움도 더 커진다. 그러면서 철학을 좀 더 즐길 수 있게 되었다.

사십 대 중반, 몸이 아파오면서는 매우 한가한 시간을 가질 수도 있었다. 그 한가로움이 가세하니 철학이 주는 즐거움도 비할 바 없이 커져갔다. 고단했던 투병의 시간들이 삶의 또 다른

카미유 피사로, 〈에르미타주 숲의 언덕, 퐁투아즈〉(1879)

나이를 먹는다는 것, 즐거운 일이다. 미지의 것이 내게로 늘 다가오기에 세상이 늘 새
롭다. 세상을 경험하는 나의 방식도 늘 새롭다. 내가 늘 성장하면서 새로워지기 때문이
다. 그런 이중의 새로움에 늘 마음이 설렌다. 또다시 내 인생 최고의 시기를 맞이할 생
각에 더 마음이 설렌다. 내 나무의 열매가 언제 맺힐지는 알 수 없어도, 적어도 사람들
을 건강하게 해주는 좋은 열매이면 좋겠다는 기대도 생긴다. 그러니 또 설렌다.

면으로 나를 인도했고, 그것을 성찰할 시간과 마음의 여유가 내게 허락되었기 때문이다. 머릿속 관념으로만, 피상적으로만 추측했던 삶의 한 측면을 이제야 직시하게 되었다고나 할까?

고통과 더불어 살면서, 절망의 끝을 겪으면서, 죽음과 직접 맞대면하면서 비로소 나는 좀 더 어른이, 좀 더 나은 사람이, 좀 더 나은 철학자가 되어가는 것 같았다. 나는 고난을 통해 지혜를 얻어가는 사람, 파테이 마토스의 힘으로 살아가는 사람이었던 것이다. 이전의 내 '어른 의식'이 부끄러워진 것은 당연한 일이다. 오십이 되면, 또다시 이 사십 대가 부끄러워지겠지? 육십이 되면 오십의 내가 아이에 불과했었다고 하겠지? 나이를 먹는다는 것은 성숙해간다는 것이다. 튼실한 나무로 성장해간다는 것이다. 점점 더 건강해진다는 것이다. 그것이 제일 좋다. 그렇게 나는 사십 대에도 내 인생 최고의 시기를 살았다.

나이를 먹는다는 것, 즐거운 일이다. 미지의 것이 내게로 늘 다가오기에 세상이 늘 새롭다. 세상을 경험하는 나의 방식도 늘 새롭다. 내가 늘 성장하면서 새로워지기 때문이다. 그런 이중의 새로움에 늘 마음이 설렌다. 또다시 내 인생 최고의 시기를 맞이할 생각에 더 마음이 설렌다. 내 나무의 열매가 언제 맺힐지는 알 수 없어도, 적어도 사람들을 건강하게 해주는 좋은 열매이면 좋겠다는 기대도 생긴다. 그러니 또 설렌다.

이성적이기를 원하는 좋은 의지

인간이 이성적이고 합리적인 존재라고? 이성적이고 합리적인 존재가 되기를 '바라고 원하는 존재'라는 것이 인간에 대한 더 적절한 설명이 아닐까? 이성성을 그토록 강조하고 이성적인 사람이 되기를 그토록 권유하는 것은 역설적으로 인간이 결코 이성적이거나 합리적이지 않다는 것을 입증하는 게 아닐까? 그래서 이성에 대한 강조는 곧 이성적이기를 원하는 우리의 의지에 대한 강조가 아닐까?

2013년 가을에 어느 연예인의 훈훈한 미담이 회자된 적이 있다. 길거리에서 자고 있는 취객을 구하기 위해 경찰지구대의 도움을 요청하고 경찰과 함께 취객의 무사 귀가를 도왔다는 것이다. 그의 행위는 표창으로 이어졌다. 흔치 않은 선행으로 여겨졌기 때문이다. 도움이 필요한 사람에게 도움의 손길을 주는 것은 그의 말처럼 당연한 일이다. 우리의 이성은 그렇게 말한다. 하지만 그의 행위가 선행으로 기억되는 것은 그것을 실행에 옮기는 것이 어렵기 때문이다. 의지가 발동하지 않기 때문이다. 이성적 판단을 수행하려는 우리의 의지가 말이다. 여기서 의지의 중요성을 확인할 수 있다.

누군가는 실제 수행 여부보다는 그런 생각이 들었다는 것 자체가 의미 있는 일이라고 말할지 모른다. 하지만 누군가의 머릿속을 직접 들여다볼 수야 없는 일, 우리는 누군가의 행위를 통해 그의 머릿속을 추측한다. 그래서 행위로 이어지지 않는 생각은 별 의미가 없다. '2차 대전 당시 나치의 추종자들이 속으로는 나치에 반대하고 있었기 때문에 그들의 친나치 행위는 면책되어야 한다'고 누군가가 주장한다면, 우리는 그 주장에 실소를 금치 못할 것이다. '위안부는 우리의 전쟁 수행에 필요했다. 하지만 나는 도덕적 갈등을 겪으면서 그들을 이용했기에 다른 동료들보다는 낫다'라는 말도 마찬가지다. 특정 행위에 대한 평가와 판단의 기준은 기본적으로 행위 그 자체다. 물론 자율적인 판단 능력 자체가 없다거나 외적 강압의 정도가 너무 커서 저항할 수 없을 정도였다면 문제는 달라진다. 또 의도는 좋았지만 행위의 결과가 좋지 않을 경우에도 우리는 일정 정도 의도를 참작해서 평가할 수도 있다. 하지만 그 외의 정상적인 경우라면 행위를 통해 그 사람을 알게 된다.

우리의 이성은 잘 알고 있다. 무엇을 하고 무엇을 하지 말아야 하는지를. 굳이 이성주의 철학자 칸트의 정언명법을 들먹이지 않아도 인간을 목적으로 삼는 행위가 인간을 수단화하는 행위보다 더 낫다는 것을 우리는 안다. 타인의 행복감을 고려하는 행위가 그렇지 않은 행위보다 더 낫다는 것을, 어려운 상황에 처한 사람을 돕는 것이 그냥 지나치는 것보다 더 낫다는 것도 알고 있다.

그런데 그런 판단은 우리의 지식 축적의 정도와 얼마나 관련이 있을까? 많이 배울수록 더 이성적일까? 불행하게도 배움과 이성이 늘 같이 가지는 않는다. 열혈 나치당원들이 그 당시 독일의 최고 지식인들이었다는 사실은 지식과 이성의 배반적 관계를 단적으로 보여준다. 지식인이 아니어도 우리는 안다. 지식인이지만 모를 수도 있다. 그러니 지식과 이성은 필요조건의 관계도 충분조건의 관계도 형성하지 않는다. 단지 확률적인 관계만 있을 뿐이다. 많이 배우면 더 이성적이라는 말은 경험적으로 그럴 확률이 높다는 것을 의미할 뿐이다. 이쯤 되면 이성이 과연 무엇인지에 대한 철학적 숙고가 다시 필요하게 되지만, 내가 보기에 그것보다 더 중요한 것은 우리의 의지가 없다면 이성이 유명무실해질 수 있다는 점이다.

어려운 상황에 닥친 사람을 도와야 한다는 것, 우리 이성의 한 부분을 형성하는 그것은 교육의 결과다. 부모의 삶을 통해서, 학교에서의 배움을 통해서, 여러 사회적 관계를 경험하면서 직간접적으로 학습된 것이다. 그런데 우리의 교육은 사람을 도와야 한다는 것을 관념으로만 가지고 있으라고 가르치지는 않는다. 실제로도 도와야 한다고 가르친다. 문제는 그런 교육의 효과가 매우 제한적이라는 데에 있다. 오로지 나만이 사람인 것처럼, 타인은 전혀 사람이 아닌 것처럼 인격적 모독과 상해를 가하기, 비뚤어진 마음으로 비방하기, 자신과 다른 의견이나 관점을 갖고 있다는 이유로 집요하게 괴롭히기, 자신의 이익이나 사적 집단의 영리를 위해 타인을 이용하고 불이익을 주고 제거하기……. 이런 일들이 일상사에서부터 정치적 행위에 이르기까지 다반사로 일어난다. 서로 돕는 행위는 실천으로 옮겨지지 않는다.

　어디 그것뿐이랴. 자연을 보호해야 한다고 배웠으면서도 행여 예쁜 들꽃이라도 만나면 꺾어서 가져가 버리고, 늦은 시각 야산에 음식물 쓰레기를 투척하며, 생태계의 질서를 고려하지 않는 마구잡이식 환경 '개발'(!)에, 특수 집단의 경제적 이득을 노린 국토 훼손까지, 우리의 배움에 반하는 행위는 결코 낯설지 않다. 이런 행위를 하는 사람들이 자신의 행위가 옳지 못하다는 것을 모른다고는 생각하지 않는다. 그의 이성은 잘 알고 있다. 무엇을 하지 말아야 하는지를. 하지만 그것은 행위로 옮겨지지 않는다. 그것이 추구되지 않는 까닭이다. 행위로 옮기려는 의지가 너무나 약하기 때문이다. 사적 이익이나 욕심을 추구하려는 의지가 더 힘이 세었기 때문이기도 하다. 그러니 보호와 존중과 배려의 실제적 수행은 의지의 문제다. 보호하려는 좋은 의지, 존중하려는 좋은 의지, 배려하려는 좋은 의지. 이런 좋은 의지들이 힘을 더 얻어야 보호와 존중과 배려라는 이성적 판단이 머릿속 관념이 아니라 실제의 행위가 된다.

상황이 이렇다면 보호와 존중과 배려를 추구하는 우리의 의지를 강화하는 것이 이런저런 문제를 해결해주는 구속력 있는 장치라고 말할 수 있게 된다. 물론 혹자는 이렇게 대꾸할 수도 있다. '보호와 존중과 배려와 모순되는 것을 선택하는 것도 우리의 이성의 일이다.' 그런 사람에게 나는 묻고 싶다. 자신에게 솔직해지자고. 정말 그렇게 생각하느냐고. 타인을 해치고 음해하고 타인에게 잔인하게 구는 것에 대해 당신의 이성은 과연 옳다고 판단하느냐고 말이다.

우리는 태어나면서부터 이성적인 존재로 태어나는 것은 아니다. 살아가면서 이성적인 존재가 되어간다. 우리의 이성적 판단에는 인류 역사가 남겨놓은 경험에 대한 배움이 스며들어 있다. 이전 세대로부터 우리가 배운 지혜는 존중과 배려와 사랑의 실천이 인간적이며 동시에 더 나은 사회를 만드는 데 필요하다고 말하며, 그것이 우리의 이성성으로 흘러 들어온다. 물론 이성성의 내용은 당연히 변화한다. 절대적으로 옳아서 결코 변하지 않는 이성의 사실 같은 것은 없다. 하지만 우리의 보편적이고 평균적인 이성은 아직까지는 같은 목소리를 내고 있다. 서로 존중하고 보호하고 배려하며 돕는 것이 옳고, 그 옳음이 곧 좋음이라고 말이다.

그 이성의 외침을 실제로 수행하는 의지에 대한 교육이 필요하다. 우리에게 이미 그것의 중요성은 인지되어 있다. '지행합일'이라는 말로 말이다. 아는 것과 실천하는 것의 일치. 어려운 일이다. 하지만 그 어려운 일을 해내는 것도 우리의 이성적 판단이고, 의지의 수행이다. 그러니 하루 한 번, 아니 하루 세 번 자신에게 이렇게 말해보자. '나는 이성적 존재이고 내 이성은 내게 타인을 배려하라고 한다. 그러니 그것을 머리로만 알고 있지 말고 실행에 옮기자. 어떤 유혹이 나를 시험해도 넘어가지 말자. 나는 그럴 정도로 강한 의지를 가진 존재이니 말이다.' 그런 강한 의지의 소유자가 결국 가장 이성적인 존재다.

감사하자, 우리의 삶에의 의지에

> 너 자신을 창조할 수 있어야 세계가 네 작품이 된다.
> 너 자신의 주인이 되어야 세계도 지배할 수 있다.
> 너 자신을 사랑하고 긍정할 줄 알아야 세계가 네 화원이 된다.
> 너 자신에 대한 긍지를 지녀야 세계도 경외의 대상이 된다.
> 그러니 먼저 너 자신이 되어라Werde, wer du bist!
> 건강한 너 자신이, 위대한 건강을 지닌 너 자신이.
> 그대 다가오는 존재들이여, 그대들이 바로 이런 존재가 아닌가?
> ─ 백승영

생명을 받았다는 것은 얼마나 감사한 일인지. 살아 있다는 것은 얼마나 큰 축복인지. 우리 일상의 소소한 계기들은 또 얼마나 큰 행복을 주는지…….

먹고 싶은 것을 먹고, 가고 싶은 곳에 가고, 때론 예쁘게 치장도 해보고, 지혜의 보고에 들어가고, 벗들의 따뜻한 손을 잡고 깔깔거리고, 푹 잘 자고. 이 별것 아닌 것 같은 계기 하나하나가 얼마나 소중한 것인지. 그런 소소한 일상이 뭐 그리 좋은 일이냐고 반문할지 모르지만, 그것을 잃어보았던 사람들은 잘 안다. 그것이 얼마나 큰 선물인지를. 물론 살아 있어야 그 모든 것도 가능하다. 살아 있어야 기쁜 일도 슬픈 일도 고통스러운 일도 행복한 일도 경험한다. 살아 있어야 자기 삶에 대해 불평도 한다. 죽음에까지 이르는 회의도 살아 있어야 가능한 일이다. 살아 있는 것은 그래서 모든 것의 근원이자 토대이며 모든 가능성을 열어주는 것이다. 삶이 열려 있는 미지의 신비인 것도 일단 살아 숨을 쉬어야 확인된다. 그 모든 것을 가능하게 해주는 살아 있음에 감사하지 않을 이유가 없다. 내가 생명을 받아 이렇게 그 생명을 유지한다는 것. 그것은 그 어떤 삶의 부조리도 상쇄해버리고, 그 어떤 가치도 간단히 능가해버리는 절대가치다. 그 앞에서 우리의 모든 왜?라는 항거의 의문은 수그러든다.

그런데 우리의 육체가 살아 있다고 우리가 진정 살아 있는 것일까? 호흡하고 심장이 뛰고 폐가 정상적으로 활동한다고 곧 살아 있는 것은 아니다. 살아는 있으되 '이건 사는 게 아니야'라고 한탄하는 경우가 분명 있는 것이다. 좌절의 깊은 수렁에서 헤어 나오지 못할 때, 단단한 벽에 막혀 도대체 무엇을 어떻게 더 해야 하는지 막막하기만 할 때, 무심하기만 하늘에 주먹질을 하고야 말 때, 우리는 모든 것을 포기하게 된다. 더 이상 그 어떤 욕망도 그 어떤 의욕도 생기지 않고, 희망도 꿈도 더 이상은 품지 않는다. 이럴 때 우리는 사는 것 같지 않다고 생각한다. 무언가를 원하고 꿈꾸고 희망하고, 그것을 위해 자신의 의지의 힘을 최대한 발휘해야만 '이건 사는 게 아니야'라는 말이 비로소 쏙 들어간다.

  늘 꿈꾸고 희망하고, 꿈과 희망을 위해 자신의 의지의 힘을 최대한 발휘하라. 그 힘이 발휘될 때 네가 만들어지고, 너를 만들어가면서 너 자신의 주인이 된다. 그래야 세계도 비로소 네 화원이 된다. 그러다 실패할 수도 있다. 그러면 어떠랴, 인생은 결코 직선이 아닌 것을. 가다가 엎어지고 넘어져도 다시 또 일어나고, 길이 막히면 돌아가기도 하고, 만들어져 있는 길을 밟다가도 새로운 길을 만들면서 가기도 하고, 넘어져 피가 나면 잠시 쉬면서 상처를 돌본 뒤에 다시 일어나고, 갈증이 나면 시원한 나무 그늘 아래 자리 잡고 목을 축이기도 하고, 한참을 갔어도 길을 잘못 들었다는 생각이 들면 다시 돌아오기도 하고.

  그게 우리네 인생이 아닌가? 그야말로 이리저리 왔다 갔다 하는 것이 우리네 인생이 아닌가 말이다. 삶은 직선이 아니라 소요逍遙의 과정인 것이다. 그런데 이렇게 소요하려면 강한 의지가 필요하다. 넘어져도 다시 일어나려는 의지, 피가 나도 치유하고 회복하려는 의지, 길을 잘못 들어도 다른 길을 또 찾으려는 의지 말이다. 이 의지가 있어야 살아 있다고 말할 수 있다. 이 의지가 바로 삶에의 의지일 것이다. 감사하자, 우리의 삶에의 의지에. 감사하자, 우리가 삶에의 의지를 갖고 있다는 것에. 감사하자, 우리의 삶에의 의지가 건강하다는 것에.

파테이 마토스

암과 함께한 어느 철학자의 치유 일기

초판 1쇄 펴낸날 | 2014년 5월 25일
초판 2쇄 펴낸날 | 2020년 4월 9일

지은이 | 백승영
펴낸이 | 김현태
펴낸곳 | 책세상

서울시 마포구 잔다리로 62-1, 3층 (우편번호 04031)
전화 | 02-704-1251 (영업부) 02-3273-1333 (편집부)
팩스 | 02-719-1258
이메일 | bkworld11@gmail.com
광고·제휴 문의 | bkworldpub@naver.com

홈페이지 | chaeksesang.com   페이스북 | /chaeksesang
트위터 | @chaeksesang   인스타그램 | @chaeksesang   네이버포스트 | bkworldpub

등록 1975. 5. 21 제1-517호

ISBN 978-89-7013-873-2 03810